청년 김학철과 그의 시대

청년 김학철과 그의 시대

이 해 영

도서출판 역락

편안하게 살려거든 不義에 외면을 하라.
그러나 사람답게 살려거든 그에 도전을 하라.

― 김학철

◦ 김학철 선생(1990년대)

● 조선의용대(1938년)

● 조선의용대 표식

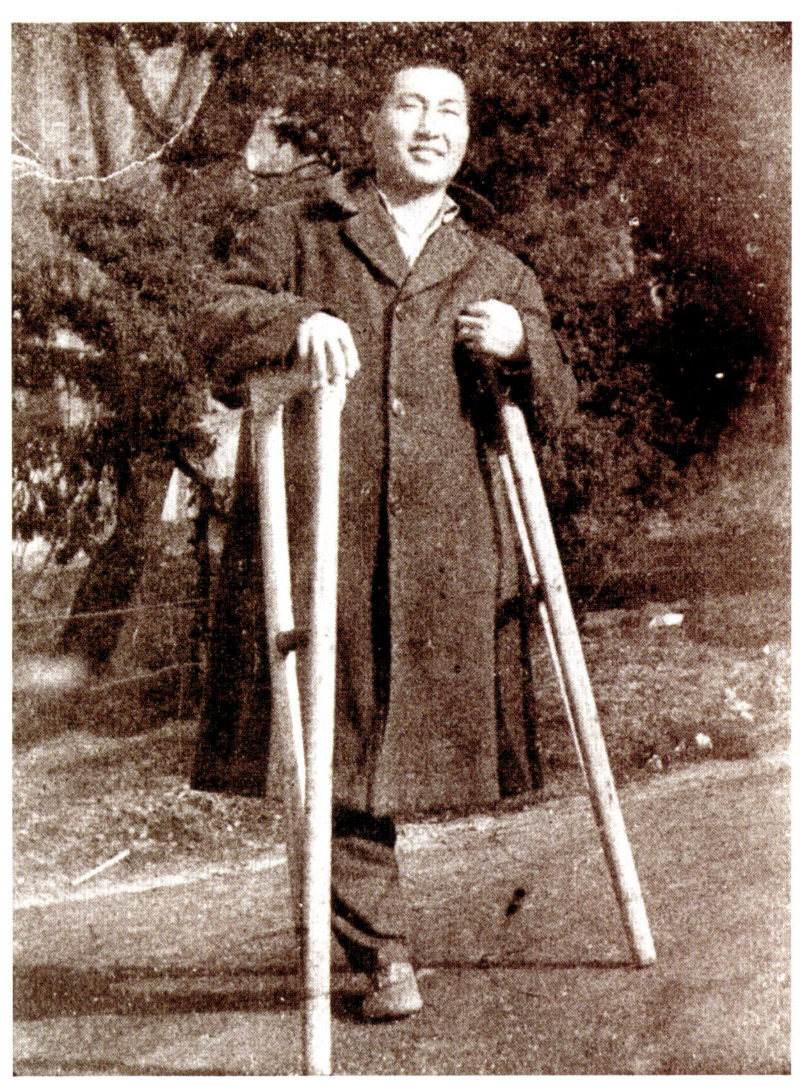

일본 감옥에서 석방된 김학철(1945년 10월 9일)

● 김학철 작품평의회(1946년 서울)

"우리 조선의용군은 일본이 무조건 항복을 하는 그날까지 계속 무장 투쟁을 견지했습니다. 이 나라의 해방을 위해 숱한 사람이 피를 흘리고 또 목숨을 바쳤습니다. 우리는 누구처럼 손끝 맺고 앉아서 남이 해방을 시켜줄 때만 기다리지 않았습니다. 굿이나 보고 떡이나 먹지는 않았던 말씀입니다."

—김학철, 『최후의 분대장』, p.307.

● KBS 해외동포상 수상식(1994년 3월)

…그래도 내 딴에는 나대로의 조그마한 신념이 있었던 것이다.

그것은 조선의 독립이 조선을 떠나서 있을 수 없으며 조선민족의 해방이 그 국토를 떠나서 있을 수 없느니만치 왕성한 해외의 혁명역량에 호응할 역량이 국내에도 이룩되어야 할 것이다. 그러자면 국내에서 배겨나지 못하게 되어 망명하는 이는 별 문제로 하고 나와 같이 국내에 발을 디디고 살 수 있는 사람이 일부러 망명한다는 것은 하나의 도피요 안일을 찾는 길이라고 생각하였다. 더구나 제1선에서 총을 들고 싸우는 곳이면 또 모르려니와 몇 천리 산 넘고 물 건너 대후방의 중경으로 들어간다는 것은 보다 더 비겁한 도피라고 생각하였던 것이다.

―「노마만리」, p.263

상해 반일운동 당시 아지트에서 부인과 함께(1994년)

● 상해 반일 지하활동 아지트에서(1994년 상해)

“그래 이것도 항전입니까? 그래 이것도 혁명입니까? 우리는 팔짱을 끼고 앉아서 적이 제물로 거꾸러지기를 기다릴 수는 없습니다. 우리는 우리의 손으로 적들을 쓸어내뜨려야 합니다. 동지들, 나는 내일 당장 대흥산에다 사람을 보내어 요청할 것을 주장합니다. 견결히 주장합니다!…”

—「항전별곡」, p.149

● 조선의용군이 사용하던 연자와 옛집

● 호가장전투에서 희생된 용군전사묘지

● 김학철에게 수여한 항일전쟁시기 작가기념패

● 태항산 김학철 · 김사량 항일문학비

조국을 찾으려 싸우는 이 전쟁마당에 연약한 몸을 던짐으로써 새로운 성장을 얻어 나라의 조그마한 초석이라도 되고자 함이었다.
　　　　　　　　　　　　　　　　　　　—「노마만리」, p.265

● 한 독립군의 경례(2001년 서울)

  역사도 때로는 곧잘 울도웃도 못할 짓궂은 장난을 한다. 이 세상에는 벌써 혁명에 성공한 경험이 있건만 뒷사람들은 흔히 그 교훈을 받아들이지 않고 지름길을 걸으려고 애를 쓴다. 왕왕 적지 않은 민족들이 전철을 밟으면서 선진 민족들이 이미 경과한 유치한 계몽계단을 되풀이하느라고 비싼 댓가들을 치르곤 한다.

―「항전별곡」, p.165

나는 문인도 그렇다할 학자도 아닌 젊은 문학 연구 지망생에 불과하지만 조선족 문학의 한 세기를 이끌어간 김학철 선생님을 가까이에서 만나 뵌 적이 있다. 그것도 내가 아직 공부를 하던 대학원생 시절에, 어느 강연회 자리나 학술대회가 아닌, 부르하통하 강반 2층 김학철 선생님 자택에서 거의 30여분의 이야기를 나누었던 것이다.

아직도 정확히 기억을 하지만 2001년 정월 초하루께, 나는 「1940년대 연안 체험 형상화 연구」라는 제목의 내 석사학위 논문을 들고 당시 연변일보사 부주필을 지내셨던 장정일 선생님의 뒤를 따라, 새해 첫날 아침의 그 풍성한 눈을 밟으며 하남다리 근처 그의 2층 자택을 찾았다. 그렇게 나는 석사학위를 받은 그 해의 첫날 아침, 우리 민족의 격동적인 근대사를 온몸으로 부딪치며 불꽃 튀는 삶을 살아온 한 위인의 존안을 아주 가까이에서 뵐 수 있었다. 그때의 그 긴장과 전율이란……

논문을 받아 보시던 선생님께서 느닷없이 한마디 하셨다.

"자네가 이 논문에서 큰 실착을 범했네그려!"

그때의 그 타는 듯한 형형한 눈빛과 날카로운 어조……

"김태준과 김사량 두 분은 모두 우리 민족사, 문학사에서 동시대인으로서는 그 두 분의 좌우에 설 사람이 없을 만큼 대단한 분들이야. 나 같은 하찮은 무명인을 그 분들과 나란히 세우다니 자네가 큰 실착을 저질렀네그려."

그때 어떤 대답을 올렸는지는 너무 긴장했던 탓인지 기억이 잘 나지 않는다. 이어서 선생님께서는 김태준이 서울의 한 골목길에서 자기 제자의 밀고로 체포되던 이야기며 김사량의 아들, 딸에 대한 이야기며 그 특유의 이야기보따리를 풀어놓으셨다. 그 이야기를 재미있게 들으며 나는 어느 정도 긴장에서 벗어날 수 있었고 선생님께 기념사진을 같이 찍어 줍시사 청을 드리고 싶었으나 끝내 그 청을 드리지 못하고 말았다. 아쉬움이 많이 남았으나 나는 그때 이미 박사과정에 진학한 상태였으므로 훗날 박사학위를 취득하는 날로 그 기념촬영을 미루었다. 그렇게 나는 기념사진을 남길 소중한 기회를 놓치고 말았다.

그래도 선생님의 글을 받을 용기는 있어서 청을 드렸더니 석사논문 맨 앞 페이지에 다음과 같이 적어주셨다.

"편안하게 살려거든 不義에 외면을 하라
그러나 사람답게 살려거든 그에 도전을 하라"

그때 그 책의 무거움과 경건함과 떨림……
끝없이 작고 왜소해지는 나 자신을 의식하며 나는 처음으로 삶이라는 것의 의미에 대해 다시 생각해보았다. 나는 과연 어떤 삶을 살고 있는가? 나는 과연 김학철 선생님의 권고대로 살아갈 자신과 용기가 있는가?……

그 떨림과 감격에서 미처 헤어나기도 전인데 그로부터 8개월 뒤인 2001년 9월 25일 김학철 선생님께서 작고하셨다. 그리고 내 책에 남겨준 그 무겁고 엄숙한 말씀을 그이는 임종 유언으로 남기셨다고 한다. 우리 곁에 과연 얼마만의 사람이 그렇게 치열한 삶을 살 수 있을까? 나는 가끔 한 시대의 위인이 남기신 그 소중한 글을 꺼내보면서 야릇한 감격에 잠기곤 한다……

이 책의 제1부이자 중심 부분인 「1940년대 연안 체험 형상화 연구」는 바로 그 석사학위 논문을 바탕으로 수정 보완한 것이다. 여기서는 흔히 자서전 내지는 회고록, 기록문학 등으로 불리는 김학철 선생님의 『항전별곡』을, 본격적으로 그의 문학을 연구하기 위한 보조적 자료나 혹은 작가론이나 생애를 구성하기 위한 문학 외적 텍스트로서가 아니라 문학 텍스트로, 작품론의 범주에서 다루었다. 『항전별곡』이, 김학철 선생님에게 있어서 가장 깊은 무의식의 근저에까지 닿은 체험의 원형이고, 그의 작품의 절대 대부분이 그의 의용군 체험에 기초한 자전적 요소를 상당부분 갖고 있음을 염두에 둔다면 『항전별곡』은 당연히 문학 내적 범주에 속한다. 이는 우리 문학 연구가 통상 자서전이나 전기, 회고록, 기록문학 등을 본격적인 문학 연구를 위한 보조적 자료 내지는 작가론의 구성을 위한 자료 등으로 다루어왔고 문학 내적 범주에서가 아니라 문학 외적 범주에서 다루었던 것에서 벗어나 문학 장르와 양식의 지평을 확대하였다.

또한 이 책의 2부인 「『해란강아 말하라』의 창작방법 연구」와 3부인 「1950~1960년대 중국 조선족 장편소설의 두 양상」 역시 김학철 선생님의 작품을 주로 다루고 있다. 그래서 고민 끝에 이 책의 제목을 『청년 김학철과 그의 시대』라고 하였다. 이 책 제목에서 반드시 다음의 두 가지를 짚고 넘어가야 할 것 같다.

그 하나는 '청년'의 의미이다. 내가 굳이 '청년 김학철'을 고집한 것은 이 책의 모체이자 중심 논문이 대상 텍스트로 하고 있는 『항전별곡』이, 김학철 선생님의 의용군 체험 즉 그의 청년시절에 국한된 때문이다. 또한 김학철 선생님께서 만년에도 늘 청년처럼 씩씩하게 새벽 산책을 하시고 왕성한 정력과 청년의 정열로 집필을 하셨기 때문이다.

다른 하나는 『청년 김학철과 그의 시대』라는 제목이 풍기고 있는 어떤 익숙함과 친근감이다. 이 책의 제목을 보면서 근대 문학 연구에

몰두하고 있는 많은 이들이 김윤식 선생님의 『이광수와 그의 시대』라는 책과 루카치의 『괴테와 그의 시대』라는 책을 떠올릴 것이며 그 두 책의 제목과 너무 닮은꼴이라는 생각을 하게 될 것이다. 그런 위험을 감수하면서도 내가 굳이 이 제목을 고집한 것은 김윤식 선생님과 루카치에 대해 품고 있는 학문적 숭배와 존경 때문이다. 나는 석, 박사 공부를 하면서 김윤식 선생님의 책을 참 재미있게 많이 읽었는데 읽으면서 나는 은연중 그의 그 철학적이고 오묘한 방법론과 정열적인 문체에 감동을 하곤 하였다. 한국의 카프계열의 리얼리즘문학이나 북한문학에 대한 그의 뛰어난 방법론을 나는 중국 조선족 문학 연구에 도입하여 중국 조선족 문학의 미학적 가능성을 확인하였고 해석의 공간을 확대하였다. 『소설의 이론』을 비롯한 루카치의 많은 미학이론과 연구 방법론 역시 한국에서 유학생으로 석사공부를 시작하던 첫 시작부터 내 학문적 바탕이 되었다. 그리하여 나는 감히 용기를 내어 위의 두 분의 책 제목과 참으로 닮은 『청년 김학철과 그의 시대』라는 책 제목을 달게 된 것이다. 이제 이 책의 후속 작업으로 김학철 선생님의 전반 생애와 문학세계를 다룬 『김학철과 그의 시대』를 펴낼 계획이다.

석사학위 공부를 시작하던 1998년으로부터 지금까지, 그리고 김학철 선생님을 처음 가까이에서 만나던 때부터 지금까지 짧지 않은 시간이 흘렀다. 그동안 내 문학 연구의 대상이자 사회적 정의의 수호신이었던 김학철 선생님은 작고하셨고 그분을 추모하여 『조선의용군 최후의 분대장 김학철』이라는 두 권의 책이 출간되었다. 김학철 선생님과 함께 기념촬영을 하지 못해 아쉬워하던 나는 박사학위를 취득하고 중국해양대학교 한국어과에 취직했고 그리고 두 번째 저서를 출간하기에 이르렀다.

여기에 이르기까지 많은 분들의 은혜를 입었다. 우선, 내게 문학연구의 기초적인 틀을 다져주신 연변대학교 조문학부 선생님들께 깊은 감사를 드린다. 특히 김학철 선생님 관련 논문들을 쓰면서 나는 김호웅 선생님의 선행 연구 업적에 많은 힘을 입었다.

그리고 오늘의 나를 있게 해주신, 내 인생에 가장 소중한 두 분 스승님—석사과정 지도교수님이신 한신대학교 유문선 선생님과 박사과정 지도교수님이신 서울대학교 우한용 선생님께 삼가 제자로서의 예와 감사를 드린다. 유문선 선생님은 처음 밟은 한국 땅, 낯선 세계에서 내가 살아갈 수 있는 삶의 지혜와 학문하는 자세를 가르쳐 주셨고 조선족 문학을 사랑하는 마음을 심어주셨다. 우한용 선생님은 서울대학교라는 치열한 학문의 장에서 흔들리고 방황하는 나를 잡아주셨고 국어교육과라는 학과의 학문적 정체성과 조선족 문학 연구라는 내 오랜 학문적 이상 사이의 괴리와 부조화를 조정해주셨다. 인생의 길에서, 학문의 길에서 두 분을 스승으로 모실 수 있었던 것은 내 인생의 가장 크고 벅찬 행운이었다.

또한 내게 따뜻한 정과 함께 넓은 학문의 세계를 열어주셨던 한신대학교 국문과 선생님들과 서울대학교 국어교육과 선생님들께 깊이 감사드린다.

이 책의 출간을 위해 소장하고 계신 소중한 사진자료와 잘 정리하신 '김학철 연보'를 선뜻 제공해주신 김해양 선생님께 깊이 감사드린다. 박사논문 집필 당시, 자료 수집 차 만났던 것이 인연이 되어 김해양 선생님은 이번 내 책 출간을 크게 기뻐해주셨다.

같은 민족이면서도 너무나 다른 사상과 의식, 문화의 차이로 가까우면서도 멀기도 했고 그러나 학문의 장에서, 생활에서 내게는 너무나 따뜻하고 친절했던 한신대학교 때의 선후배들과 서울대학교 때의 선후배들께 감사와 미안함을 함께 표시한다. 서로의 차이로 내가 혼란스럽고 힘들었던 만큼 그들에게 나 역시 가끔은 충격이었으리라!

　무모한 용기와 열정 하나로 대책 없이 시작했던 유학생활은 늘 춥고 배고팠다. 그런 내게 한국 국제교류재단의 '한국전공 대학원생 장학금'과 재외동포재단의 '모국수학 재외동포 장학금'은 엄동설한의 숯불과 같은 것이었다. 그리고 등록금 전액과 기숙사 비용을 장학금으로 지급했던 한신대학교와 고재식 전 총장님의 배려도 너무나 고마운 것이었다. 또 이 자리를 빌어 가난한 유학생이었던 나를 위해 사재를 털어 내 학업을 지원해주셨던 부산 인산학원·동성학원 설립자 인산 최두고 할아버님과 할머님 두 분께 깊이 감사드린다.

　모국에서 공부하는 동안 나는 온전히 빚쟁이가 되어버렸다. 유학생인 내게 베풀었던 많은 분들의 따뜻한 관심과 배려에 일일이 감사의 마음을 전할 수 없어 안타까울 뿐이다. 열심히 사는 모습을 보이는 길만이 이분들에 대한 보답이라 생각한다.

　공부 한답시고 자식의 도리를 제대로 하지 못하는 나를 이해하고 너그러이 감싸주시는 시부모님과 친정 부모님께 한없이 감사하고 죄송한 마음이다. 함께 시작했던 공부이지만 생활고에 부딪치자 가장의 도리를 해야 한다며 내게 공부의 기회를 양보하고 취직했던 남편, 이제야 그 중단했던 공부를 다시 시작한 고맙기만 한 그 남편께 나는 아직도 공부를 핑계로 아내의 도리를 다하지 못하고 있다. 지금 이 시각, 서울의 차가운 밤하늘 아래서 춥고 지쳐있을 남편께 기운을 내라고 전하고 싶다. 이제 막 한 돌 하고 석 달이 되어, 비뚤비뚤 곧잘 걷기도 하고 '엄마, 엄마, 아버지, 아버지' 곧잘 조잘거리는 딸 가령이에게도 다른 엄마들처럼 늘 함께 놀아주지 못해 마음이 아프다. 공부하는 엄마보다는 딸애에게 좋은 엄마가 되고 싶은 마음이다. 이들에게 이 책이 조금이나마 위로가 되었으면 한다.

　끝으로, 원고 기일을 약속된 시간보다 많이 넘겨버린 필자의 게으름에도 불구하도 이 책이 이렇게 멋지게 나오도록 배려해주신 도서출판

역락의 이대현 사장님과 직원 여러분께 깊은 감사를 드린다. 중국 조선족 학계에 대한 이대현 사장님의 남다른 사랑과 공헌은 익히 알려져 있거니와 이 분들의 일이 중국 조선족 사회의 학문적 발전에 큰 기여를 하리라 믿는다.

중국 청도에서
2006년 10월 이해영

차 례

1940년대 연안 체험 형상화 연구

1940년대 연안 체험 형상화 연구

1. 김학철·김태준·김사량과 1940년대 延安

1940년대에 들어서면서 우리 민족해방투쟁은 일제의 가혹한 탄압과 박해로 말미암아 저조기, 침체기를 맞게 되었다.

조국이 일본의 통치 하에 들어간 지 30년이 지난 1940년대에 들어서서 일본이 항복할 때까지 항일의 최전선에서 치열하게 항일무장투쟁을 계속한 것은 연안파로 알려져 온 조선독립동맹 휘하의 조선의용군밖에 없었다. 그들의 숫자도 해방될 때까지 수백 명의 선을 넘지는 못했으나, 그런 대로 항일의 제일선에서 싸운 것은 이들이었다. 하지만 정작 해방된 조국은 그들을 외면했다. 그들은 민족해방투쟁이 가장 극한 상황에 처해 좌절과 실의에 빠져 몸부림치던 일제 말기에 중국 서북의 오지에서 자신의 청춘과 생명을 조국의 독립을 위해 바쳤건만 지금 이 시점에서 그들을 기억하는 자가 극히 드문 것 또한 우리의 슬픈 현실이다.

이는 민족의 분단으로 인한 가슴 아픈 우리 현대사의 폐단이다.

이러한 폐단은 비단 역사에 대한 왜곡뿐 아니라 우리 민족 문학사의 올바른 구성과 정당한 평가에도 엄중한 영향을 끼쳤다. '연안파', 즉 조선의용군의 항일무장투쟁 체험을 형상화한 작품들은 그 작품성, 역사적 의의, 문학사적 의의에도 불구하고 오랫동안 우리 민족 문학사에서 배제되어 왔으며 정당한 평가와 조명을 받지 못했다. 김학철의 「항전별곡」, 김태준의 「연안행」, 김사량의 「노마만리」 등 세 편의 작품은 바로 그 왜곡된 우리 민족 문학사의 엄연한 증거물이라고 할 수 있다.

김학철, 김태준, 김사량은 그 작가적 역량 혹은 국문학자로서의 역량에도 불구하고, 또 조국과 민족의 독립과 해방을 위하여 중국 서부 오지의 연안(1940년대 항일의 최전선이라고 할 수 있는)에서 한 손에는 총을, 한 손에는 붓을 들고 일제와 피어린 투쟁을 벌여왔으나 정작 해방된 조국에는 그들의 자리가 없었다. 그들 자신이 오랫동안 이데올로기로 점철(點綴)된 우리 현대사의 어둠 속에 묻혀있었듯이 그들의 작품 역시 비운의 주인들과 함께 역사의 그늘 속에 갇혀있어야 했다.

단지 이념의 문제로, 혹은 '연안파'들의 해방 후의 정치적 행적 때문에 그들의 작품이 사각지대에 방치된 채로 있다는 것은 문학사의 총체적 서술을 위해서 바람직하지 않다. 더욱이 우리 민족의 항일 운동사를 따지는데 있어서 조선독립동맹과 조선의용군을 제쳐놓고 논하는 것은 있을 수 없는 일이라는 역사 복원의 목소리가 높아가고 있는 마당에 그들의 항일무장투쟁 체험을 형상화한 작품들을 문학사에서 배제한다는 것은 결코 있을 수 없는 일이다. 뿐만 아니라 체험을 형상화한 항일무장투쟁에 대한 문학적 토대가 박약한 실정을 감안하더라도 그에 대한 조명은 필수적인 것이다.

2000년에는 민족 대융합과 화해의 장을 여는 역사적인 남북 정상회담과 이산가족의 만남이 있었다. 우리 문학계에서도 '통일'을 대비한 거시적인 관점에서 문학사의 한 주체가 결여된 반쪽의 문학사를 극복하고 민족문학에 대한 총체적인 시각의 확보와 함께 통합적인 민족 문학사를 서술하기 위한 활발한 움직임이 이루어지고 있다.

이러한 인식 하에서 이 책에서는 김학철, 김태준, 김사량과 그들의 연안 체험이 형상화 된 「항전별곡」,[1] 「연안행」,[2] 「노마만리」[3] 등 작품을 한데 묶어 내용, 형식면에서 연구하여 항전문학으로서의 그들 작품세계의 다층적이고 다면적인 의미를 밝히고, 이 세 편의 작품을 정당하게 자리 매김 하려고 한다. 또한 그들 작가와 작품을 우리 문학사 안으로 복권시켜, 1940년대 초, 즉 우리 문학사에서 흔히 암흑기, 공백기라고 하는 일제 말기의 문학사를 재구성하려 한다.

이른바 월북문인에 대한 연구는 1987년 정부의 해금조치 이후로 활발히 진행되어왔다. 김학철, 김태준, 김사량에 대한 연구 역시 이때로부터 본격적으로 논의되고 있다. 그러므로 아래에는 이 책의 연구 대상으로 되고 있는 위의 세 편의 작품에 대한 보다 폭 넓고 깊이 있는 이해를 위하여 그들 작가들에 대한 기존의 연구를 작가별로 살펴볼 것이다.

김학철은 1952년 10월, 태항산 조선의용군 시절 전우였던 주덕해, 최채의 초청으로 연변에 정착하게 되며 1954년 그의 첫 번째 장편소설이자, 중국 조선족의 첫 번째 장편소설로 되는 『해란강아 말하라』를

---

1) 김학철, 「항전별곡」, 『조선독립동맹 자료 Ⅰ—항전별곡』, 이정식·한홍구 엮음, 거름, 1986.
  김학철의 항일무장투쟁의 체험을 형상화한 작품으로는 「항전별곡」을 확대화 한 장편소설 『격정시대』도 있지만 이 책에서 「항전별곡」을 논의의 텍스트로 삼은 것은 체험의 원형에 근거한다는 원칙에 의해서이다. 여기에 대해서는 김학철 자신이 ≪다리≫의 이명숙 기자와의 인터뷰에서 「항전별곡」을 "다시 소설로 꾸민 것이 『격정시대』"라고 고백하고 있다. —이명숙, 「연변동포작가 김학철 : 남북한 합작이 유배시킨 격정의 망명문학」, ≪다리≫ 25, 1989. 11, pp.248~251.
2) 김태준, 「연안행」, 『김태준전집』, 寶庫社, 1990.
3) 김사량, 「노마만리」, 『김사량 작품집—노마만리』, 이상경 편집, 동광출판사, 1989.

발표함으로써 중국 조선족의 제1세대 작가로서 조선족 문단에 확실하게 자리를 잡는다. 이에 앞서 김학철의 조선의용군전사, 항일투사로부터 작가로의 변신 내지는 작가적인 출발은 1945년 광복 직후, 서울에서 이루어진다. 사실 김학철은 일찍 서울 보성중학시절, 이미 작가로서의 지향성을 갖고 있었는데4) 일본 감옥의 독감방에서 총상을 입은 한쪽 다리를 잃음으로 하여 이러한 지향성은 실존적인 위기의식에서 오는 운명적인 선택으로, 필연적인 것의 색채를 띠게 되었고5) 그것이 광복 직후, 구체적인 작가 행위로 나타나게 된 것이다.

광복 직후, 일본의 감옥에서 석방되어 서울로 귀국한 김학철은 조선독립동맹 서울시위원회 위원으로 좌익정치활동을 하면서 본격적으로 소설 창작으로 시작하게 되는데 1945년 10월 「이렇게 싸웠다」(『한성시보』 4, 1945. 10)와 12월 1일, 처녀작 단편소설 「지네」(『주보 건설』 3, 1945. 12)를 발표한 것을 이어 그 이듬해부터 「南江渡日」(『조선주보』 7, 1946. 1), 「균열」(『신문학』, 창간호, 1946. 4), 「상흔」(『상아탑』 6, 1946. 5), 「달걀」(『민성』 7, 1946. 6), 「밤에 잡은 부로」(『신천지』 5, 1946. 6), 「담배국」(『문학』, 창간호, 1946. 7), 「야맹증」(『문학비평』, 창간호, 1947. 6) 등 10여 편의 단편소설을 발표하여 일약 해방공간에서 기성문단의 주목을

---

4) 김학철, 『최후의 분대장』, 문학과지성사, 1995, pp.84~88.
5) 다리를 잃은 것이 그의 문학 선택에 얼마나 절실하고 직접적인 계기가 되었는지에 대해 김학철은 수필 「나의 처녀작」에서 다음과 같이 기록하고 있다.
   "나는 일본의 독감방 속에서 이 궁리 저 궁리, 궁리가 많았다.
   (인제 다리가 한짝 없어졌으니…… 나간대두 군인은 다시 못할 게구. −어떡헌다?)
   (에라 모르겠다. 문학의 길루나 한번 나가보자−해서 안될 일이 있을라구!)
   이래서 나는−28살의 젊은 나이였으므로−서울에 있는 누이동생에게, 철창 속에서 신음하는 오빠의 처참한 운명을 넘려하여 비탄에 잠겨 있는 누이동생에게, 호기스럽게 자신만만하게 편지를 띄웠다.
   (사람의 정의(定義)는 '인력거를 끄는 동물'이 아니다. 다리 한짝쯤 없어도 문제없다. 걱정 말아!)" 김학철, 「나의 처녀작」, 『김학철 단편집』, 연변인민출판사, 1987, p.289.

받게 되었다.

해방공간에서 김학철의 작품에 대한 기성문단의 반응은 대체로 예의적인 것과 경이로움, 그리고 소재의 신선함에 의한 충격 등으로 나타난다. 문학가동맹기관지 『문학』 창간호에 아무런 언급 없이 「담배국」을 실은 것은 이러한 노력의 흔적 그러니까 의용군출신의 한 상이용사에 대한 문학측이 갖추어야 했던 예의의 일종으로 볼 것이다.6)

해방공간에서 그의 문학에 대한 논의를 이끌어낸 작품은 1946년 4월, 『신문학』 창간호에 평론과 윤규섭의 추천사와 함께 실린 단편소설 「균열」이다. 윤규섭은 추천문에서 "한번도 면식은 없으나 과거 10년간 조선과 세계를 위하야 적의 탄우(彈雨) 속에서 살았다는 작자가 끝끝내 문학에서 뜻을 버리지 않은 데 경의를 표한다. 우리 문단도 이런 작자를 얻은 것은 큰 기쁨이다"7)라고 의용군출신 상이용사 김학철에 대한 기성문단의 예의와 경이로움, 소재의 신선함 등을 표현하고 있다. 이어 윤규섭은 "첫솜씨 같지 않은 건실한 필치다. 좀 소략할 데는 대담히 소략해서 그 대신 중요한 장면은 더욱 두드러지게 더욱 인상 깊게 꾸며나갈 용의가 부족한 탓은 없지 않으나─그러나 작자가 보이려는 의도는 넉넉히 드러났다. 더 불필요한 데를 깎고 나갈 훈련이 필요하다고 생각한다. 어쨌든 우리 문학의 신개지역이다."8)고 씀으로써 기교의 미흡함을 지적하고 있으면서도 김학철이라는 신인의 등단에 대해서 일단 긍정적인 반응을 보인다.

이어 문학가동맹 소설부 간담회에서 이 작품에 관한 논의가 있었다. 이태준은 이 작품이 "작가의 손아귀에서 넘어가지 않은 소설", 즉 르포르타쥬의 일종이라고 보았고, 김남천은 너무 작위적이라고 비판하였다.

---

6) 김윤식, 「항일 빨치산문학의 기원─김학철론」, 『실천문학』, 1988년 겨울, p.400.
7) 윤규섭, 『신문학』, 창간호, p.40.
8) 윤규섭, 위의 글, p.40.

그 뒤, 1946년 4월 20일 오후 6시, 翠山莊에서 있은 創作合評會에서 또다시 이 작품에 관한 논의가 진행되었다. 채만식은 「균열」에 대해 "순수문학이니 통속소설이니 하는 일인(日人)의 작품과 꼭 같은 감을 줍디다.", "인간성을 떠난 인간을 그린 것처럼 느껴집니다."라고 혹평하였고[9] 김남천은 "日人의 아모개가 쓴것이란 생각과 달리 義勇軍의 한사람으로 日人과 싸우다 다리하나가 잘린 채 돌아온 作家를 생각한다면 보는 面이 널버질것입니다. 義勇軍人이 썼다는것이 重大한 問題라고 생각합니다."라고 의용군출신 상이용사에 대한 기성문단의 예의라는 측면에서 그 창작을 바라볼 것을 제기하였다.[10] 이에 대해 이원조는 "그것은 작품평이 아닙니다. 작품은 어디까지나 작품을 보고 평가해야할것입니다."라고 일단 「균열」의 문학작품으로서의 의의를 인정하였다.

계속하여 이원조는 지난번 문학가동맹 소설부 간담회에서의 이태준과 김남천의 견해를 언급하면서 이태준은 소설의 중점을 앞부분에 두었고 김남천은 소설의 중점을 뒷부분에 두었는데 이것을 통일적인 시각의 결여라고 비판하였다. 이원조는 이 작품의 중심이 앞부분도 아니고 뒷부분도 아닌 중간에 있다고 보아 "이 작품의 중점은 두 지대장이 싸우는 것 그리고 균열 속에서 물 나눠먹기에 중점을 두고 평가해야 한다."고 반론을 제기하였다. 그는 또 "소설이란 언제 끝나는지를 모르고 읽을 수 있도록 써야 합니다. 읽다가 싫증이 나서 맨 마지막 장면을 들춰보고 읽게 하는 소설은 좋은 소설이 아닙니다. 나는 이 작품을 언제 끝났는지 모르고 읽었습니다."라고 작품에 대해 긍정적으로 평가하였다.

김남천 역시 이 創作合評會에서 작품에 대한 먼저 번의 견해를 수정하고 그 작품성을 인정하는 쪽으로 선회하였다. 그는 "포탄이 터지는

---

9) 채만식, 『신문학』 2호, 1946. 6, p.232~233.
10) 김남천, 『신문학』 2호, 위의 책, p.232~233.

장면은 아름다웠습니다. 마치 내 고향에 포탄이 떨어지는 듯한 느낌"11)이었다고 하였다. 그러나 해방공간에서 김학철의 전반 창작에 대하여 김남천은 여전히 그다지 긍정적이지 않았는데『문학』창간호에 발표된「창조적 사업의 진전을 위하여」에서 그는 김학철의 창작에 대하여 "새로운 소재의 제공이 아무러한 질적 기여를 가져오지 못한 것"12)이라고 평가하였다.

이러한 논의를 통해 해방공간에서 김학철의 작품들은 형식과 기교적 측면에서 비록 미숙하고 이야기 차원에 머무는 것이었으나 작가가 항일무장투쟁 경험을 진실하고 생동하게 형상화한 점은 기성문단으로부터 어느 정도 인정을 받았음을 알 수 있다. 또한 해방공간에서 새로운 소재의 영역을 제공하였다는 것도 그 의의를 인정받고 있다.

그러나 이러한 김학철의 창작과 그에 대한 연구는 진일보의 발전을 이루지 못하고 그의 월북과 함께 남한에서 자취를 감추게 되며 그 뒤, 거의 반세기 동안 김학철은 한국에서는 망각된 존재로 역사의 어둠 속에 묻혀버렸다.

김학철이 작가로 확고하게 그 입지를 굳힌 것은 1952년 연변에 정착하면서부터인데, 2년 뒤, 1954년 연변에서 첫 번째로 되는 장편소설『해란강아 말하라』를 발표하면서부터 그는 중국 조선족의 제1세대 작가로 자리를 잡게 된다.

그러나 곧 이어 중국 전역을 휩쓴 정치동란의 와중에서 김학철은 1957년 반동분자로 숙청당해 24년 동안 강제노동에 종사하게 되며 창작활동 역시 금지 당하게 되고 그에 대한 연구는 근거 없는 성토와 비판으로 바뀌게 된다.

중국에서 김학철에 대한 연구는 1980년 12월 그가 64세의 나이로

---

11) 김남천,『신문학』 2호, 위의 책, p.233.
12) 김남천,「창조적 사업의 진전을 위하여」,『문학』 창간호, 1946. 7, p.142.

복권되어 그 이듬해, 25년 만에 65세의 나이로 창작 활동을 재개할 때부터 비로소 본격적으로 이루어지기 시작하였다.

김학철 연구에 관한 단행본으로는 『김학철론』,13) 『김학철문학연구』,14) 『조선의용군 최후의 분대장—김학철』1,15) 『조선의용군 최후의 분대장—김학철』216) 등이 있다. 『김학철론』은 초기의 김학철 관련 작가론과 작품론을 종합·정리한 단행본으로 모두 9편17)의 논문이 수록되어있다. 이 작가론과 작품론들은 김학철 초기 연구의 양상을 보여주고 앞으로의 연구를 위한 기초를 마련하였다는데 그 의의가 있다.

박충록의 『김학철문학연구』는 김학철의 생애와 그의 문학관, 그리고 창작단계 및 각 창작단계에서 창작된 작품에 대한 분석을 그 내용으로 하고 있으며 그동안 산발적으로 진행되어오던 김학철과 그의 문학에 대한 연구를 집대성함으로써 김학철의 생애와 그의 창작의 전모를 조감할 수 있는 거시적인 틀을 제공해주었고 특히 자료적 측면에서 앞으로의 더욱 깊이 있는 연구를 위한 귀중한 밑바탕이 되었다.

『조선의용군 최후의 분대장—김학철』1, 2는 김학철이 타계한 후에

---

13) 연변문학예술연구소 편, 『김학철론』, 흑룡강조선민족출판사, 1990.
14) 박충록, 『김학철문학연구』, 한국 이회문화사, 1996.
15) 김학철문학연구회 편, 『조선의용군 최후의 분대장 김학철』 1, 연변인민출판사, 2002. 9.
16) 김학철문학연구회 편, 『조선의용군 최후의 분대장—김학철』 2, 연변인민출판사, 2005. 5.
17) 조성일, 「김학철의 삶과 문학」.
    최삼룡, 「김학철의 인격과 풍격」.
    김성호, 「투사와 작가」.
    리광일, 「김학철단편소설에서의 문학적추구」.
    방룡남, 「『해란강아 말하라』의 력사적 진실성」.
    김호웅, 「조선의용군 항일투쟁의 예술적기념비」.
    장정일, 「『격정시대』—숭고한 인생의 뽀에마」.
    전성호, 「『격정시대』와 김학철의 미학적추구」.
    리상범, 「김학철잡문을 론함」.

나온 연구서로서 보다 완벽하게 정리된 김학철 연보, 세상에 처음으로
공개되는 김학철의 옥중서한들, 우인들과 주고받은 편지, 그의 죽음을
기리어 쓴 문인들과 친우들의 애틋한 추모의 글들, 그리고 김학철 문
학에 대한 한·중 학자들의 연구논문들과 서평들로 구성된 저서이다.

　학술지와 문예지에 발표된 김학철 연구 논문과 평론들을 살펴보면
중국 조선족의 많은 학자와 연구자들이 김학철 연구에 꾸준히 관심을
기울여 오면서 많은 업적을 이룩하였는데 그 중 김호웅의 연구18)가 양
적으로 가장 많은 비중을 차지한다. 그 외에도 많은 연구 성과19)들이

---

18) 김호웅, 「조선의용군 항일투쟁의 예술적 기념비」, 『아리랑』, 1989년 제36기.
　　　　　, 「중국조선족작가-김학철」, 『사회과학연토』 제107기(일본 와세다대학 사
　회과학연구소편), 1991.
　　　　　, 「외발 의인 김학철」, 『창조문학』 통권 제6호, 1992년 봄.
　　　　　, 「중국조선족문단의 괴한-김학철옹」, 『장백산』, 1997. 4월.
　　　　　, 「우리 민족의 영웅, 우리 문학의 산맥」, 『천지』, 1997. 2월.
　　　　　, 「우리 문단의 어른-김학철선생」, 『장백산』, 1997. 4.
　　　　　, 「불굴의 투혼-김학철옹」, 『장백산』, 1998. 1.
　　　　　, 「저명한 작가 김학철」, 『천지』 한문판, 2001. 2.
　　　　　, 「중국조선족문단의 괴한-외발의인 김학철」, 『동방문학』, 2001. 2.
　　　　　, 「중국조선족문학의 산맥-김학철」, 『민족문학사연구』 21호, 2002. 12.
19) 윤윤진, 「주체의식의 확립과 김학철의 후기창작」, 『천지』, 1997. 2.
　현동언, 「김학철소설창작에 표현된 인문정신」, 『문학과예술』, 1997. 2.
　최삼룡, 「김학철의 정신발전궤적이 주는 계시」, 『최삼룡작품집-격변기의 문학
　선택』, 흑룡강조선민족출판사, 1999.
　장정일, 「김학철산문의 유모아적 풍격」, 『조선의용군 최후의 분대장-김학철』1,
　연변인민출판사, 2002. 9.
　　　　　, 「리성적인테리의 예술적사색」, 『문학과예술』, 1997년 제2기.
　허룡구, 「새시기 김학철수필의 심미적특성」, 『문학과예술』, 1989년 제6기.
　장학규, 「김학철작품의 문체론적 특성」, 『문학과예술』, 1993.
　이해영, 「1940년대 延安 體驗 형상화의 양식적 특징」1, 『문학과예술』, 2001년 3기.
　　　　　, 「1940년대 延安 體驗 형상화의 양식적 특징」2, 『문학과예술』, 2001년 4기.
　　　　　, 「『해란강아, 말하라』의 형상화 원리」, 『조선의용군 최후의 분대장-김학
　철』2, 연변인민 출판사, 2005. 5.
　박충록, 「로신의 잡문과 김학철의 비교연구」, 『비교문학연구』, 민족출판사, 2003. 10.
　강　옥, 「김학철문학연구 검토」, 『조선의용군 최후의 분대장-김학철』2, 연변인
　민출판사, 2005, 5.

발표되었는데 이들은 김학철의 생애, 문학관, 창작방법, 그의 초기 단편소설, 그리고 두 편의 장편소설 『해란강아 말하라』와 『격정시대』, 잡문, 전기 『항전별곡』, 그리고 국내에서 발표가 허가되지 않아 한국에서 발표된 장편소설 『20세기의 신화』에 이르기까지 전 영역을 아우르고 있다.

학위논문의 경우, 중국과 한국 양측에서 모두 시도되었으나 아직 김학철 문학 전반을 다루었거나 혹은 전문적인 작가론으로서 박사학위논문은 나오지 않았고 모두 석사학위논문들[20]이다. 이들은 대개 김학철 창작의 한 방면을 중점적으로 논의한 것들로서 아직 부분적인 논의의 수준에 머물고 있다.

위에서 살펴보다시피 중국에서의 김학철 문학 연구는 그의 생애, 작품 연보 구성, 문학관, 창작방법, 조기단편소설, 장편소설, 잡문 등 전 영역에 거쳐 광범위하게 진행되었다. 이들 논의들은 거개가 조선의용군 출신이라는 김학철의 범상치 않은 경력과 그가 정치적 망명과 박해, 억울한 옥살이 등을 겪으면서 동아시아의 굴곡적인 근현대사를 온몸으로 체현했다는 데로부터 출발하여 그의 작품들을 그의 생애와, 당시의 사회배경과의 연관 속에서 살펴보고 있다. 그러나 대개는 이러한 배경자료와 연결하여 그의 작품 속에 드러난 주제의식을 분석하고 표층에 드러난 형식 특징을 분석하는 등 차원에 머무르고 있다. 그러한

---

20) 허재영, 「연변지역 말의 낱말변화에 관한 사회언어학적 연구 : 김학철의 장편소설 『격정시대』를 중심으로」, 건국대 석사학위논문, 1989.
　이상순, 「김학철 소설 연구 —『격정시대』를 중심으로」, 성신여자대학교 석사학위논문, 1997.
　최미옥, 「김학철 산문 연구」, 연변대학교 석사학위논문, 2000.
　이해영, 「1940년대 延安 體驗 형상화 연구 —『항전별곡』, 『연안행』, 『노마만리』를 중심으로」, 한신대학교 석사학위논문, 2000.
　전　화, 「김학철의 『격정시대』 연구」, 영남대학교 석사학위논문, 2003.
　전정옥, 「김학철 수필 연구」, 한국정신문화연구원 석사학위논문, 2004.

주제의식과 형식적 특징을 가능하게 한 김학철의 전 작품과 창작생애를 관통한 내적인 원인의 구명에는 이르지 못하고 있다.

졸저 『중국 조선족 사회사와 장편소설』21)에서는 김학철 문학 연구에서의 이러한 기존의 한계를 극복하고 그의 창작에 일관된 내적 동력을 구명하는데 목표를 두었다. 그러나 김학철 연구가 목적이 아니라 중국 조선족 장편소설 연구를 최종 목적으로 하여 그 중의 한 작가로 김학철을 다루었으므로 그의 장편소설 『해란강아 말하라』와 『격정시대』 두 편만을 대상 텍스트로 하였으며 그의 전반 작품세계를 아우르지 못하였다.

김학철과 그의 문학에 대한 연구가 중국과 한국에서 활발하게 이루어졌음에도 불구하고 이 책의 텍스트이자 작가의 체험의 원형인 「항전별곡」에 대한 연구나 분석, 해석은 별로 이루어지지 못하고 있다. 이는 주로 「항전별곡」이 자서전, 회고록, 기록문학의 범주에 드는 것과 우리 문학 연구가 주로 시와 소설 양식에 국한되어 있음으로 말미암은 것이다. 자서전, 회고록, 기록문학, 전기 등은 그 자체로서 문학의 범주에서 논의되기 보다는 문학 외적 텍스트로 작가론과 작품론을 위한 보조적 자료로 활용되어왔다. 그러나 김학철 문학의 대부분이 그의 의용군 체험에 기초하고 있는 것과 그의 작품에서 자전적 요소가 차지하는 비중이 상당히 크다는 것을 염두에 둘 때, 그의 체험의 원형인 「항전별곡」은 보조적 텍스트를 넘어 문학 텍스트의 범주에서 작품론 내지는 양식론으로 논의되어야 한다. 이런 맥락에서 이 책은 문학 양식의 지평을 확대하여 자서전, 회고록, 기록문학, 전기 등을 문학 속으로 끌어들였으며 「항전별곡」을 문학 텍스트로 검토하였다.

천태산인(天台山人) 김태준(金台俊 : 1905~1949)은 도남(陶南) 조윤제(趙潤

---

21) 이해영, 『중국 조선족 사회사와 장편소설』, 역락, 2006.

濟)와 더불어 일제강점기에 국문학연구를 개척한 대표적 학자다.

그러나 그간 학계에서는 천태산인에 대한 정당한 평가가 이루어지지 못했다. 천태산인에 대한 정당한 평가 없이는 일제시대의 국문학 연구사가 제대로 복원될 수 없다고 본다. 천태산인에 대한 제대로 된 연구사 검토가 이루어져 있지 못한 지금의 상황에서는 두 가지 편향된 평가가 나올 법하다. 그 하나는 그의 좌파적 면모와 관련하여 학문적 성과를 턱없이 평가절하 하려는 것이고, 다른 하나는 그 가열차고 극적인 삶으로부터 유추하여 그 학문적 성과를 실제에 부합되지 않게 과대평가하려는 경우다. 두 경우 모두 정당하다고 할 수 없다.

천태산인에 대해서는 그 생애는 물론이고 국문학 연구의 경로와 그가 모색한 연구방법론 등이 제대로 밝혀져 있지 않다. 특히 생애와 관련한 전기적 사실의 측면에서 불확실함과 의문점이 적지 않다. 김태준에 대한 연구로는 그의 초기 국문학 연구의 업적인 『朝鮮小說史』에 대한 연구가 부분적으로 이루어졌다.[22]

김태준의 국문학 연구성과를 비교적 총괄적으로 살핀 연구로는 박희병의 「天台山人의 국문학연구 : 그 경로와 방법」이 있다.[23] 박희병은 이 글에서 천태산인의 국문학 연구경로의 개요를 정리하고 그에 덧붙여 연구방법론에 대한 약간의 고찰을 가함으로써, 더욱 심화된 후속작업을 준비하는 발판을 마련하였다. 이 글의 말미에서 그는 김태준의 '연안행'에 대하여 내용적 측면에서 간단히 언급하고 있으며 그의 해방 후의 행적에 대해 간략하게 살펴보고 있다.

---

22) 이에 대한 연구로는, 황패강, 「고전소설 연구사 서설」, 『고전소설 연구의 방향』, 한국고전문학연구회 편(새문사, 1985) ; 노꽃분이, 「김태준의 『조선소설사』 연구」, 이화여대 석사학위 논문, 1993 ; 임성훈, 「문학사기술의 방법」, 동국대 박사학위 논문, 1990 등이 있다.
   하지만 이들은 김태준의 연구저서에 초점을 맞추고 있고 「연안행」에 대한 본격적 연구는 진행되지 않았다.
23) 박희병, 「天台山人의 국문학연구 : 그 경로와 방법」, 『민족문학연구』.

김태준의 혁명가적 삶을 민족해방운동사 속에서 조명한 연구로는 임영태의 「혁명적 지식인 김태준」이 있다.[24]

金史良은 1930년대 말에서 한국전쟁 발발 직후까지 당시 암울했던 우리 문단에서 시, 소설, 보고(기행)문, 희곡, 평론, 수필 등의 여러 장르에 걸쳐 폭넓게 활동했던 지식인 작가 중 한 사람이다. 그러나 그의 삶과 문학은 남북 현대문학사에서 온당한 평가를 받지 못하고 있다. 한동안 북쪽에서는 그의 계보적 성분 때문에 그의 문학은 문학사적 지평 밖으로 내몰리기도 했으며, 남한에서는 정치적 사상적 이유로 그 접근의 선이 제한되어 왔던 것이 사실이다.

김사량 문학의 연구에 있어서 이와 같은 사항 외에도 텍스트상의 문제가 뒤따른다. 즉 일제강점기에서는 그가 동경이라는 창작공간에서 대부분 일본어로 작품 활동을 하였으며 해방공간에서는 평양에서 문학적 활동을 펼치다 6.25가 발발하자 종군기자로 참여하였다가 사망하였기 때문에 분단체제 아래에서 그의 텍스트에 대한 접근이 현실적으로 용이하지 못했다는 점과 이로 인해 그의 문학에 대한 연구는 아직 미흡한 단계이다.

김사량에 대한 연구는 일본, 북한, 남한의 세 곳에서 이루어졌는데 일본에서는 이미 1954년 東京 理論社에서 『金史良 作品集』[25]이 출간되었다. 1973년에는 재일 교포작가들인 김달수, 김석범, 안우식, 이회성, 임전혜 등에 의해서 전 5권 분량의 『金史良 全集』[26]이 河出書房新社에서 간행되었다. 이들이 김사량 문학에 대해 관심을 가졌던 것은 재일 한국인, 그 중에서도 특히 재일 교포 1세 문학의 존재 근거에 관련되는 것이었기 때문이다.

---

24) 임영태, 「혁명적 지식인 김태준」, 『사회와 사상』 창간호, 1988. 9.
25) 『金史良 作品集』(東京 : 理論社, 1954).
26) 金達壽 外, 『金史良 全集』 전5권(東京 : 河出書房新社, 1973).

　주로 자신들의 '거점 확보'와 '선의의 신화 만들기' 작업으로 일관된 경향이 두드러져 있어 재일 교포 작가들의 김사량 문학에 대한 논의는[27] 문학에 대한 학문적인 접근이라기보다는 '評傳' 형식의 작가의 생애에 관한 연구에 치중하고 있다. 교포 작가들 이외, 일본인 학자들에 의한 몇 편의 논고 역시 단편적인 언급뿐[28] 이렇다 할 연구는 거의 찾아보기 힘들다.

　북한에서는 그가 실종된 지 5년 뒤인 1955년에 『김사량 선집』을 국립 출판사에서 간행하고 이어 1987년『김사량 작품집』[29]을 평양 문예출판사에서 간행하였다. 이 작품집에는 문학 평론가인 장형준의 「작가 김사량과 그의 문학」이 실려 있다. 그 후 1991년 평양 사회과학 출판사에서 간행된『조선어문』에는 김일성 대학 교수인 김명희의 「김사량과 그의 종군기」가 실려있는데 이들은 김사량을 김일성과 당에 충성해 조국 해방 전쟁의 승리를 위하여 목숨 바쳐 싸운 애국적 작가라고 칭하면서 그에 대한 연구를 이데올로기 편향적으로 진행하였다.

　남한에서는 1988년 월북작가의 작품들이 해금되어 몇몇 출판사에서 월북작가에 대해 관심을 가지게 되면서 김사량의 작품「落潮」,「지기미」,「유치장에서 만난 사나이」 등을 실어 놓고 있다.[30] 김사량 작품

---

27) 金石範,「金史良について：ごとばの側面から」,『文學』(東京), 1959. 2.
　　安宇植,『金史良：その抵抗の生涯』(東京：岩波書店, 1972).
　　＿＿＿,「金史良とムルオリ島」,『文藝』(東京), 1971. 5.
　　＿＿＿,『評傳 金史良』(東京：草風館, 1983)
　　任展慧,「金史良ノート」,『朝鮮研究』(東京) 56, 1966. 12.
　　＿＿＿,「金史良「山の 神神」完成までのプロセス」,『海峽』(東京) 2, 1975. 7.
　　林浩治,「金史良論」,『遇行』(東京) 創刊號, 1987. 10.
　　李承玉,「金史良について」,『文藝評論』(東京), 1956. 4.
28) 高崎降治의「金史良 乞食の墓について」(季刊三千里, 1976. 2)와 川村捧의「金史良と張赫宙」,『岩波講座　近代日本と植民地6：抵抗と屈從』(岩波書店, 1993. 5) 등이 있다.
29)『김사량 작품집』, 평양 문예출판사, 1987.
30)『한국 해방 문학 전집』13(삼성출판사, 1988).

집으로 나온 것은 1989년 동광출판사에서 출판된 이상경 편집의 『노
마만리』와 1992년 열음사에서 출판된 김재남 편집의 『종군기』가 있
다. 김사량 생애에 대해 전반적으로 잘 알 수 있는 책은 崔夏林의 『아
리랑의 비가』[31]가 있는데 이는 安宇植의 『評傳 金史良』[32]을 우리말로
번역하여 간행한 것이다. 그 외에 丁英鎭도 『痛恨의 실종문인』[33]에서
김사량의 생애를 다루고 있다.

김사량 문학에 대한 연구는 1960년대에 장덕순이 「일제암흑기의 문
학사」[34]에서 단편적으로 언급하면서부터 시작되었다. 장덕순은 여기서
김사량의 일본어 작품인 「ムルオリ島」를 다루면서 "국민문학의 탄생과
함께 조선문학이 지방문화의 색조를 띠게 되었다"고 논술하고 있다.[35]
하지만 그의 논의는 유진오의 글[36]을 인용하는데 그치고 있다. 그 다
음에 나온 것이 임종국의 『친일문학론』[37]이다. 임종국은 간략하게나마
그의 문학 활동과 연안으로의 탈출, 해방 후의 귀국까지를 논술하고,
『국민문학』에 연재된 「ムルオリ島」 외 또 하나의 일본어 소설인 「太白
山脈」의 줄거리와 작품의 성격을 적어 놓고 있다. 그는 김사량의 문학
에 대하여 "그가 풍기는 강한 로칼리즘에 비해서 시국적 선동력은 미
약한 작가이었다"[38]고 평가하고 있다.

김사량 문학에 대한 좀 더 구체적인 연구는 1980년대에 들어와서야
이루어졌다. 먼저 김윤식의 여러 논고에서[39] 김사량 문학이 내포하는

『월북 작가 대표 문학』 24(단음출판사, 1989).
『한국 소설 문학 대계』 13(동아출판사, 1995).
31) 安宇植, 崔夏林 역, 『아리랑의 비가』(열음사, 1987).
32) 安宇植, 『評傳 金史良』(草風館, 1983).
33) 丁英鎭, 『痛恨의 실종문인』, 문이당, 1989.
34) 장덕순, 「일제 암흑기의 문학사」, 『세대』, 1963, 12.
35) 위의 글, p.240.
36) 兪鎭午, 「國民文學というもの」, 『國民文學』, 1941, 1.
37) 임종국, 『친일문학론』(평화출판사, 1966).
38) 위의 책, p.210.

이중성, 즉 위선과 비굴, 한국어와 일본어, 출신 계층의 균형 감각, 일본과 중국 동시에 지향, 문학적·정치적 감수성 등을 피지배자와 지배자 측의 언어를 획득하는 현상과 관련 지우면서 제시하고, 또 국민문학에 발표된 김사량의 일본어 소설이 소위 친일문학과는 성격이 다르다고 하고 있다. 그 외에 김재남, 이상경, 정현기 등의 소론들[40]이 있다.

학위논문으로는 鄭百秀, 손미선, 田島哲夫, 이종호, 손은정 등의 논문들[41]이 있다. 鄭百秀는 해방 전의 소설들을 대상으로 내선일체에 관계된 김사량의 소설작품을 연구하였다. 손미선은 김사량의 문학을 광복 이전과 광복 이후의 두 시기로 나누어 친일문제와 이데올로기 문제를 다루고 작품세계를 분석하였다. 田島哲夫는 김사량문학을 당대 한국문학의 전통과 관련 지우면서 김사량 소설을 단편과 장편으로 나누어 작품분석을 하였다. 이종호와 손은정은 김사량의 삶과 시대배경과의 연관 속에서 김사량의 작품세계를 분석하고 김사량 문학의 양상에 대해 연구하였다.

이 책의 연구 텍스트 중의 하나인 「노마만리」에 대해서는 본격적인 연구가 아직 이루어지지 않고 있으며 간단히 언급하는데 그치고 있다. 주로 그 내용에 대해 다루면서 김사량의 연안 탈출이 그의 삶에서 중

---

39) 김윤식, 『한일문학의 관련 양상』(일지사, 1974).
    _____, 「'내선일체' 사상과 그 작품의 귀속의 문제 : 위선과 비굴의 변증법」, 『한국근대 문학 사상사』(한길사, 1984).
40) 김재남, 「김사량 문학연구」, ≪세종대 인문대 논문집≫, 1991. 4.
    이상경, 「암흑기를 뚫은 민족해방의 문학」, 『김사량 작품집―노마만리』, 동광출판사, 1989, pp.399~409.
    정현기, 「김사량론」, ≪현대문학≫, 1990. 9월호.
41) 鄭百秀, 「金史良小說研究」, 서울대 석사 논문, 1991.
    손미선, 「김사량작품연구」, 성신여대 석사 논문, 1992.
    田島哲夫, 「김사량소설연구」, 서울대 석사 논문, 1994.
    이종호, 「김사량 문학 연구」, 세종대 석사 논문, 1995.
    손은정, 「김사량 문학 연구」, 경남대 석사 논문, 1997.

대한 전환점으로 된다는 정도의 의미 부여에 모를 박고 있다.

이상에서 우리는 김학철, 김태준, 김사량 세 작가에 대한 기존의 연구사를 검토하여 보았다. 그들에 대한 연구는 현재 여러 가지 문제점을 안고 있다. 생애에 대한 정확한 발굴이 아직 완벽하게 이루어지 않고 있으며 작품에 대한 연구 역시 특정한 시기 또는 특정한 몇 편의 작품에 집중되어있다. 특히 그들의 항일의식이 실천으로 나아갔던 연안(延安)으로의 탈출과 재 연안(在延安)시기를 형상화한 「항전별곡」, 「연안행」, 「노마만리」에 대한 집중적이고 깊이 있는 연구는 거의 전무한 상태다. 세 편의 작품을 한데 묶어 암흑기 한국 문학사를 재구성하고 전반 문학사에서 자리 매김 하려는 연구는 더구나 찾아볼 수 없다.

그러므로 이 책에서는 이 세 작가들에 대한 기존의 연구와 논의를 바탕으로 그들의 항일에 관한 의식이 실천적 행동으로 나아갔던 연안으로의 탈출과 재 연안 시기의 생활을 1940년대라는 시대배경과의 연관 속에서 중점적으로 살펴본다. 그 기초 위에서 그들의 연안 체험을 형상화한 「항전별곡」, 「연안행」, 「노마만리」 등 세 편의 작품을 한데 묶어 내용, 형식면에서 총체적이고도 비교적인 연구를 진행하여 작품의 의식세계와 미학적 특징을 구명하며 나아가서 그 문학사적인 위상을 검토하고자 한다.

먼저 2장에서는 세 편의 작품의 사회, 시대적 배경과 작품의 배경을 살피고 이 세 편의 작품을 한데 묶어 이야기 할 수 있는 근거와 이유를 살펴볼 것이다. 3장에서는 세 편의 작품에 반영된 의식세계를 총체적이고도 비교적으로 살펴봄으로써 조국의 독립과 민족의 해방을 위하여 현대사의 암흑기를 피와 목숨으로 헤쳐 온 항일적 지식인들의 저항의 의식세계를 구명해볼 것이다. 4장에서는 세 편의 작품의 양식 적 특징을 총체적이고도 비교적으로 살펴봄으로써 미학적 측면에서 이룩한 성과를 고찰해 볼 것이다. 5장에서는 세 편의 작품이 가지는 문학사적 의의를 검토하고 우리 문학사에서 차지하는 위치를 구명해 볼 것이다. 6장에서는 이제까지의 논의와 연구성과를 요약, 정리함으로써 결론에 대신하고자 한다.

2. 1940年代 延安 體驗 形象化의 배경

1) 시대적 배경

1930년대 후반은 세계적으로 파시즘이 대두하던 시기였다. 구라파에서는 독일과 이탈리아가, 아시아에서는 일본이 파시즘으로 치닫고 있었으며 전반 지구는 제2차 세계대전의 불길 속에 휩싸였다.

1929년의 세계경제공황에서 탈출하기 위한 방편으로 시작한 일본의 대외침략전쟁은 그 규모의 확대와 파쇼적 성격의 심화와 함께 전반 동아시아를 피로 물들게 하였다. 1931년 9월 18일, <만주사변>으로 시작된 일제의 중국 침략은 1937년 7월 7일, <로구교사변>으로 그 전장이 전반 화북으로 확대되었다. 중국 대륙에 대한 침략 전쟁을 효과적으로 수행하기 위하여 일본제국주의는 조선에 대한 대륙병참기지화 정책을 강행하여 조선을 저들의 군수물자와 식량공급의 후방기지로 만들고 조선에 대한 식민지 파쇼 테러통치와 발악적인 식민지 수탈을 감행하였다.

일제는 후방기지인 조선의 민족해방운동을 탄압하고 치안을 강화하기 위해 1920년 이래의 문화정치의 너울을 벗어버리고 '(준)전시체제'로 통치방식을 바꾸었다. 1930년대에 들어와 일제는 사상문화분야에서도 파쇼적 탄압정책인 황국신민화 정책을 실시하였다.

일제의 황민화 정책에 굴복하여 이광수, 최남선, 윤치호, 최린, 김활란 등의 한때 독립운동을 하였거나 '민족애'를 입에 올렸던 많은 '민족지도자'들이 노골적인 친일파로 전락하였다. 『동아일보』, 『조선일보』 등 '민족지'들도 이때는 친일신문이 되어 천황의 생일날(이날은 윤봉길의 홍구공원 폭탄투척 거사기념일이기도 함)에 천황의 '만수무강'을 기원하였다. 이들은 지원병제가 실시되자 조선인도 일본인으로 받아들여준 천황의 '은혜'에 감격하여 조선청년들에게 천황을 위해 적극 입대할 것을 권유하였다.

일제의 중국 침략은 조선에 대한 식민지 파쇼 테러통치를 강화시켜 조선백성들을 도탄 속에 빠지게 하였을 뿐 아니라 중국의 정치형세에도 큰 영향을 주었다. 장개석의 "외적을 물리치려면 먼저 내적을 제거해야 한다"는 반동적 정책과 부저항주의로 인하여 동북군은 전부 관내로 철수하였다. 겨우 3개월 만에 동3성 전부가 일제의 수중에 떨어졌으며 남양(南洋) 전역이 정복되었다. 1935년, '하매(何梅)협정'의 체결로 하여 중국 군대는 하북성에서 철수하고 하북성의 국민당 당부가 취소되었으며 중국 내에서의 반일 활동은 금지되었다.

일본의 중국 침략에 대비하여 홍군은 장정의 길에서 1935년 8월 1일, 유명한 '8.1 선언'[42]을 발표하여 항일민족통일전선에 관한 정책을 제출하였다. 중국공산당의 노력과 전국적인 항일민주운동의 고조,[43] 서

---

42) 정식명칭은 「항일구국을 위하여 전국 동포에게 고하는 글(爲抗日救國告全國同胞書)」로서 중화 소비에트 공화국 인민 위원회와 중국 공산당 중앙 정치국이 연명으로 발표하였다.

43) 그 대표적인 운동이 '12. 9'운동이다. 1935년 12월 9일, 북평 학생 6,000여 명이 벌인 시위 운동과 그 뒤의 확산 과정을 가리킨다. 북평의 학생들은 화북 지역에 대한 일본의 침략에 항의하여 '내전 정지와 일치 대외', '일본제국주의 타도'라는 구호를 내세우면서 국민당의 부저항(不抵抗) 정책을 비판했는데, 이 운동은 전국 각지로 확산되어 항일 운동을 고양했으며 항일민족통일전선을 결성하는데 중요한 기여를 하였다. 중국공산당의 지도로 이루어졌다.

안사변의 발발과 평화적 해결,44) 그리고 1937년 7월 7일 '노구교 사변'으로 인한 8년 항전의 폭발로 하여 장개석은 부득불 국공합작에 동의하지 않을 수 없었다. 이리하여 제2차 국공합작이 정식으로 이루어졌으며 항일민족통일전선이 최종적으로 결성되었다.

그러나 통일전선에서 두 가지 대립되는 항일 노선이 나타나게 되었는데, 이것이 공산당의 전면 항전 노선45)과 국민당의 일면 항전 노선46)이었다. 이러한 일면적 항전노선으로 국민당은 항전초기에는 서주전투,47) 무한전투48)에서 상당한 노력을 기울였고 台兒庄전투49)에서는 전례 없는 승리를 거두기도 하였으나 결과적으로 국민당의 전장에서는 대규모의 궤멸과 패주를 면할 수 없었다.

1940년대에 들어서면서 일제의 고압정책과 피비린 탄압으로 하여 국내외의 민족해방투쟁은 준엄한 시련에 직면하게 된다. 국내에서는 일제의 고압정책으로 인하여 혁명적 농조·혁명적 노조 운동 같은 조직운동이 거의 불가능해졌으며 민중들은 다만 일제의 탄압망을 피할 수 있는 일정한 조직과 형태가 없는 소규모의 투쟁을 벌이고 있을 뿐

---

44) 1936년 12월 12일 국민당군의 장군 장학량과 양호성이 장개석을 감금하여 내전 정지와 연공 항일을 수락케 한 유명한 사건으로 그 평화적 해결은 제2차 국공합작(항일민족통일전선의 결성)의 계기가 되었다.

45) 첫째, 이 노선은 인민 전쟁, 전민(全民)전쟁을 할 것을 주장하고 있었다. 인민을 위하고 인민에 의거한다는 것은 공산당의 전면 항전 노선의 기본 내용이자 특징이었다. 둘째, 이 노선은 굳건한 항전을 주장하면서 일본제국주의와는 어떠한 타협도 하지 않을 것을 주장하고 있었다. 1937년 8월, 중국공산당이 섬북의 낙천(落川)에서 政治局會議를 소집하여 통과시킨 「항일구국 10대 강령」은 이러한 노선의 기본 내용을 개괄하고 있었다.

46) 첫째, 정부와 군대에 의거한 항전을 주장했다. 둘째, 항일이 굳건하지 못하여 수시로 일본군과 타협하려고 하였다.

47) 1937년 말에서 1938년 5월까지의 서주전투.

48) 1938년 6월에서 10월까지.

49) 이 전투는 이종인 장군이 지휘하였는데 국민당군은 전례 없는 승리를 거두어 일본군 7,000여 명을 사살하고 1만 3,000여 명을 부상시키기도 하였다.

이었다. 해외에서의 민족해방투쟁 역시 좌절을 겪게 된다. 1931년에 일본이 만주를 강점한 이후에 만주 산골에서 중국인들과 같이 항일운동을 계속하던 빨치산 부대는 1941년을 기하여 소련 영토인 시베리아로 피난을 하였었고, 중국오지의 국민당지역 서안(西安)에서는 한국광복군이 조직되었으나 아직 훈련단계에 있었으므로 별다른 성과를 거두지 못하고 있었다. 중경(重慶)에 소재 하던 임시정부와 미국에 살고 있던 독립운동가들은 외교활동에 열중하면서, 또 광복군의 후견세력으로 무장활동을 지원하고 있기는 했으나 역시 일제에 직접적인 타격을 주지는 못했다.

1940년대에 들어서서 일본이 항복할 때까지 일선에서 치열하게 항일무장투쟁을 계속한 것은 연안파로 알려져 온 조선독립동맹 휘하의 조선의용군밖에 없었다.

2) 작품의 배경

김학철의 「항전별곡」, 김태준의 「연안행」, 김사량의 「노마만리」 등 세 편의 작품은 모두 그 개인의 직접적인 체험을 형상화한 것이므로 작품의 배경에는 작가의 생애가 용해되지 않을 수 없다. 그럼 아래에 작품별로 작품의 배경을 작가의 생애와 연계시켜 살펴보도록 하자.

(1) 「항전별곡」의 배경

김학철은 1916년 11월 4일 함경남도 원산에서 누룩제조업자의 둘째 아들로 태어났으며,[50] 본명은 홍성걸이다. 그는 호적상으로는 차남

---

50) 조성일·권철, 『중국조선족문학사』(연변 : 연변인민출판사, 1989), p.390.

이었지만 형이 일찍 죽은 관계로 실제로는 장남인 셈이었다. 그의 어린 시절은 그다지 유복한 편이 아니었다. 그가 7세 되던 1922년에 그의 부친은 34세의 이른 나이에 폐병으로 병사하게 되었다. 그의 모친은 29세의 젊은 나이에 두 명의 누이동생과 김학철을 뒷바라지하면서 가난한 살림을 꾸려갔다.[51]

김학철은 방정환이 주관하는 월간지 『어린이』를 애독하는 한편 일본서적 등을 가리지 않고 탐독하면서[52] 현실을 어렴풋이 이해하기 시작하였으며 일제의 민족침략에 대한 적개심을 싹틔웠다. 소학시절에 목격한 원산제네스트와 보성학교시절 경험한 광주학생사건은 그의 세계관과 민족의식의 정립에 큰 작용을 하였다. 한편 그는 당시 이학인 씨와의 친분을 기화로 『조선문단』[53]에서 자원봉사를 하면서 단편 「타락자」를 투고하는 등[54] 작가로서의 지향을 보이기도 했다.

그러나 김학철의 인생행로를 근본적으로 바꿔놓는 사건이 일어났다. 일한서방에서 책을 사 가지고 빗방울을 피해 옷자락에 넣고 돌아오는 길에 일본 순사의 검문을 받게 되면서 도둑누명을 쓰는 사건이 일어난 것이다. 도둑의 누명은 결국 서방의 점원이 와서 확인을 하고 나서야 벗어날 수 있었지만 이 사건은 김학철에게 망국민으로서의 울분과 설음을 다시 한 번 되새기는 계기를 만들었으며, 일제 강점기를 직접 몸으로 체험하게 힘으로써 그의 인생행로에 큰 영향을 미쳤다.

---

51) 김학철, 『최후의 분대장』(서울 : 문학과 지성사, 1995), pp.11~12.
52) 김학철, 위의 책, pp.34~35. 김학철은 자서전에서 "일본 시인 사이조 야소(四條八十)·기타하라 하쿠슈(北原白秋)·노구치 우조(野口雨情) 들의 동시(童詩)는 내 마음을 완전히 사로잡았다."고 밝혔다.
53) 『조선문단』은 1924년에 창간되어, 방인근과 이광수 등이 주관하였던 추천제를 둔 문예종합지이다. 지령 26호로 1936년에 폐간될 때까지 경향파에 반대하는 태도로서 민족주의적 경향의 문예지이다.
54) 김학철, 『최후의 분대장』, p.86-김학철은 「타락자」에 대하여 400자 원고지 25매 가량이 되는 단편소설로 한 지식인이 가까운 친구에게 배신을 당한다는 줄거리라고 밝혔다.

더욱이 1932년 상해 홍구공원에서 윤봉길의사의 폭탄투척 사건과 조국의 독립을 위해 중국황포군관학교에 입학한 조선학생들의 모습에 큰 감명을 받은 김학철은 자신의 인생을 조국광복에 바치기로 결심을 한다. 그리하여 마침내 그는 상해 임시정부를 찾아 단신으로 북행열차에 오르게 된다.

1935년 김학철이 도착한 상해는 윤봉길의사의 폭탄투척사건으로 이미 임시정부가 철수를 한 뒤였다. 그러나 그는 그곳에서 조선민족혁명당55)(의열단의 후신)의 당원과 접촉을 하여 곧장 민혁당 상해특구에 소속되었다가 다시 남경으로 건너가 정식으로 민혁당에 입당을 한다. 김학철은 민혁당에서 2년간 테러행동대와 선전부원으로 활동하였다.

그 후 1937년 일제가 중국침략을 노골화하면서 남경공략이 시작되자 민혁당의 지도층은 테러활동의 한계와 대중적인 무장투쟁의 필요성을 절감한다. 그 실천적 대안으로 조선의용대의 창건을 계획하여 많은 청년당원들을 중국황포군관학교에 입학시킨다. 이리하여 김학철은 군관학교에 보결생으로 입학하게 되며56) 『항전별곡』의 작품 배경으로 되는 군관학교에서의 학습과 생활, 무한에서의 조선의용대의 창립, 조선의용대의 국민당전장으로부터 항일의 최전선인 연안57)(태항산 항일근거

---

55) 강만길, 『김원봉연구』(서울 : 창작과 비평사, 1992), pp.184~191.
　　민족혁명당의 결성은 파쇼세력의 침략이 강화되고 전쟁의 위기가 높아지자 중국 내 조선인들의 통일 단결운동이 더 강화되면서 이미 결성된 한국대일전선통일동맹을 기초로 성립되었다. 1932년 11월 상해에서 결성된 통일동맹이 서로의 연락기구에 불과하였으므로 1933년 3월 1일, 남경에서 열린 통일동맹 제2차 대표자회의에서 유일당 건설을 결정하였다. 그리하여 의열단의 강령을 근간으로 하여 1935년 6월 20일 예비회담을 거쳐 7월 4일 신당 창립 대표회의가 개최되어 중국 관내의 5당이 통일하여 탄생된 것이 민족혁명당이다. 그러나 중국공산당 소속 조선인은 불참하여 좌우를 망라한 통일전선당이 되지는 못하였다.
56) 김학철, 「항전별곡」, 『항전별곡 : 조선독립동맹자료 I 』, 이정식·한홍구 편(거름 출판사), p.179.
57) 화북조선독립동맹과 조선의용군의 본부는 태항산중의 山西省 동욕(棟峪)촌으로 延安은 아니었다. 그러므로 김학철이 소속된 조선의용대가 국민당 전장에서 북

지)으로의 이동, 연안에서의 전투와 생활 등을 직접 몸으로 체험하게
된다.

「항전별곡」의 배경을 도표로 표시하면 다음과 같다.

항목	1단계	2단계	3단계	4단계
시간	1931. 9. 18. '만주사변'~ 1937. 7. 7. 중일전쟁발발	중일전쟁 발발~ 군관학교 졸업	1938년 무한 한구에서의 조선의용대 건립~1941년 봄	1941년 봄~ 1945. 8. 15. 항일전쟁 승리
공간	테러활동의 무대	군관학교에서의 학습과 생활	國民黨구역에서 延安으로의 이동	태항산에서
구체적 지점	상해, 남경 등 산해관 이남의 대도시들	양자강 남안	한수(漢水)가, 황하(黃河)가, 연하(延河)가	산서성의 동욕
체험 형식	직, 간접체험	직접체험	직접체험	직, 간접 체험

상하여 이른 곳은 정확히 延安이 아니라 태항산 해방구이다. 지리상으로 延安은
태항산 해방구가 위치한 山西省과는 경계를 둔 陝西省에 위치하고 있다. 그럼에
도 이 책에서 별 무리없이 延安이라고 하는 것은 延安은 항일전생시기 모택동을
위수로 하는 중국공산당과 그 휘하의 팔로군의 근거지로서 태항산 해방구를 포
함한 모든 해방구를 아우를 수 있는 하나의 상징체이기 때문이다. 즉 이때의 延
安은 하나의 지역으로서가 아니라 중국공산당과 팔로군의 항일근거지와 해방구
에 대한 상징으로 쓰인 것이다. 목적지를 延安으로 하고 떠났던 김사량의 최종착
지도 延安이 아니라 태항산 해방구이다. 그러나 김태준이 조국을 탈출하여 이른
곳은 延安이다. 즉 「延安行」의 延安은 실제 延安이다. 여기에 대해서는 그들을
'연안파'라고 호칭하는 이정식도 『조선독립동맹 자료Ⅰ-항전별곡』의 서문 「독
립동맹-의용군 자료집을 내면서」에서 "그들이 연안파라고 알려지게 된 것은 조
선독립동맹과 조선의용군이 화북에서 조직되었고 연안에 본부를 둔 중국 팔로군
의 비호 하에 있었기 때문이다. 조선의용군의 대부분은 항일 전방인 태항산지구
에 있었으므로 연안파라는 호칭은 정확한 것이 못되지만, 관례에 따라 그 용어를
여기에서 사용한다."고 설명하고 있다.

(2) 「연안행」의 배경

천태산인(天台山人) 김태준(金台俊)은 평안북도 운산(雲山)에서 1905년 출생했다. 그는 전라북도 이리에 있는 이리농림중학을 다녔으며 경성제대 지나문학과(支那文學科)에 입학하였다.

1930년에 이루어진 북경여행은 그의 세계관상에 커다란 변화를 초래하였다. 1930년『조선소설사』의 집필로 시작된 김태준의 국문학 연구는 1935, 6년경 절정에 달한다. 이 6, 7년 동안 김태준은 엄청나게 많은 글을 썼으며, 그 글들은 대부분 국문학의 중요한 문제들을 개척적으로 다룬 것에 해당된다. 즉『조선소설사』,『조선한문학사』,『조선가요개설』의 3부작을 내놓았으며, 자신의 고유한 국문학연구 방법론과 사관(史觀)을 정립했다. 스물여섯에서 서른두 살 사이에 이루어진 일이었다. 그러나 이후 1938년부터 40년까지는 어쩌다 드문드문 글을 발표했을 뿐, 이전의 왕성한 연구 활동은 찾아볼 수 없다. 이 시기에 발표된 글은 또한 본격적인 연구라기보다 연구에세이에 가까운 가벼운 글들이 대부분이다. 1941년 이후 해방될 때까지는 그나마 이런 글조차도 찾아보기 어렵다.

김태준이 20대 중반에서 30대 초반까지 신들린 듯 열정적으로 글을 써 댄 것이나, 30대 중반 이후 절필(絶筆)까지는 아니라 하더라도 그에 방불한 글쓰기의 침체를 보인 것은, 그 현상적 대조에도 불구하고 본질에 있어서는 모두 김태준이 염두에 둔 국문학연구의 실천적 목표와 깊은 연관을 갖고 있다.

1938년 이후 김태준이 연구다운 연구를 거의 보여주지 못한 것은 객관적 사회정세 및 그에 대한 김태준의 인식태도와 밀접한 관련이 있다. 국문학연구의 실천적 의의를 인정하기 어렵게 된 상황 하에서 김태준은 민족해방을 위한 실천의 길로 나아간다.58) 이 대목부터 김태준은 사실 국문학자를 벗어나 혁명가로서의 삶을 살았고 그의 혁명가적 삶은 오히려 민족해방운동사 속에서 조명되어야 한다는 주장도 있을 수 있다.59) 그러나 그가 해방 후에 쓴 글 중에는 국문학연구와 관련된 것도 없지 않다. 또한 그의 민족해방의 한 실천으로서 연안으로의 탈출과정을 적은 「연안행」은 그 사료(史料)적 가치와 함께 높은 문학성을 획득하였다.

김태준은 훗날 「연안행」에서 당시 조선의 상황에 대해 다음과 같이 술회하고 있다.

言語는 倭語所謂國語普及運動이요 歷史는 日鮮同祖論이요 政治는 徵用 徵兵이요 經濟는 供出과 配給이요 倭奴의 太平洋戰爭에 拍子를 티며 날 뛰며 聲援하는 書出百鬼의 창피스럽고 괴로운 時間이었다. 朝鮮民族의 歷史우에 이렇게 異民族과 그 倀鬼들에게 迫害와 賤待를 質的으로 深刻 하게 받아본 經驗은 다시없을 것이다. 우슨 것은 孔子廟에 儒生을 모아 놓고 中國을 亡케하고 日帝를 興케 해달라고 朔望, 祈願文 읽고 孔子께 빌었다는 것이다.(「延安行」(一), p.433)60)

---

58) 김태준이 민족해방을 위한 조직활동, 구체적으로는 박헌영 지도하의 경성콤그룹 에 언제부터 참여했는지는 정확히 알 수 없다. 그러나 그가 경성콤그룹의 검거선 풍 속에 1941년 1월 9일 체포되었다는 사실만큼은 확실하다. 김태준은 1939년 명 륜전문학원 교수로 재직하던 중 경성게대 조선문학 강좌의 강사도 소빙 받자 "이 번 기회를 이용하여 그간 연구하여온 조선문학의 정진에 더욱 연마하려고 한다" (≪동아일보≫, 1939. 2. 9. 「청년학자 김태준씨 城大講師에 취임, 高橋氏와 함께 조선문학강좌 담당」이라는 제하의 기사)는 포부를 일시적이나마 보인 바 있는데, 이 당시까지만 하더라도 아직 조직활동에 관여한 것 같지 않다. 일설에 의하면 김태준은 1940년 경성콤그룹의 경남지역 책임자 권우성을 만나 조직활동을 시작 했다고 한다(「발굴 한국현대사인물」, ≪한겨레신문≫, 1991. 9. 13). 만일 그것이 사실이라면 김태준은 1938년 이래 국문학연구에 별 의미를 못 찾고 있던 중 1940 년에 이르러 마침내 현실운동을 통한 실천의 길로 뛰어들게 된 것이다.
59) 이런 각도에서의 조명으로는 임영태의 「혁명적 지식인 김태준」, 『사회와 사상』 창간호, 1988. 9. 이 참조된다.
60) 이 책에서 「항전별곡」, 「연안행」, 「노마만리」를 인용했을 때에는, 인용문 뒤 괄호 속에 면수를 표시하고자 한다.

주변상황도 주변상황이려니와 김태준 자신에 대한 일제의 감시와 박해는 한층 더 극심해졌다.

이렇게 자신에 대한 일제의 체포망이 각일각 좁혀오던 중 김태준은 마침내 두 번째 아내 박진홍과 함께 당시 중국공산당의 본거지인 연안으로의 탈출을 결행한다. 1944년 11월의 일이었다. 해방 후에 그는 연안으로의 탈출과정을 글로 발표하였다. 「연안행」이 그것이다. 이 글에서 김태준은 위에서 보다시피 탈출의 원인으로 탈출 당시 조선의 상황에 대하여 많은 필묵을 들여 서술하였을 뿐만 아니라 1944년 말, 1945년 초 중국의 시대상황을 탈출의 경로에 따라 자신의 눈에 비치는 대로 서술하고 있다.

> 나는 洪K와 함께 北市場을 가려고 하니 倭놈官史가 市場의 四面을 遮斷하고 市場에 있는 사람을 全部 잡아서 트럭에 싣는다. 우리도 三十分 前에만 市場에 왔드란들 炭鑛人夫로 徵用되어 北海道의 어느 山中의 寃鬼가 되었을 것을!(「延安行」(二), p.438)

김태준이 奉天 北市場에 갔다가 목격한 광경이다. 태평양전쟁 이후부터 패퇴의 일로를 걷고있던 일본이 1944년 말에 와서는 모자라는 인력을 强制徵用의 방법으로 보충하고 있는 만행을 보여준다. 일제는 중국에서도 조선에서와 마찬가지로 죄악적인 침략전쟁의 수행을 위하여 갖은 악행을 다 저지르고 있었던 것이다.

(3) 「노마만리」의 배경

본명이 김시창(金時昌)인 金史良(필명)은 1914년 3월 3일 평양부 육로리 102번지에서 주물 공장을 경영하던 부유한 집안의[61] 2남2여중

---

61) 북한에서 발행된 金史良 작품집(1987년, 평양문예출판사)에서도 '조그마한 주물

차남으로 태어났다. 양친의 성함은 아직까지 알려져 있지 않으나 김사 량의 표현에 의하면 부친은 "어머니와 달리 절벽처럼 보수적이고 완고하여 몇 번이고 어머니의 책망과 채근에도 불구하고 누나를 소학교에 보내 신식교육을 받도록 허락하지 않았던 고지식한 위인"이었고[62] 그의 모친은 미국에서 교육을 받은 신식여성이었다.[63] 그러므로 보수적인 아버지와 신식교육을 받은 어머니 아래서 성장한 김사량은 우수한 성적으로 소학교를 졸업하고, 1928년 평양고등보통학교에 입학하였다.

1931년 평양을 비롯하여 황해도 해주, 평북 신의주 등지에서 학생 동맹휴교가 일어났는데 광주학생운동 2주년을 맞아 일어난 이 학생운동은 일본인 배속장교 및 일본인 교사와 일부 교수들을 배척하기 위한 운동이었다. 김사량은 주모자의 한사람이었던 관계로 졸업을 몇 달 앞두고 논지퇴학의 처분을 받았으며, 학생복의 단추까지 떼고 모자를 쓰지 않은 채 도항증명서도 없이 무턱대고 부산까지 내려갔다고 한다.[64]

김사량은 일본으로 밀항하려고 부산으로 갔다가 불심검문을 받고 잡혔으나, 담당형사가 한눈을 파는 사이 경찰서에서 도주하였고, 일본에서 공부하고 있는 형 시명[65]에게 도움을 청한다. 김시명은 동생의 밀항을 돕기 위하여 동지사대학의 제복과 제모, 위조한 학생증까지 준비하여 부산으로 와서 김사량을 데리고 감으로써 밀항에 성공한다.

일본으로 건너간 그는 1933년 北九州 사가현에 있던 명문고 구제

공장을 경영하는 가정'이라고 출신 성분을 밝히고 있는 것으로 볼 때 그의 집은 꽤 큰 부잣집이었던 것 같다. 주물공장은 가내공업의 범주를 넘어선 시설과 자본 규모라야 경영 가능하기 때문이다.

62) 정영진,『통한의 실종문인』(문이당, 1989), p.152.

63) 安宇植, 최하림 역,『아리랑의 비가』(열음사, 1987), p.18.

64) 위의 책, p.26.

65) 김사량의 형 김시명은 경도대학 출신이며, 고등문관시험 양과에 합격하였고, 조선총독부의 고급관료와 홍천군수를 역임하였으며, 해방 후 미군정 하에서 초대 전매청장을 역임하였다. 6. 25때 남하한 인민군에게 사살되었다.

사가고등학교 文科 乙類에 입학하였다. 1936년 2월 고교 졸업 기념지에 「荷」(짐)을 발표하여 이때부터 그의 문학적 재능을 드러내기 시작하였다. 고등학교를 졸업하고 그 해 4월 東京帝國大學 文學部 獨文學科에 입학하였다.

그는 대학에 입학하면서 문학도로서의 본격적인 길로 들어서기 시작하였는데, 재학시절 동인지『寄港地』,『堤防』등을 만들어 동인활동을 했다. 그는 또 '조선예술좌'에도 관련하였는데 그의 소설 「土城廊」이 여기에서 각색되어 공연되었다. 그러나 1936년 10월 28일, 이 극단의 단원 일부가 소위 '콤 아카데미사건'으로 피검됨으로써, 그도 약 2개월 이상의 구류처분을 받았다.

1939년 1월 9일 그는 25세의 나이로 대학졸업을 앞두고 평양 굴지의 고무공장을 경영하는 부잣집 딸이며, 독실한 카톨릭 신자였던 최창옥과 평양계리산정현교회에서 김관식목사의 주례로 중매결혼을 하였다.

3월 졸업논문인 「하이네 : 최후의 낭만주의자」를 제출하고, 대학졸업식에도 참석치 않고 혼자서 북경을 여행하였는데 북경 연경대학에 재학 중인 종형을 만나서 미션계 스쿨인 연경대학을 통하여 미국 유학을 탐색코자 한 것이다.[66]

1939년 4월 조선일보 학예부 기자로 있으면서 「光の中に」를 일본어로 쓰기 시작하였다. 활동을 시작한 화산이 단숨에 불을 뿜는 듯한 기세로 작품활동을 시작한 것이 바로 1939년 가을부터였다.[67] 장편 「낙조」(落潮)가 「光の中に」와 거의 같은 시기에 발표되었고 조선의 잡지『조광』(朝光)에 평론 「독일과 애국문학」, 「독일과 대전쟁문학」을 계속해 썼던 것도 이 무렵의 일이었다. 이 밖에도 그는『모던 니뽕』지 조선판에 평론 「조선의 작가를 말한다」를 썼고 이광수의 소설 「무명」

---

66) 안우식, 앞의 책, p.79.
67) 위의 책, p.78.

(無名)을 번역하기도 하였다.

그 해 6월 기자직을 잠정적으로 버리고 아내와 함께 일본으로 건너가 동경제국대학 대학원에 입학하였다. 10월, 『文藝首都』에 소설 「光の中に」를 발표하였다. 이듬해인 1940년 2월 일본 최고의 신인상인 아꾸다가와상(芥川賞) 후보로 「光の中に」가 선정되었다.

1941년 4월 『삼천리』에 소설 「지기미」를 발표하고, 12월 9일 일본의 진주만 공격으로 시작된 태평양전쟁이 발발한 이튿날 새벽, 소위 '사상범 예방구금법'에 의해 2차 구류생활을 하게 된다.68) 이는 과거 구류경험이 있는 사람들을 미리 감금시키는 조치로 친구들의 도움으로 50일 만에 석방되지만, '해군위문작가단'으로 나가야 한다는 조건이었다. 이유 없는 구류생활을 마친 그는 1942년 2월 귀향하여 평양에 거주하지만 이미 고국에서도 마음 놓고 창작할 수 없는 상태였다. 그래서 일본어 소설을 쓰게 되는데 『국민문학』에 1942년 1월 「ムルオリ島」와 1943년 2월부터 10월까지 연재된 장편역사소설 「太白山脈」을 역시 일어로 발표하게 된다.

이 무렵 조선문단은 '文人報國會'가 창설되고, 대부분의 작가들이 일본에 협력하지 않으면 안 되는 상황이었으므로 8월 28일 국민총력조선연맹에서 실시한 해군견학단의 일원으로 파견되었다. 그리고 10월 10일부터 10월 23일에 걸쳐 『매일신보』에 조선어로 쓴 「海軍行」을 발표하였으며, 12월 14일부터 1944년 10월 4일까지 장편 연재소설 「바다의 노래」를 『매일신보』에 발표하고 모든 활동을 그만두었다. 당시 그는 해군 작가단이 되어 일제에 두드러진 협력을 하게 된 것을 매우 기분 나쁘게 생각한 것 같다.

---

68) 金史良은 일본의 진주만 기습 공격이 이루어진 다음날인 1941년 12월 9일 새벽 일제의 특별고등경찰에 의해 체포되어 1942년 1월 29일까지 가마꾸라 경찰서에 구금된다.

그는 모든 창작활동을 그만두고 일제의 발악이 극에 달했던 1944년 4월 고향인 평양에서 평양대공전 독어교사로 재직하였고, 1945년 5월 조선일보사가 주관하는 '조선출신학도병 전황선전보도반원'으로 노천명과 함께 가족의 전송을 받으며 중국에 파견되어 갔다. 북경에서 그는 비밀공작원과 연락이 닿으며 마침내 연안(화북조선독립동맹 조선의용군 근거지인 태항산 항일근거지)으로의 탈출에 성공한다. 그는 조국을 탈출하여 적 일본군의 봉쇄선과 유격지구를 넘어 조선의용군의 근거지인 화북 태항산중(華北 太行山中)으로 들어온 날까지의 노상기(路上記)와 들어온 뒤의 생활록, 견문, 소감 이런 것을 1946년 1월부터 『민성』지에 「연안망명기」란 제목으로 연재하다가 반응이 좋자 「노마만리」로 제목을 변경하여 본격적으로 연재하게 되었다. 「노마만리」에는 그의 탈출전야의 조국의 상황과 탈출의 길에서 본 중국의 상황이 작품의 배경으로 설정되어 있다.

「노마만리」에서 '노마', 즉 김사량의 망명의 코스는 북경으로부터 시작된다. 그러므로 작품에서 조선의 상황은 주로 작가의 적절한 시기의 추억과, "별보다 한껏 먼" 이역에서 조국에 대한 무한한 사랑과 그리움으로 일관된 조선의용군전사들의 애정 어린 물음에 대한 작가의 대답으로 나타난다.

다만 태평양전쟁이 일어나면서 일본 파시스트들의 최후 발악과 백색테러가 날로 혹독하여져 국내의 운동이 깊이 지하로 지하로 내려앉을 수밖에 없어졌음을 미루어 이야기할 수 있었다. 하나 물가는 살인적으로 폭등하고 임금은 기아적이요, 수탈은 더욱더욱 강화되어 전체 인민의 반일 감정이 극도로 첨예화한 것만은 사실이다. 더구나 징용이니 보국대로 노무를 강제로 공출하여 농민들이 노예와 다름없이 붙들려 나가 공장, 광산에서 회리채로 얻어맞으며, 이에 또한 징병이니 학병제도까지 더 덮쳐 수많은 생명이 전장으로 내몰리게 되었다. 이리하여 깊은 산중에는 탈주

병과 기피자들이 떼를 지어 몰려다니며 국내 유격전의 전야를 이루고 있는 것이다.(「노마만리」, p.293)

이는 김사량이 태항산 항일근거지로 가는 도중 조선의용군의 연락참에서[69] "국내 지하운동의 형편을 궁금히 여겨 알고 싶어하는" 전사들에게 들려준 이야기이다. 후방에서 간접적으로 보여지는 일본의 패망은 연안 탈출의 길에서 보여지는 전방의 상황에 의하여 더욱 확실시된다.

> "앞으로도 일군의 토치카가 서너 군데 있지만 요즘은 놈들이 전의를 잃었기 때문에 꽥하기만 하면 무릎을 꿇고 살래살래 빌 지경입니다."(「노마만리」, p.305)

김사량이 1945년 5월말, 일본군 봉쇄선을 뚫고 화북조선독립동맹과 조선의용군 근거지로 탈출하던 시기는 일본이 이미 전쟁을 수행할 능력도, 힘도 다하여 전의를 상실하고 패퇴의 일로를 걷고 있던 시기였다. 그리하여 김사량은 전복된 토치카와 퇴각해 나오는 일본군들을 보게 된 것이다.

그러나 김사량은 일본군의 패망만 본 것이 아니었다. 1937년 항일민족통일전선이 결성된 후에도 소극항전과 일면적 항전노선을 실행해오던 장개석은 이때에 와서는 점차 내전의 준비를 하고 있었다. 김사량은 바야흐로 항일전쟁이 승리하려는 때, 그 승리의 서광 밑에서 꿈틀거리는 한 갈래의 반공의 역류를 보았으며 그로 인한 내전의 위기를

---

69) "이곳에 있는 동무들은 적구—우리들이 살던 곳을 이제부터는 이렇게 부르게 되었다—와의 연락공작과 물자교역의 일에 종사하고 있는 것이다. 군사상으로 말하면 초소요, 정치상으로 말하면 연락참이라고 불리는 곳이다."—김사량, 「노마만리」, 위의 책, p.290.

보았던 것이다.

> "이러한 장개석의 내전정책 아래 침략자 일군은 안심하고 주요 군사력
> 을 국민당 전장으로부터 점점 해방구로 옮기게 되었습니다.……모주석의
> 보고에 의하면 재작년에 벌써 침략자 일본군의 64퍼센트와 위군(僞軍)의
> 95퍼센트는 해방구전장으로 옮아들었습니다. 그리고 국민당 군대는 이에
> 호응하여 우리 해방군대를 봉쇄하고 압박하며 공격까지 하고 있습니다…"
> (「노마만리」, p.354)

김사량은 탈출의 길에서 머무른 한 성읍에서 팔로군의 정치위원 우
선생을 만나 당면 중국의 형세에 대한 그의 강화를 듣는다. 김사량은
또 우위원의 말을 빌어 중국인민의 민주주의에 대한 간절한 염원을 보
여주고 있으며 인민의 대변인으로서 중국공산당의 민주주의에 대한 굳
은 결심도 보여주고 있다.

3. 1940年代 延安 體驗 形象化의 의식세계

1) 통일전선시대 항일적 지식인의 의식세계

1940년대는 세계혁명운동사상, 그리고 우리의 민족해방운동사상 통
일전선시대(일명 인민전선시대)라고 그 성격을 규정지을 수 있다. 이는
코민테른 제7회 대회에서 채택된 "공산주의자가 주도하고 사회민주주
의자, 자유주의자, 소부르주아까지 널리 포괄하는 반파쑈 인민전선결
성 노선"[70)에 의해 결정된 것이다. 이것은 식민지에서는 반제 민족통
일전선 노선으로 규정지을 수 있다.[71) 이 같은 노선변화는 세계경제공

황 발발 이래 더욱 치열하게 전개되었던 대중들의 혁명운동, 민족해방 운동 과정에서 겪었던 성과와 좌절의 경험에서 획득되어진 것이다.

이 책의 공간배경으로 되는 중국에서는 중국공산당의 노력으로 1937년 9월 국공(國共) 양당의 2차 합작이 이루어졌으며 그리하여 중국공산당이 영도하는 항일민족통일전선이 결성되었다.

이러한 1940년대, 즉 통일전선시대에서의 김학철, 김태준, 김사량은 항일의 이념을 실현하고자 같지 않은 경로를 거쳐 실천적 행동으로 나아간 항일적 지식인의 전형적인 세 위상을 대표한다. 그러므로 그들의 의식세계도 각자의 생애와 투쟁경로에 따라 각이한 발전양상을 나타내나 최종적으로는 항일이라는 하나의 큰 국면에 종속된다. 즉 통일전선시대 항일적 지식인의 의식세계로 통합되며 주로 아래의 세 방면으로부터 그 통합된 의식의 특징을 추출해낼 수 있다.

(1) 항일에 관한 의식세계

이는 김학철에게서 보다 극명하게 보여 진다. 김학철은 지식인인 동시에 직접 총을 들고 일제와 맞서 싸운 조선의용군 전사이다. 항일에 관한 의식세계는 김학철에게서 행동으로 전환되어 나타난다.

---

70) 세계혁명운동의 총 본산 코민테른은 1928년 6회 대회 이래 근 7년 만에 제 7회 대회를 1935년 7월 25일 모스크바에서 개최하였다. 이 대회에서 코민테른은 세계 경제공황 이후 급성장한 파쇼세력에 주목하고 이 파쇼세력을 타도하여 혁명운동을 진전시킬 것에 대한 새로운 전략전술을 제시하였는데 그것이 바로 반파쑈 인민전선결성 노선이다. 망원한국사연구실 한국근대민중운동사서술분과 지음, 『한국근대민중운동사』(돌베개), pp.486~492 참조.

71) 코민테른 제7회 대회에서 확정된 반제 민족통일전선 노선은 식민지에서 민족해방을 달성하기 위해 노농대중은 물론 소시민 나아가 민족자본가, 양심적 지주까지 포괄하여야 한다는 것을 그 내용으로 하고 있다. 이 반제 민족통일전선 노선은 부르주아와의 일시적 결합을 의미하는 전술적 차원이 아니라 그들의 정권참여까지 보장하는 전략적 개념으로까지 발전되었다. 이로부터 식민지 나라에서의 혁명은 인민민주주의 혁명(PDR)노선으로 점차 정식화되어 갔다. 위의 책, pp.486~492 참조

김학철은 영웅의 장거에 탄복하고, 그 비장한 최후를 애석해하고, 원수들의 죽음에 대해서는 그지없이 통쾌해하는 애증이 분명한 평범한 전사이다. 김학철 자신이 "그 당시 우리의 세계관은 극히 단순해서 무릇 항일하는 사람은 다 영웅호걸이요, 안하는 년놈은 다 개돼지였다"[72]라고 말했듯이 그에게는 복잡한 자의식이 없다. 그의 모든 의식은 육체의 기억을 통한 체험에서 우러러 나온 것이며 이렇게 형성된 의식은 한층 높은 차원의 행동으로 나아간다.

1937년 중일전쟁 발발 후, 김학철은 민혁당 지도부의 결정에 의해 장개석이 교장으로 있은 중앙군관학교에 보결생으로 입학하며 졸업 후에는 조선의용대의 대원으로 되어 국민군, 즉 국민당 군대의 정면전장에서 항일에 참가한다. 그러므로 그는 국민당의 소극적 항전 노선, 즉 항일보다는 실력보존에만 신경을 쓰는 내막에 대해 체험을 통해 잘 알고 있다.

처음에 김학철은 "일찍이 태아장 회전에서 적의 정예부대인 이다가끼, 이소야 두 사단에 괴멸적인 타격을 줌으로써 명성을 떨친 바 있는 광서부대의 통수 이장군이 이번에는 어쩐 일로 지휘가 신통치를 못해서 그만 망신스러운 패전을 하고 말았다"고 의아해한다.[73]

이러한 의혹은 당시 장관사령부에서 『참고소식』을 맡아서 편집하던 심운에 의해 풀려지는데 다름 아닌 정치와 군사의 모순 때문이다. 심운이 알려준 내막은 대개 다음과 같은 것이었다.

사령부 군사회의에서 참모부 성원들과 소련 고문들이 작전지도를 앞에 놓고 한동안 분주하였다. 당시 각 전구에는 대개 다 외국인 고문들이 있었다. 한데 그 고문들이 회의실 문밖으로 사라지기가 무섭게 이장군은

---

72) 김학철, 「항전별곡」, p.238.
73) 위의 글, p.147.

너희가 군사는 알아도 정치는 모른다고 뇌까리며 작전지도 위에다 고문들이 방금 꽂아놓은 몇몇 부대번호기들을 제마음대로 이리저리 바꿔꽂아 놓았다.

그 결과 적군의 주공지점에서 멀리 떨어져 있는 방계 부대들이 곤두박질쳐 와서 터진 구멍을 막아야만 하였다. 그와 반대로 이장군의 직계부대들은 험한 모퉁이에서 멀리 빼돌린 까닭에 불벼락을 안 맞게 되었다.
(「항전별곡」, p.147)

이는 전사들의 강한 불만을 자아낸다. 더욱 한심한 것은 한 주일이 지나서 국민당 군대가 번연히 패전을 했음에도 불구하고 승전이라고 하면서 경축대회를 열어 백성들을 우롱하는 것이다. 그들은 불쌍한 당지의 백성들을 '유태구역'이니, '구두쇠'니 하고 꾸짖었다.

이러한 국민당의 소극적 항전의 노선과 그 자체 내부의 모순과 제한성은 조선의용대가 연안의 팔로군구역으로 넘어가게 된 직접적이고 근본적인 원인이다. 팔로군의 적극적이고 전면적인 항전의 노선이 조선의용대의 우리 민족자체에 의한 항일이라는 목표와 일치하였기 때문이다. 이는 작품 중 당 회의에서 한 김학무의 강력한 주장으로 드러난다.

"그래 이것도 항전입니까? 그래 이것도 혁명입니까? 우리는 팔짱을 끼고 앉아서 적이 제물루 거꾸러지기를 기다릴 수는 없습니다. 우리는 우리의 손으로 적들을 쓸어내뜨려야 합니다. 동지들, 나는 내일 당장 대홍산에다 사람을 보내어 요청할 것을 주장합니다. 견결히 주장합니다!…"
(「항전별곡」, p.149)

이는 결코 김학무 혼자만의 주장이나 호소가 아니었다. 전체 조선의용대 전사들의 마음속에서 불타고 있던 항일의 염원이었다. 가열 처절한 싸움은 이미 그들의 몸과 행동, 나아가서 의식세계까지를 하나로 만들어버린 것이었다. 인간은 모두 독립적인 의지와 사유체계를 가진

개별적인 존재임에는 틀림이 없지만 적어도 이때만큼은 그들은 개체로 서가 아니라 하나의 집합체로 존재한다. 즉 일제의 총칼 앞에서, 항전 의 마당에서 그들은 각각의 김학철이나, 김학무나, 강진세… 등등이 아니라 조국의 독립과 민족의 해방을 위해 자체의 힘으로 일제를 몰아 내려는 조선의용대의 전사일 따름이다. 포연탄우는 그들 군인들에게 복잡한 자의식을 허용하지 않는다. 군인에게 있어서 의식은 곧 행동이 고 행동은 곧 의식의 외부로의 표출형태인 것이다.

후일 해방된 서울, 종로 YMCA에서 있은 진보적 정당, 사회 단체들 의 집회 중 조선공산당 대표 박헌영씨의 발언에 불만을 느껴 고함을 지르고 "목발을 짚고 뚜걱뚜걱 회장을 빠져나온"74) 김학철의 이른바 '불수이거(拂袖而去)'75)의 당당함 역시 조선의용군 전사들의 이러한 '우 리 민족 자체에 의한 항일'이라는 의식행동, 행동의식의 연장인 것이 다. 김학철은 당시 자기의 심리를 "박헌영씨가 조선공산당을 대표해 정치 보고를 하는데 이분이 '위대한 소련군대와 미군에 의해 우리나라 가 해방이 됐다'는 것을 재삼 강조하면서 우리 민족 자체의 해방 투쟁 에 대해서는 일언반구도 언급을 않는지라 나는 참을줄이 끊어졌다"고 서술하고 있다.76) 그래서 김학철은 한창 보고를 하는 중에 "전후불계 하고 벌떡 일어서서 냅다 고함을 질렀"던 것이다.77)

"우리 조선의용군은 일본이 무조건 항복을 하는 그날까지 계속 무장 투쟁을 견지했습니다. 이 나라의 해방을 위해 숱한 사람이 피를 흘리고 또 목숨을 바쳤습니다. 우리는 누구처럼 손끝 맺고 앉아서 남이 해방을 시켜줄 때만 기다리지 않았습니다. 굿이나 보고 떡이나 먹지는 않았단 말씀입니다."78)

---

74) 김학철,『최후의 분대장』, p.307.
75) 위의 책, 같은 곳.
76) 위의 책, p.306.
77) 위의 책, 같은 곳.

김학철의 이 절규에서도 보다시피 김학철을 비롯한 조선의용군 전사들의 항일에 관한 의식의 핵심은 바로 '우리 민족 자체에 의한 항일의 목표'이다. 우리 민족 자체에 의한 항일이라는 목표는 또한 김태준, 김사량을 연안으로 탈출하게 한 가장 기본적인 원인이기도 하다. 그만큼 팔로군의 각종 정책과 전통은 항일의 이념에 불타고 있던 그들에게 매력적이었다.

김학철은 「항전별곡」에서 국민당군대와 팔로군에 대한 실제 체험을 통한 비교로써 연안의 선택이 올바른 항일의 길이고 나라와 민족을 구하는 길임을 밝히고 있으며 연안의 선택이 필연적임을 나타내고 있다. 그 전형적인 실례를 팔로군의 연회장면에 대한 묘사로 보여준다.

> 같은 날 오후에 팽덕회 장군은 우리를 환영하는 '연회'를 베풀었다. 네 사람 앞에 고기반찬 한 양푼씩, 그리고 밥은 깡조밥이고 술은 없었다. 그러나 우리를 정말 놀라게 한 것은 '연회에서 사용하는 식기와 수저 따위를, 간략히 말해서 밥공기와 젓가락을 상·하급을 막론하고 각자가 지참해야 하는 것이었다. 국민당 군대에서는 사단 사령부나 여단 본부 같은 데는 말할 것도 없고 적과의 상거가 불과 몇 마장밖에 안 되는 전선의 대대부와 연대부에서도 군관들이 술과 고기에 묻혀 사는 것을 우리는 싫증이 나도록 보아왔다.(「항전별곡」, p.151)

김학철은 팔로군의 간소한 '연회'를 국민당의 주지육림(酒池肉林)의 생활과 비교하면서 "이것이야말로 진정으로 혁명을 하는 군대로구나"하고 가슴속 깊이 느꼈다.[79] 이것은 또한 조선의용군 전사들 모두의 느낌이기도 하다. 이러한 느낌은 국민당 전장에서와 팔로군 구역에서의 체험을 통한 비교로부터 자연스레 우러러 나온 것이기에 더 절실한

---

78) 위의 책, p.307.
79) 김학철, 「항전별곡」, p.152.

것이기도 하다.

　김태준과 김사량은 연도의 견문을 통한 소감으로 연안의 선택이 필연적임을 나타내고 있다. 김사량은 「노마만리」에서 중경의 임시정부에 대한 비판, A군과 J군 등 학도병들의 부단한 연안으로의 탈출을 통하여 항일에 관한 의식을 나타낸다. 김사량은 작품 중 학도병들의 연안 선택에 대하여 "이런 의미로 볼 때 이 화북전야로 끌려 나온 이는 그래도 보다 더 행복스러웠다고 할 것이다. 맞아들일 우리의 진영이 가까이 있으니."[80]라고 하며 그지없이 지지와 성원을 보낸다.

　여기서 김학철과 김태준, 김사량의 의식에는 약간의 차이가 나타나게 된다.

　김학철은 중학시절부터 윤봉길·서원준·안몽룡 등의 사건과 이재유 사건을 겪으며 해외에서의 민족해방운동을 동경한다. 그는 이때의 자기의 마음을 자서전 『최후의 분대장』에서 "의마심원(意馬心猿)이랄까 '생각은 말처럼 달리고 마음은 원숭이처럼 설레어' 도저히 다잡을 수가 없게 됐다"고 쓰고 있다.[81] 그의 동경은 막연하기만 한 것은 아니었다.

　　이 무렵부터 '태극기 휘날리는 상해의 임시정부'는 아예 내 마음의 메카로 돼버렸다. 그리고 조선 학생들도 당당히 군사교육을 받을 수 있다는 황포군관학교는 내 마음속에서 아예 오매불망하는 예루살렘으로 돼버렸다.[82]

　그의 동경은 추상적인 것이 아니라 '태극기 휘날리는 상해의 임시정부', '조선학생들도 군사교육을 받을 수 있다는 황포군관학교' 등 구체적이고 목적성이 뚜렷한 것이었다. 동경만이 아니었다. 그는 그 동경

---

80) 김사량, 「노마만리」, p.286.
81) 김학철, 『최후의 분대장』, p.92.
82) 위의 책, p.92.

을 현실화하기 위하여 실질적인 문제를 고민한다.

> 그러나 문제는 어머니와 두 누이동생이었다.
> 집안에 사내라고는 나 하나뿐인데……
> 눈에 보이지 않는 쇠사슬에 얽매여 있음을 의식하지 않을 수가 없었다.[83]

이러한 모대김속에서 김학철은 입센의『민중의 적』을 읽으며 그 주인공 슈토크맨의 "이 세상에서 가장 강한 것은 혼자 따로 서는 사람이다!"는 한마디에 충격을 받으며 당장에 떠나기를 결심한다. 이어서 그는 곧 자기의 계획을 실행에 옮기며 탈출을 위해 치밀한 타산을 한다.

> 이때부터 나는 탐험 여행을 준비하는 탐험가마냥 지도첩에 매달렸다.
> 배로 갈 건가, 차로 갈 건가.
> 중국말을 한마디도 모르는데 벙어리 여행이 가능할 건가.[84]

이렇게 김학철은 집을 탈출하여 혈혈단신으로 상해에 오며 민족주의자, 무정부주의자의 테러활동을 거치고 그리고 군관학교를 졸업하고 국민당군대를 거쳐 연안으로 온 만큼 자신의 해외로의 탈출에 별 거부감이 없으며 그것을 도피라고는 추호도 생각하지 않는다. 그는 해외에서의 민족해방운동에 대하여 마냥 떳떳하고 자랑스럽기만 하다.

그러나 김태준과 김사량은 자신들의 탈출행위를 도피행위로 낙인찍고 죄책감에 시달린다. 이는 탈출의 시기가 부동한 것으로 인한 원인도 있지만 더욱 중요하게는 그들의 항일에 관한 의식의 차이에서 기인한 것이다. 그럼 아래에 김태준과 김사량이 자신들의 탈출을 두고 느

---

83) 위의 책, 같은 곳.
84) 위의 책, p.93.

졌던 죄책감의 근저를 각각 살펴보기로 하자. 먼저 김태준의 경우를 보기로 하자.

김태준은 박헌영이 지도하는 경성콤그룹의 인민전선부 성원으로서 조직적인 투쟁에 관여하며 실제로 박헌영이 일제의 검색 때문에 조직과의 연계를 취할 수 없었을 때에는[85] 그 조직의 연락원 겸 중간 지도자의 역할도 한다.[86] 그러므로 김태준은 경성콤그룹의 한 일원으로서, 정치적으로 그 그룹에 소속된 상태이며 그 그룹의 정치적 이념에 자기의 이념을 복종시킨다. 또한 투옥 등에도 굴하지 않고 불요불굴의 조직투쟁을 전개한다. 그는 조직투쟁 중에서 책임감과 사명감이 강하며 이러한 고도의 책임감과 사명감이 그의 강한 주체적 의식을 결정한다. 이 주체적 의식이 「연안행」에서는 자기의 탈출을 도피행위로 낙인찍는 죄책감으로 나타난다.

김태준은 우선 경성콤그룹의 最高指導者[87] 朴憲永의 '海外 탈출설'을 부정하고 그에 대한 믿음을 확인하면서 海蔘威나 延安으로의 탈출을 海外로의 逃亡으로 정의한다.[88] 따라서 그는 자신의 延安 탈출의 배경에 대하여 "국내에서 배기기 어려운 신변정황"과[89] "軍事對策을 세우기 위한 組織의 파견"이라는[90] 두 가지 이유를 들어 충분히 설명을 했음에도 불구하고 再三 자신의 행위를 도피로 보고 있으며 떳떳하

---

85) 후에 김태준은 「연안행」에서 "그 後에 알고 보니 全羅道 光州 어느 벽돌工場에서 金成三이라고 變名하고 벽돌을 굽고 있으면서 日帝와 싸우고 있었다"고 밝힌다. 김태준, 「연안행」(一), 『김태준전집』(寶庫社, 1990), p.436.

86) "이 틈을 타서 서울이나 地方에서 同志들은 巧妙하게 連絡을 取해서 차저온다. 徵用 徵兵에 對한 對策, 組織과 組織과의 統一문제에 대한 討議가 아니면 우리의 最高指導者 朴憲永동무를 보게해달라는 것이다." 위의 글, p.435.

87) 김태준은 「연안행」에서 경성 콤 그룹의 조직자 朴憲永을 "우리의 最高指導者"라고 한다. 위의 글, p.435.

88) 김태준, 「연안행」(一), 위의 책, p.436.

89) 위의 글, pp.434~435.

90) 위의 글, p.434.

지 못하고 죄책감에 시달린다.

> 汽車가 平壤을 지나서 淸川江을 건너서 孟中里에 到着할적에 無限한 鄕愁에 잠겼다. 孟中里서 北行百餘里면 나의 老父가 게시고 親戚들, 同志들, 知友들이 있고 나를 길러주든 山川이있다. 나는 그들에게 가노라 는말도 없이 作別하게 되는것이다. 특히 雲山 寧邊等地에 鄭, 崔, 申, 金, 白 등 젊은 동지들의 씩씩하게 싸우는 形象이 얼골에 떠올을때, 나 는 큰罪를 짓는 것 같았다. 그들은 나를 딸으는대 나는 그들을 버리고 가다니 아(「延安行」(一), pp.339~440)

위의 인용문은 기차가 孟中里 부근의 고향을 지날 때, 김태준의 죄 책감에 사로잡힌 심리묘사이다. 이러한 죄책감은 新義州에 이르러 昌 城 사는 漢學者 文昌洙翁을 떠올렸을 때 더욱 강렬하여져 김태준은 "文氏의 凜凜한 男子的 威風과 氣槪가 머리에 서언하게 떠올으것만은 나의 가는 行次가 이러하니 찾을수나 있으랴! 逃亡의 길을 떠나는 夫 妻…"고 한탄하기에 이른다.91)

위에서 보다시피 김태준의 죄책감은 주로 책임과 사명을 다하지 못 한데서 오는 것이며 동지들을 두고 도망을 간다는 주체의식의 상실에 서 오는 것이다. '태극기가 휘날리는 상해 임시정부'와 '황포군관학교'를 동경하며 탈출의 욕망에만 가슴을 실레던 김학철의 헤외 민족해방투쟁 에 대한 열정적이고 명랑하기만 했던 경우와는 많은 차이점을 갖고 있 다. 이는 또한 김사량의 경우와도 틀리다. 그럼 아래에 김사량의 경우 를 보기로 하자.

> …그래도 내 딴에는 나대로의 조그마한 신념이 있었던 것이다.
> 그것은 조선의 독립이 조선을 떠나서 있을 수 없으며 조선민족의 해방

---

91) 위의 글, p.441.

이 그 국토를 떠나서 있을 수 없느니만치 왕성한 해외의 혁명역량에 호
응할 역량이 국내에도 이룩되어야 할 것이다. 그러자면 국내에서 배겨나
지 못하게 되어 망명하는 이는 별 문제로 하고 나와 같이 국내에 발을
디디고 살 수 있는 사람이 일부러 망명한다는 것은 하나의 도피요 안일
을 찾는 길이라고 생각하였다. 더구나 제1선에서 총을 들고 싸우는 곳이
면 또 모르려니와 몇 천리 산 넘고 물 건너 대후방의 중경으로 들어간다는
것은 보다 더 비겁한 도피라고 생각하였던 것이다.(「노마만리」, p.263)

이것은 김사량이 "지난해 도중하였을 때"[92] 중경(重慶)측의 공작원
을 만난 뒤의 자의식의 표출이다. 그의 이러한 생각은 국내의 정치상
황을 "깊은 산중에는 탈주병과 기피자들이 떼를 지어 몰려다니며 국내
유격전의 전야를 이루고 있는 것"라고 인식하는 것과 표리를 이루는
것이다.[93] 그렇다면 김사량처럼 "국내에 머물러도 살아갈 수 있는 사
람이 새삼스럽게 망명한다"는 것은 참으로 용서받을 수 없는 일이다.
당시의 상황이 '국내 유격전 전야'였는지 아니었는지 차치해 두고라도,
조선을 떠나서는 있을 수 없는 독립을 위해, 국토를 떠나서는 바랄 수
도 없는 조선인의 해방을 위해, 그가 망명을 떳떳하다고 생각지 않았
던 것은 그로서는 당연한 것인지도 모른다. 물론 이러한 자의식은 그
가 자기의 처지를 낙관하고 있다는 것을 전제로 하고 있다. 안우식은
『아리랑의 비가』에서 김사량이 "<망명>을 <도피>에 결부시키고 <안
일을 구하는 길>이라고 생각하고 있었던 점"에 주목하면서 "일반적인
의미에서 <망명>이라고 하는 것은 결코 <도피>도 아니거니와 <안일

---

92) '지난 해 도중하였을 때', 이는 1944년 평양대동공전 독어교사로 재직하면서 여름
   방학인 6월부터 8월에 걸쳐 3개월 가까이를 김사량이 홀로 중국을 여행한 것을
   말한다. 그리하여 그는 7월 한 달을 상해에서 보낸 것이다. 중국여행의 표면상의
   이유는 학도병으로 관동군의 한 부대에 소속되어 있는 조카사위를 위문하는 일
   이었다. 김사량, 「노마만리」, p.263.
93) 위의 글, p.293.

을 구하는 길>도 아니다. 그런데 그는 자신의 망명을 이와 같이 생각하고 있었던 것이다. 여기에는 분명히 그 좌절감에도 불구하고 민족적 저항에 패배한 자신을 돌아보고 한계를 자각하며 아직도 민족적 양심을 지켜내려는 김사량의 심정이 엿보인다. 말하자면 <주경야독>의 생업에 젖어들지 않고 자신의 열망을 끝까지 추구하지 않고서는 직성이 풀리지 않는 그 본래의 진지한 자세를 여기에서 발견할 수가 있는 것"이라고 분석하고 있다.94)

그러나 현실적으로 국내의 정치상황은 김사량이 말한 것처럼 낙관할 만한 것은 아니었다. 안우식은 "'국내 유격전 전야'라는 표현은 김사량의 상황인식에 대한 낙관적 태도라기보다는 오히려 선의의 과장과 문학적 수사에 따른 것이며, 나아가서는 그 원망의 투영으로 보아야 할 것"이라고 하였다.95) 그가 다시 중국 항일지구로 탈출을 결심한 것은 의심할 것 없이 이것을 입증하고 있다.

그러나 이런 인식을 다시금 새롭게 하면서 돌아와 보니 때는 나날이 정세가 급박해져 붓대를 꺾고 학교 일에나 묻혀 있을 수도 없게끔 되었다.
더욱이 비좁은 평양에 거주한다는 사실이 문단인으로 보아 미미한 존재나마 그냥 방임하고자 하지 않았다. 게다가 중국에서 돌아온 뒤부터는 일경의 주목과 내사(內査), 감시가 일층 더 심해진 것이다. 학도병으로 내몰려 서주 근방에 나갔던 조카가 나를 만나 본지 몇 달 안 돼 탈수한 사실이며 숙현(宿縣)에서의 헌병대 놀음, 그리고 상해에서의 1개월 이런 일 저런 일이 모두 놈들의 의심을 사기에 꼭 알맞았던 것이다. 하루는 중학 시절에 스트라이크를 팔아먹던 동창생이 서울로부터 독립운동을 하자고 내려왔다. 알고 보니 경무국의 끄나풀이었다. 또 한번은 명색 모를 사내가 공산주인가 하자고─이것은 헌병대의 앞잡이었다. 이런 형편이니 시시각각으로 조여드는 신변의 위험을 느끼지 않을 수 없게 되었다. 출

---

94) 安宇植, 『아리랑의 비가』, p.134.
95) 위의 책, p.134.

국의 결심이 여기서 다시 생기게 된 것이다. 이 불안한 환경으로부터 빠
져나가 어떻게든지 중국 땅으로 다시 건너 서서 연안으로 새들어가 싸움
의 길에 나서리라…… 냉엄한 자아비판을 하자면 역시 무서운 현실에서
도망하자는 것이 최초의 동기였는지도 모른다.(「노마만리」, p.264)

정말로 당시 김사량이 놓여 있던 상황은 몹시 심한 것이었던 평양
부 내외에는, 비록 그것이 조선 내부라 할지라도, 한 걸음도 자유로이
돌아다닐 수 없었던 것 같다. 이태준(李泰俊)은 소설 「해방전후」 가운
데서, 강원도의 시골구석에서 경성에서 열리는 '결전태세즉응 재선문학
자 총궐기대회'에 출석하느라고 주재소에서 발행하는 여행증명서가 필
요했던 것을 그리고 있다. 그런데 김사량의 경우는 그 이상 심했던 모
양으로, 유아사 고꾸에이의 다음과 같은 문장이 이를 뒷받침하고 있다.

　김사량과 소화 19년 가을에 필자는 경성에서 만난 일이 있다.…(약)
잘 나올 수 없는 몸이어서, 총독부에 부탁하여 <문학자회의>라는 구실로
전보를 쳐서 겨우 불러낸 셈이었다.[96]

이러한 상황에 놓여진 김사량은 마침내 새로운 행동에 의한 민족적
저항의 결의를 굳히게 되었다.
　이상에서와 같이 김사량의 죄책감은 국내의 정치상황에 대한 지나
친 낙관과 민족적 저항에 패배한 자신의 한계에 대한 자각에서 오는
것이다. 이러한 저항의 세계에서 느끼는 한계는 민족적 양심을 지키려
는 열망과 부딪치면 곧 강한 죄책감을 낳는바 그 민족적 양심에의 열
망이 강렬하면 강렬할수록 죄책감 역시 그에 정비례하여 더 뼈저리게
느껴지는 것이다. 이는 위에서 논한 김태준의 죄책감과도 근본적으로
성격을 달리하는 것이다. 김사량의 죄책감이 강한 물리적 힘 앞에서

---

96) 위의 책, p.135.

한계를 느낄 수밖에 없는 지식인 특유의 자의식에서 오는 것이라면 김태준의 죄책감은 지식인으로서의 자의식 적인 범주에서 벗어나 이미 주체의식의 상실이라는 단계에까지 닿아있는 것이다. 이 둘에 비하여 김학철의 의식은 완연히 행동적인 것으로 나아갔으며 그의 행동의식은 전쟁의 포화 속에서 형성된, 행동으로 말하는 전사로서의 보편성의 세계에 이른 것이다.

모두어 말하면 김학철, 김태준, 김사량은 '우리 민족 자체에 의한 항일'이라는 공동의 이념에 지배되는 항일의식을 갖고 그 실천의 대안으로 연안(延安)을 선택한다. 그러나 실천 중 단계적인 면에서의 차이를 보인다.

(2) 통일전선에 관한 의식세계

통일전선에 관한 의식세계는 김태준에게서 집중적으로 체현된다. 김태준은 박헌영의 영도 하에 있은 경성콤그룹의 인민전선부의 성원이었다. 김태준은 연안 탈출의 과정에서 인민전선(통일전선)진의 역량에 의거하며 통일전선의 거대한 힘을 실천적으로 충분히 긍정해 보인다.

김태준의 「연안행」에는 양심적인 실업가(實業家)가 많이 등장한다.

「연안행」에서 제일 처음으로 등장하는 양심적인 실업가(實業家)는 朴同志이다. 김태준은 떠나기 위한 路資를 마련하기 위해 "양심적인 實業家 朴同志를 차졌다"고 쓰고 있다.[97] 그러나 物資는 不足하였다. 住宅은 팔았으나 돈이 별로 남지 않았다. 그리하여 김태준은 "近二十年을 두고 募集해온 歷史, 文學의 資料인 古書들을 팔기로 하고 K동사는 良心的인 富豪 洪氏를 찾고 두 가지 일을 提議"하였다.[98]

---

97) 김태준, 「延安行」(一), p.438.
98) 위의 글, p.438.

1. 나는 왜놈들 때문에 여기서 더 살 수 없으니 二萬圓만 내고 내책을 가저라.
2. 洪先生은 오래 中國에 게셨으니 많은 阿片장사의 密行路를 알터이니 가르쳐달라.(「연안행」(一), p.438)

김태준의 요구에 洪氏는 "그러면 책을 맡겠습니다. 山海關 넘어가는 密行路에 對해서도 생각해봅시다"고 쾌히 대답하였다.[99] 여기서 우리는 김태준의 인민전선부 성원으로서의 눈부신 활약과 항일투쟁에서 빈 이름뿐이 아닌 투쟁의 실체로서의 인민전선진의 역할을 최대한 발휘하려는 실천적 자세를 볼 수 있다.

양심적인 實業家를 同志로 묶어세우는 여기에 김태준의 인민전선부 성원으로서의 능력과 성과가 있다. 우리는 여기서 잠깐 '同志'라는 어휘에 주목을 해 볼 필요가 있다. 同志의 사전적인 뜻은 "뜻이 서로 같음, 또, 그런 사람을 가리킨다"고 했다.[100] 김태준이 '동지'라고 했으니 그는 김태준과 뜻이 서로 같은 사람인 것이다. 다시 말하면 김태준과 같이 항일의 이념에 불타며 조국의 독립과 민족의 해방을 위해 죽음도 불사할 각오가 갖추어졌음을 의미한다. 인민전선내부에서 '양심적인 實業家'와 '同志'는 분명 단계적으로 차이를 갖고 있는 호칭이다. '양심적인 實業家'는 말 그대로 일제를 반대하고 항일투쟁을 위하여 물심양면으로 특히 물질적인 면에서 적극적으로 후원하는 우방인사를 말한다. 항일전쟁에서 그들 '양심적인 實業家'는 항전의 후원자로, 지지자로는 될 수 있지만 투쟁의 주체로는 영원히 될 수 없다. 민족자산계급으로서 그들은 그들 계급의 계급적인 연약성인 제국주의와의 타협의 일면을 철저하게 극복할 수 없기 때문이다. 정치적인 면에서 그들은 양면

---

99) 위의 글, p.438.
100) 『엣센스 국어사전』, 문학박사 이희승 감수(民衆書林, 특장판 제4판), p.718.

성을 띠고 있으며 그들 자신의 이익이 엄중하게 위협을 받으면 언제라도 제국주의와 타협할 수 있는 가능성을 갖고 있는 계급인 것이다. 그러므로 김태준이 '양심적인 實業家 朴同志'라고 기꺼이 부른다는 것은 그가 이미 이러한 자기계급의 연약성과 타협성으로부터 오는 계급적인 제한성을 극복하고 항전의 주체로 진보하였음을 의미하는 것이다.

실제로 김태준은 「연안행」에서 '양심적인 實業家'와 '同志' 사이에 호칭 면에서 계선을 두어 구별하고 있다. 김태준의 탈출에 물심양면으로 도움을 준 '양심적인 實業家'들 중 김태준이 同志로 호칭한 사람은 朴同志 한 사람뿐이다. 그 외의 '양심적인 實業家'들에 대하여 김태준은 '양심적인 富豪 洪氏', '김경휘씨' 등과 같이 성의 뒤에 氏를 붙여 호칭하고 있다.

김태준은 洪氏의 집을 K동이라고 밝히고 있다. 이와 같이 인민전선에 속하는 양심적인 實業家에 대해서는 그 신변정황까지도 확실하게 파악하고 있는 것으로부터 우리는 김태준의 조직투쟁에 대한 열의와 고도의 책임감을 보아낼 수 있다. 김태준의 탈출에서 이 양심적인 實業家 洪氏는 物質적인면에서나 실질적인 탈출의 經路면에서나 모두 큰 도움을 주었다. 洪氏를 통하여 김태준은 압록강을 넘어서서도 洪氏의 동생 洪K와 조카 洪C등의 사심 없는 지원을 받는다.

> 奉天서는 新義州洪先生의 동생 洪K집에 투숙했다. 벌서 洪先生의 電話가 와있었고 또 洪先生은 그의姪 洪C를 일부러 보내서 우리의 旅行準備를 積極援助하는것이였다. 洪先生의 至誠스런 後援에도 뜨거운 恩義를 느꼈지만 洪k洪C의 찬찬한 보살핌에도 벼랑벽같이 감격성없는 나를 감격케하였다.(「延安行」(二), p.443)

이 감격을 김태준은 "한사람의 亡命에 이렇게 뜻하지 않은 多數의 숨은 篤志家가 動員되여 犧牲을 하게되거늘 이世上에 혼자 잘난척하는

自高自大한 廉恥없는 小英雄들이 있다면 얼마나 自己反省力이 모자라는 우물밑에 개고리와 같은 것일까"고 반문법을 이용하여 격조높이 적고 있다.101) 김태준은 자신의 체험을 통하여 인민전선진의 거대한 역량을 재확인하며 인민전선의 잠재력에 대해 확신하고 있다. 이런 확인과 확신에는 인민전선부 성원으로서 자신의 조직투쟁의 성과와 의의에 대한 긍정과 긍지가 있다. 이뿐이 아니었다. 天津서는 新義州 洪先生의 사위 林君宅을 찾았고 洪先生의 경영하는 興韓公司膠皮工場의 支配人 金輝明씨를 만난다.

이런 인민전선의 힘을 몸으로 체험하며 도움을 받으며 김태준은 李家莊에 이른다. 이곳에서 김태준은 中國의 鄕長 崔落雅 老人을 만난다. 崔落雅 老人을 통하여 김태준은 中國의 抗日戰爭에서 中國共産黨의 抗日民族統一戰線政策의 광범위한 응용과 그 積極的 意義를 긍정하게 된다. 崔落雅 老人은 中國共産黨의 抗日民族統一戰線政策을 한 몸에 체현하고 있는 인물이다.

> 그는 日本占領區와 八路軍占領區와의 中間地帶에 있어서 오래 시달린 社交生活에 퍽 익숙하게 하였다. 퍽 親切하고 찬찬하고 正義感이 깊고 비록 抗日兩面派의 生活을 하고 있으나 一方의志士임에 틀림없었다.(「延安行」(二), p.452)

김태준에 의하면 崔落雅 老人은 小地主이다. 中國共産黨은 日本帝國主義의 侵略을 물리치기 위하여 "특정한 역사적 환경에서는 민족문제가 계급문제의 우위에 놓일 수 있다"는 原理하에 從來의 排斥이나 鬪爭의 대상이 되었던 富農, 中小地主 등을 포함하여 광범위한 抗日民族統一戰線을 결성하였다. 이 통일전선의 대전제는 "日本帝國主義를 반

---

101) 金台俊, 「延安行」(二), 『김태준전집』(寶庫社, 1990), p.443.

대하는 모든 계층, 계급, 단체를 망라하여"이다. 이러한 대전제 하에 결성된 抗日民族統一戰線은 中國에서의 抗日戰爭의 승리를 위하여 마멸할 수 없는 공훈을 세웠다. 특히 당시에는 투쟁의 편리를 위하여 崔落雅 老人처럼 八路軍이 영도하는 人民政府의 鄕長이면서 또한 日本軍의 傀儡鄕長을 한 二重身分의 鄕長들이 많았다. 물론 人民政府의 鄕長인 것은 日本軍에는 절대적인 비밀이었다. 이들 二重身分의 鄕長들은 日本軍과의 社交活動을 이용하여 八路軍을 위해 정보를 수집, 전달하는 정보책 역할을 하였으며 인민들의 생명안전에 대한 손실을 최대한으로 감소시키기 위하여 日本軍들을 적극 회유, 유인하였다. 抗日戰爭 중 이들은 항일의 主體力量은 아니었으나 항일전쟁의 승리를 위하여 큰 공헌을 하였다.

통일전선정책은 일본제국주의를 물리치기 위한 하나의 중요한 정책이었는바 김학철은 「항전별곡」에서 미수로 돌아간 김학무의 '장개석 암살'이라는 에피소드를 통하여 여기에 관한 의식을 나타내고 있다. 이웅의 부추김을 받아 장개석이를 암살하려고 결심한 김학무는 남경에 도착하여 조선의용대의 창건자의 한사람인 김원봉을 만난다. 김원봉은 김학무를 설득한다.

> "장개석이를 해치우는 건 우리의 급선무가 아니요, 비록 그자가 백 번 죽어 마땅할 죄를 짓기는 했지만서도. 지금 그자의 속셈은 우리를 이용해 보자는 거요. 그렇다면 우리도 그자하고 맞장기를 두어서 안될 게 뭐 있소? 염불에는 맘이 없고 젯밥에만 맘이 있어서 안될 게 뭐란 말이요. 우리는 일본제국주의를 타도하기 위해서는 조금이라도 유리한 조건이면 어떤 거나 다 이용해야 하지 않겠소?…"(「항전별곡」, p.135)

김원봉의 이 말은 반일통일전선의 의의를 현실적으로 설명하고 있다. 이때는 아직 중국공산당이 항일민족통일전선에 관한 정책을 결성하기 전이었으나 김원봉은 다년간의 투쟁경험에 의하여 반일통일전선의 형태로 나아가게 될 항일투쟁의 추세를 파악한 것이다. 실지로 그 뒤 1936년 장학량과 양호성 두 장군은 장개석에게 "내전을 중지하고 일치 항전 할 것"을 요구하여 장개석을 가두고 소위 '서안사변'을 일으킨다. 중국공산당은 항일의 큰 국면을 고려하여 '서안사변'을 평화적으로 해결하며 '서안사변'은 중국에서 10년 내전이 종말 되고 항일민족통일전선이 결성되기 위한 기초로 된다.

김사량 역시 「노마만리」에서 "일군 경비대에 정보를 제공하"기도 하고 의용군의 "끄나풀 노릇도 때때로 해주"는 "두 다리를 걸친" 금강상회 주인을 일례로[102] 항일민족통일전선 정책에 의한 팔로군의 각 계층에 대한 넓은 포섭을 이야기하고 있다.

(3) 지식인으로서의 의식세계

이 책에서 논의하는 1940년대는 억압과 폭력이 극에 달했던 시기였다. 그것은 단순히 제도적 장치에서 오는 억압과 폭력이 아니라 일제의 식민지의 강요라는 형태로 나타난 異민족에 의한 억압과 폭력이었기 때문에 그 시대를 살아간 조선의 지식인들은 필연적으로 조선인이라는 집단적 무의식에서 오는 민족의식을 강하게 느끼고 있었다. 그러한 민족의식의 집단적 체현은 그들의 저항과 좌절, 패배, 절망에 민족의 것이라는 원초적이고 자생적인 강력한 힘을 합류시켰으며 그리하여 그들은 그 어느 때보다도 강렬한 저항과 좌절, 패배, 절망의 자의식에 내맡겨져 있었다. 일제의 물리적 억압과 폭력이 날이 갈수록 강도를 더 해가고 혹독해지자 혹자는 타협의 길을 걷는 하강인식을 구현하였고, 혹자는 드디어 붓 대신 총칼을 들고 피의 싸움을 맹세하는 상승지

---

102) 김사량, 「노마만리」, p.288.

향에로 나아갔다. 그 하강인식의 선두에 민족개조론을 부르짖던 이광수와 최남선이 있었다면 상승지향의 선두를 달린 것은 연안 조선의용군 전사로서의 김학철과 경성콤그룹 인민전선부 성원으로서의 김태준이었다. 그리고 그 하강인식과 상승지향의 접점에서 김사량이 그 특유의 민족적 저항을 시도하며 좌절과 모색으로 몸부림치고 있었다. 그러므로 그 접점에서의 김사량은 지식인으로서의 의식세계를 온몸으로 구현하고 있다. 그럼 아래에 김사량의 민족적 저항, 좌절과 '빛'을 향해 나아간 모색 등을 통하여 지식인으로서의 의식세계를 보기로 하자.

저항과 좌절 속에서 몸부림치던 김사량은 연안으로의 탈출을 도모하며 끝내는 비밀공작원의 손이 닿아 연안으로의 탈출의 길에 오르게 된다. 연안으로의 탈출은 그가 모순된 심리로부터의 완전 탈출을 의미하며 항일의 실천적 행동으로 나아간 첫 출발이다. 하지만 연안으로의 탈출의 길에서 김사량은 여전히 정치적으로 무소속 상태이다. 그는 여전히 지식인이고 항일의 주체가 아니라 항일을 지지하고 성원하는 광범한 통일전선중의 한 갈래인 진보적 지식인일 따름이다. 그의 항일의 실천적 행동으로의 첫 출발은 그러므로 혁명가로서의 출발이 아니라 양심적 지식인으로부터 진보적 지식인으로의 과도일 따름이다. 따라서 연안으로의 탈출의 길에서 김사량의 앞에 나선 중대한 과제는 항일에 대한 지지자, 성원자의 입장과 의식으로부터 완전 탈출하여 행동의 주체, 싸우는 지식인이 되는 것이다. 즉 "모름지기 한 손에 펜을 들고 한 손에 검을 들고 싸우리라"103)는 것이 김사량의 결심이었다. 그러므로 그의 "노상의 진실한 기록"인104) 「노마만리」에는 지식인의 의식세계를

---

103) 위의 글, p.294.

104) 이 조그마한 기록은 필자가 중국을 향하여 조국을 떠난 지 바로 일개월 만에 적 일본군의 봉쇄선과 유격지구를 넘어 우리 조선의용군의 근거지인 화북 태항산 중(華北 太行山中)으로 들어온 날까지의 노상기(路上記)와 또 여기 들어온 뒤의 생활록, 견문, 소감, 이런 것을 적어놓은 것이다. 말하자면 두서없는 붓끝의 산

행동의 세계로 전화시키려는, 지식인의 자의식을 극복하려는 지식인으로서의 의식세계가 큰 비중으로 나타나고 있다. 그럼 아래에 「노마만리」에서 보여지는 지식인으로서의 의식세계에 대해 보기로 하자.

김사량은 「노마만리」의 앞부분에서 "굳이 연안 방면으로 들어가고자 하는 이유"의[105] 첫째로 다음과 같이 밝히고 있다.

> 조국을 찾으려 싸우는 이 전쟁마당에 연약한 몸을 던짐으로써 새로운 성장을 얻어 나라의 조그마한 초석이라도 되고자 함이었다.(「노마만리」, p.265)

여기서 우리는 밑줄을 그은 '연약한 몸', '새로운 성장을 얻어' 등에 주목할 필요가 있다. 통상적으로 '연약한'이라는 어휘는 지식인계층의 제한성을 나타낼 때 많이 사용되어 왔다. 김사량 역시 소부르주아 지식인으로서의 자신의 제한성을 연약성으로 인식하고 있으며 그것을 '연약한 몸'으로 표현하고 있다. 따라서 '새로운 성장을 얻어'는 이러한 지식인으로서의 제한성을 극복하려는 의지의 표현인 것이다. 김사량은 그 '새로운 성장을 얻'는 구체적 행동의 일환으로 연안에 간 뒤, 항일을 위하여 자신이 해야 할 바를 계획하고 있다. 이것이 바로 김사량이 "굳이 연안 방면으로 들어가고자 하는 이유"의 둘째와 셋째이다.

> 둘째로 해방구역내의 중국 농민의 생활이며 인민 군대의 형편이며 신민주주의 문화의 건설면도 두루두루 관찰하여 나중에 돌아가는 날이 있다면 건국의 진향(進向)에 조금이라도 이바지함이 있으려는 것이다.
>
> 그리고 또 하나의 낭만으로는 이국 산지에서 조국의 광복을 위하여 적들과 싸워나가는 동지들의 일을 기록하는 일에 작가로서의 의무와 정열을 느낀 것이다.(「노마만리」, p.265)

필(散筆)이다.―위의 글, p.258, 서언에서 인용.
105) 위의 글, p.265.

김사량은 1946년 1월 『民聲』에 「延安亡命記」란 제목으로 보고 (기행)문학을 에피소드 중심으로 <종이소동>과 <담배와 불>이라는 소제목으로 2회 싣다가 5월호부터 제목을 바꾸어 「駑馬萬里」로 개재하여 실었다. '노마'는 원래 걸음이 느린 말을 지칭하는 것으로 자기의 능력이 다른 사람에 비해 부족하다는 의미에서 흔히 쓰는데 김사량은 "자신이 뒤늦게 조선의용군에 가담하여 다른 사람들보다 공이 없음을 나타내"는106) 말로 사용하고 있다. 이리하여 김사량은 일찍 항일투쟁에 참가한 앞선 노 항일투사들을 따라 잡기 위하여, 자신의 낙후성에서 탈피하기 위하여 모지름을 쓴다. 여기에서 김사량의 낙후성이라고 하는 것은 그 자신의 고백에 의하면 '풍월객이나 종군작가의 의식'이다.

> "물론……옳은 말씀이오."
> 말로는 이렇게 수긍하면서도 어디엔지 아직도 풍월객이나 종군작가의 의식에서 벗어나지 못한 제 자신을 느끼게 되어 부끄러웠다. 내 자신에게 일러주는 말처럼 혼자 중얼거린다.
> "많이 배워야죠, 많이 배워야죠……"(「노마만리」, p.333)

김사량은 '풍월객이나 종군작가의 의식'에서 벗어나기 위해서는 '많이 배워야'함을 강조하고 있다. 이리하여 김사량은 비밀공작원의 안내로 연안으로 들어가는 도중 항일전쟁과 신민주주의 혁명의 최종적인 승리를 위하여 중국공산당이 제정한 여러 가지 정책에 대하여 지대한 관심을 보이고 있으며 진지한 배움의 자세로 임하고 있다. 그 일례로 김사량은 중공 10대 정책(中共十大政策)에 대하여 그 배경으로부터 내용, 의의에 이르기까지 자세히 밝히고 있다. 그것은 단순히 소개 그 자체로 끝나는 것이 아니었다. 그는 중국공산당의 영명한 정책과 그

---

106) 정영진, 『통한의 실종문인』(문이당, 1989), p.182.

승리를 두 눈으로, 몸으로 직접 체험하며 그로부터 조국의 운명에 대
해 생각한다.

> …인민이 일어나 제 나라를 다시 차지하게 된 민족은 얼마나 행복스러
> 운 것인가? 모름지기 이 중국의 혁명과정은 거의 같은 단계에 처해 있는
> 우리 조선에 무한한 경험과 교훈을 제공하는 바다.(「노마만리」, p.365)

그는 바야흐로 승리에로 치닫고 있는 중국의 항일전쟁에서 조선의 승
리를 보았으며 그 승리를 이룩하기 위한 적극적인 모색을 하고 있었다.

김학철이나 김태준의 경우 이 지식인으로서의 의식세계는 이미 행
동의 세계로 전환되었기 때문에 「항전별곡」이나 「연안행」에는 지식인
으로서의 의식세계가 별로 비중을 차지하지 못하고 있다.

2) 조선의용군 전사로서의 혁명적 낙관주의 : 김학철

김학철은 조선의용군 전사이면서 작가이다. 좀 더 정확히 말한다면
그의 문학수업은 학생시절부터 시작되었다고 할 수 있지만 작가로서의
본격적인 작품 발표는 해방직후부터로 봐야 할 것 같다.

이에 대하여 김윤식은 김학철의 작가로서의 지향성을 모두 세 차례로
나누어 보고 있다. 그 첫 번째는 서울의 보성중학시절, 『조선문단』[107]에
투고한 것이다. 두 번째는 1938년 가을 일본침략군 폭격기편대가 날
으는 중국의 대도시 무한(武漢)에서 「서광」이라는 제목의 희곡을 쓴 것
이다. 세 번째가 바로 해방조국에서의 데뷔이다. 김윤식은 "이러한 문
학에의 지향성은, 교양주의를 위주로 한 일본식 중등교육을 받은 세대
에서는 특별한 것으로 보기는 어렵다"고 하면서 김학철의 작가로서의

---

107) 이학인 주간, 1930~1935.

변신은 실상 "감옥에서 겪어야 했던 실존적 위기의식에서 왔다"고 하였다.[108]

또 해방직후 문학가동맹 소설분과 간담회 석상에서 김학철의 작품을 두고 이원조는 그 나름의 의미를 부여하고 있으며 그것은 "의용군이 썼다는 것이 중대한 문제"이고 "작가가 문학하는 이유를 일장 연설했으나 그때 나는 작가라기보다 의용군의 한사람이라는 느낌"이었다고 자기의 느낌을 적고 있다.[109]

따라서 김학철은 작가이기 이전에 조선의용군의 군인의 한사람이며 그의 의식세계는 항일의 최전선에서 총을 들고 직접 일제와 싸운 군인의 의식세계를 대표한다고 할 수 있다. 물론 군인의 의식이 천편일률로 똑같을 수는 없겠지만 가열 처절한 전쟁은 그들을 하나로 융합시켜 주었다. 그 일례로 문정일의 일화를 들 수 있다.

군관학교 시절, 김학철은 괴팍한 성격의 소유자인 문정일에 대하여 인상이 썩 좋지 못했다. 그리하여 처음에는 하진동이가 일찍이 그에 대하여 내린 "애당초에 사람질 못할 물건짝"이라는[110] 혹독하기 짝이 없는 평가에 대해 처음에는 '적잖이' 놀랐으나 '라 마르세예즈 사건'을 겪고 나서 동감을 하게 된다. '라 마르세예즈 사건'이란 김학철을 비롯한 몇몇 친구가 호수로 뱃놀이를 가서 '라 마르세예즈'를 부르다가 문정일이 때문에 흥을 깨버린 사건을 말한다. 문정일이는 다짜고짜 "그따위 개노래는 왜들 불러!"라고 호령을 했다.[111] 그러나 3년 뒤 낙양에서 문정일이를 다시 만났을 때 김학철은 그에 대한 평가를 다시 하게 된다.

---

108) 김윤식, 「항일 빨치산문학의 기원 : 김학철론」, pp.405~411 참조.
109) 『신문학』 2호, p.160.
110) 김학철, 「항전별곡」, p.231.
111) 위의 글, p.232.

낙양에서 한 달을 묵새기는 동안에 나는 일찍이 하진동이가 내린바 있는 영명한 논단에 대한 신앙이 차츰 뒤흔들리기 시작하였다. 문정일에 대해서 내린 그의 논단이 다시는 '영생불멸'의 것이 아닌 듯 싶어졌다. 우리의 '전쟁할 때' 문정일이가 동란의 나날에 단련이 되어서 다시는 전처럼 그렇게 '사람질 못할 물건짝'이 아님을 발견했던 것이다. 비록 그 말라쟁이 존안은 의구했지만.(「항전별곡」, p.236)

이렇게 조선의용군 전사들은 포연탄우(砲煙彈雨) 속에서 하나로 되었다. 그 전쟁에서 적국의 감옥에까지 갇혔다가 살아남은 '최후의 분대장'으로서 김학철은 당연히 그들의 대변인이다.

우리는 다 연해안 일대의 대도시들에서 왔으며 그 대부분이 지식인들이었다. 한데 그날 환영대회에 참가했던 그 국제주의 전사들 중의 일부분은 그 후 태항산에서 원수들과 마주 싸우다가 목숨을 바쳤다. 그리고 해방전쟁 과정에서도 적지 않은 사람이 희생되었다. 조선전쟁에서 피흘리고 쓰러진 사람은 더욱이 많다. 나도 그 후 간난신고를 무수히 겪기도 했지만 그래도 아무튼 목숨만은 살아 있는 것이 총들고 싸우다 죽어간 소박하고도 용감한 전우들에 대해서 미안한 느낌이 있다. 빚을 지고도 갚지 않은 것 같은 그런 자기 가책을 느끼는 것이다. 나는 아직까지 그들의 무덤을 찾아서 풀 한번 깎아본 적이 없다. 하긴 그들은 대개 다 죽은 뒤에 무덤도 안 남겼다. 하기에 나는 그들을 기념하는 글을 써서 가슴속 깊이 그들에 대한 아름다운 추억을 간직하면서 이 목숨이 다하는 날까지 살아갈 수밖에 없을 것 같다. 그들의 본명과 고향에 대해서도 우리들 요행으로 살아남은 사람들은 아는 바가 극히 적다. 그래도 우리는 반세기 전에 노신이 그의 젊은 벗들의 죽음을 애도해 쓴 『망각을 위한 기념』 같은 것을 써야 할 것이 아닌가?(「항전별곡」, p.152)

그러므로 김학철은 총을 들고 태항산에서 싸운 조선의용군전사들, 즉 희생된 그의 전우들의 의식세계를 집대성했다고 할 수 있다. 또한 그러한 당당함과 의젓함이 그로 하여금 화자인 <나>를 시간과 지점, 인물 등 視點에 구애되지 않는 전지전능한 화자로 설정할 수 있게 하였다. 작품 중의 화자인 <나>는 김학철 자신이면서 또한 그의 전우들의 의식세계의 합집합이다.

군인으로서의 김학철과 그의 전우들은 태항산의 간고한 생활 속에서도, 전쟁의 포화 속에서 사선을 넘나들면서도 웃음을 잃지 않는다. 적들과의 싸움에서는 그토록 용맹하고 무자비한 그들이지만, 항상 죽음을 그림자처럼 동반하고 다니는 그들이지만 활기 넘치는 젊은이들답게 그 특유의 장난기가 많으며 틈만 있으면 서로 곯려준다.

경상도 친구 호유백(胡維伯)이 풍찬노숙(風餐露宿) 시, 손연중 부대 병사의 시체하고 하루 밤을 잔 것을 알자, 중구난방으로 재수가 있겠다느니, 상대자를 잘 골랐다느니, 백 살 사는 건 인제 떼놓은 당상이라느니 하고 그를 놀려준 일 ; 태항산에서 시냇가를 산책하다가 만난 노신예술학교의 몇몇 여학생들과 마주치자 일부러 짓궂게 당시 널리 불리던 선성해의 가곡 중 한 대목 "아내는 남편을 전선으로 떠나보내네"를 불러서 놀려주던 일 ; 일제에 협력하라는 어처구니없는 내용의 친족들의 편지를 소리내어 낭독하며 한바탕 웃던 일…… 김학철 자신이 그들의 장난에 '짓궂게'라는 표현을 써줄 정도로 그들은 장난을 좋아했다.

이러한 김학철과 그의 전우들의 의식세계는 혁명적 낙관주의로 개괄할 수 있으며 그러한 혁명적 낙관주의의 원천은 불타는 분노와 필승의 신념이다.

태항산에서 언젠가 한번은 무참하게 죽어서 피투성이가 된 전우의 시체를 구덩이 파고 묻으면서 나는 근심스레 생각한 적이 있었다. '우리들 중의 과연 몇 사람이나 살아서 이 피로 얼룩진 길을 끝까지 갈 것인가? 만약 불타는 분노와 필승의 신념이 없었다면 그 길고 긴 나날에 내내 가시덤불 속을 헤치고 걸으면서 어떻게 회심과 실망을 이겨낼 수 있었겠는

가.' 나는 혁명자를 마치 타고난 천재처럼, 초인간처럼, 그 언제나 낙관
적 정신이 포만한 신적 존재로 묘사하는 데는 동의하지 않는다. 최소한
내 전우들 중에서는 그런 굉장한 인물을 보지 못하였다.(「항전별곡」,
p.216)

그들의 혁명적 낙관주의는 주로 인간성의 소박함과 동지애, 필승의
신념, 그리고 혁명의 간고성과 복잡함으로 나타난다.

김학철의 「항전별곡」에서 부각된 인물들은 모두가 하나같이 소박한
인간성을 지니고 있다. 그들은 보통사람의 심리를 지니고 있으며 지극
히 평범하다.

혈기왕성한 여느 20대의 젊은이들과 마찬가지로 그들 역시 이성에
대한 사모의 정으로 애간장을 태우며 낭만적인 환상에 사로잡힌다.

김위 여사에 대한 김학철의 짝사랑은 그토록 깊은 것이어서 "달을
쳐다보고 한숨짓고 나뭇잎 흔드는 바람소리 듣고 눈물을 뿌린"다. 이
짝사랑과 항일의 관계에 대하여 김학철은 "그것은 항일의 전국에는 별
영향을 끼치는 것이 아니었지만 내 그 한창 젊은 심장에는 강력한 폭
탄이나 진배없는 것이었다"고 표현하고 있다.[112]

항일전사라고 하여 사랑의 감정이 생기는 것은 어쩔 수 없듯이 아
무리 정치위원이라고 하여도 하급의 사랑의 감정을 혁명적으로 처리해
줄 수는 없다.

……그리고 떠듬거리며 마음속의 고통을 털어놓았다. 김학무는 잠자코
축이 몹시 간 내 얼굴만 뜯어보았다. 그 눈에는 갈피를 잡지 못하고 헤
매는 것 같은 황홀한 빛이 떠돌았다. 아무리 정치위원이라도 이런 일에
들어서는 어떻게 도와줄 묘리가 없었던 것이다. 하지만 자기의 벗으로서
는 나의 고뇌와 비애를 저도 함께 하지 않을 수 없었다. 그는 묵묵히 내

---

112) 위의 글, p.155.

손을 잡았다. 그가 말이 없는 것은 안위할 말을 찾아내지 못해서였으리
라. 해도 나는 그 말없는 동정에서 크나큰 따사로움을 느꼈다.(「항전별
곡」, p.155)

이렇게 김학무는 정치적인 설교가 아닌 소박한 행동에 의한 동정으
로 김학철을 안위하였다. 김학철은 "마침내 마음속의 동란을 이겨내었
다. 생나뭇가지를 꺾듯이 꺾어내었다. 그리고 잊어버렸다."[113] 김학철
은 김학무와 같은 정치위원을 좋아하게 되며 김학무의 소박한 인간성
에 대해 고도의 찬양을 하게 된다.

나는 입만 열면 설교가 쏟아져 나오고 예언과 장담이 쏟아져 나오는
그런 정치가는 질색이다. 내가 좋아하는 것은 김학무같은 사람이다. 나
는 그를 존경하고 사랑한다. 기꺼이 그에게 복종하고 기꺼이 그의 지도
를 받는다.(「항전별곡」, p.155)

이성에 대한 연모의 정으로 가슴을 불태운 것은 김학철 뿐만이 아
니다. 생전 보지도 못한 김학철의 여동생과 결혼을 하겠다고 그와 혼
약을 체결한 '장래의 매부'가 예닐곱이나 되듯이 그들은 모두 미래에
대한 환상으로 가슴 부푸는 낭만적인 20대들이었다. 혼약을 공고화할
복적에서 그들은 또 김학철에게 천진고기만두니, 얼음사탕연밥이니 하
는 것으로 한 턱 내는 것도 알고 있는 물정에 밝은 사람들이었다.
무서움을 느끼는 것은 인간의 본능이다. 적들의 간담을 서늘하게 하
는 용맹한 조선의용군 전사들이지만 그들도 두려움을 느낄 때가 있다.
늦은 여름, 김학철은 작은 아씨 강진세와 대흥산에 있는 중공지하조
직에 연락차로 가게 되었는데 적구를 지나야만 하였다. 적구란 일본군
의 점령구역을 말한다. 적구 나들이가 처음인 김학철은 적구에 들어서

---

113) 위의 글, p.155.

면서부터 무섭기만 하다. 김학철은 그러한 감정을 조금도 감추거나 은 폐함이 없이 "실상은 칼산지옥에 들어서는 느낌이 없지 않아."라고 솔 직히 고백한다.[114)]

이러한 무섬증은 지척에서 적을 발견했을 때 극도에 달한다. 옷을 벗고 냇물을 건너려고 할 때 미역을 감고 있는 여남은 놈 되는 일본병 정들을 발견한 것이다. 그것을 김학철은 "내 심장이 돌연 고동을 멈추 었다"고 표현한다. 병정들의 수에 대해서도 괄호 안에 주석을 다는 형 식으로 "(어뜩 보았을 때는 당황하여 사람의 수가 더 많은 것 같았다)" 고 당시의 긴장했던 심정을 그대로 보여준다. 그는 마음이 몹시 급하고 당황하여 바지를 벗을 겨를도 없이 그냥 입은 채로 물속에 들어섰다.

> 강진세는 잽싸게 바지를 벗으며 나더러도 빨리 벗으라고 재촉하였다. 해도 나는 마음이 몹시 급하고 당황하여 바지를 벗을 겨를도 없이 그냥 입은 채로 물속에 들어섰다. "고인이 가라사대 '군자는 죽어도 관을 벗지 않는다' 하였거늘 내 어찌 혁명군인의 몸으로 아랫도리 벗은 송장이 될 것인가!" 이것은 물론 나중에 생각이 나서 익살을 부리느라고 강진세하 고 우스개소리로 한 말이다. 당시 그런 고비판에서야 어느 순간에 케케 묵은 천 년 전 고인을 다 생각해낸단 말인가.(「항전별곡」, p.212)

불시에 맞부딪친 적 앞에서 당황하고 긴장할 수밖에 없는 보통사람 과 다를 바 없는 심리를 꾸밈없이 진솔하게 보여준 표현이다. 인간성 의 소박함의 또 다른 모습이라 하겠다.

위에서 보다시피 의용군 전사들은 사랑 때문에 번민하고, 무서움에 떨기도 하고, 고향과 부모 처자에 대한 애틋한 그리움에 잠길 수도 있 는 피와 살을 가진 보통의 인간이다. 그들은 보통사람의 소박한 심리 를 가지고 항일의 최전선에서 보통사람으로서는 상상도 할 수 없는 가

---

114) 위의 글, p.209.

지가지 고난과 죽음의 위험을 딛고 피의 싸움을 벌였다. 여기에 그들의 혁명적 낙관주의가 있다.

간고한 항일의 최전선에서 그들이 고난을 극복하고 낙관적일 수 있는 것은 그들을 하나로 묶어주는 동지애가 있기 때문이다. 김학철은 김학무와 강진세로부터 받은 동지적 사랑과 보살핌을 두고두고 잊지 못한다.

김학철과 강진세는 성격이 "팔팔결 달라서 두 극단이라 해도 좋을 만 하였"다. 하지만 둘은 뜻이 맞는 친구가 되며 김학철은 그에게 숱한 우정의 빚을 지고 있다.

> 작은 아씨 강진세는 오랜 세월 나하고 짝을 지어 다니며 나 때문에 얼을 입은 적이 한두 번이 아니다. 해도 그는 원망도 투정도 한 일이 없다. 나는 그에게 숱한 우정의 빚을 지고도 갚을 염을 안하는 도척이 노릇만 하고 살아왔다. 그의 나이가 나보다도 두 살이 위니까 '내리사랑은 있어도 치사랑은 없는 법'이라고 쓱싹 수염을 내리쓸 수도 없다. 내 마음 한 구석에는 항시 그에 대한 미안한 느낌이 둥지를 틀고 있다. 죽어서 눈을 감기나 하면 잊혀질는지…(「항전별곡」, p.221)

이러한 동지애는 혁명적 낙관주의의 주요한 원천의 하나로 된다.

의용군 전사들은 반파쇼전쟁이 좌절에 부딪치게 되었을 때도 "인적 없는 괴괴한 태항산중의 한 마을의 한 집안의 외로운 등잔불 밑"[115]에서 승리한 내일의 웅위하고 장려한 세계를 눈앞에 그려보며 승리에 대한 굳은 신념을 잃지 않았다. 이러한 필승의 신념은 평소에는 미래에 대한 낙관으로 표현되기도 한다. 김학무는 명월관에 가서 신선로를 먹어볼 날도 이젠 멀지 않았다고 승리의 그 날을 그려보았고 석정 동지는 양고기보다는 탕수육이 더 낫다라고 하며 승리를 그려보았다.

---

115) 김학철, 「항전별곡」, 위의 책, p.225.

태항산의 간고한 생활환경은 역으로 혁명적 낙관주의를 더 두드러지게 한다. 문명철에게는 남다른 괴상한 버릇이 있었다. 여름이 되면 머리를 기르고 겨울이 되면 머리를 홀딱 깎아서 중머리가 되는 것이다. 이에 대해 문명철은 "겨울엔 더운물이 없는데… 머리 감기 귀찮지 않아?"라고 간단히 대답한다.116) 의용군 전사들은 "여름에 기르고 겨울에 깎"는 그러한 낙관주의 정신으로 태항산의 간고한 생활환경을 이겨나갔으며 항일의 최전선에서 죽음도 불사하고 싸웠다.

그의 이러한 혁명적 낙관주의는 조선의용군전사로서의 육체의 기억을 통한 체험에서 우러러 나온 것이며, 가열 처절한 전쟁과 일본감옥에서의 정치범 생활, 해방직후 이데올로기 문제로 인한 월북, 조선전쟁 중 중국 피난, 중국에서의 반우파투쟁과 문혁을 겪고 구사일생으로 살아남은 파란만장한 삶이 변수로 작용한 것이다.117) 그러한 인생에 대한 역투사의 자세는 폭풍취우와도 같은 한 세기를 살아온 조선의용군 '최후의 분대장'으로서의 김학철만이 가능한 것이다.

"이념면에서 공산주의자임을 분명히 못박"는118) 김학철은 망국 30돌-40년 8월 29일에 중국공산당에 입당을 하였다.119) 그로부터 반세

---

116) 위의 글, p.268.

117) 「항전별곡」이 쓰여진 시점은 80년대로서 이는 김학철이 태항산에서 싸우던 1940년대로부터 근 40년이란 세월이 흐른 뒤다. 그 사이 김학철은 일본감옥에서의 정치범 생활, 해방직후 이데올로기 문제로 인한 월북, 조선전쟁 중 중국 피난, 중국에서의 반우파투쟁과 문혁 등 갖은 소용돌이와 풍랑을 겪게 된다. 근 40년이라는 반세기에 가까운 긴 시간과, 보통사람으로서는 상상조차 할 수 없는 격렬하고 고되고 아픈 삶이 그의 의식세계에 큰 변수로 작용했음은 미루어 짐작할 수 있다. 이러한 의식세계의 변화는 해방직후로부터 오늘에 이르는 그의 작품세계에 대한 조명을 통해 그 추이를 추적해볼 수 있는데 이 작업은 다음 기회로 미루기로 하고, 이 책은 그의 혁명적 낙관주의의 가장 원초적인 뿌리라고 할 수 있는 조선의용군 전사로서의 체험의 세계만을 그 경로로 살펴보기로 한다.

118) 이명숙, 앞의 글, p.251.

119) 김학철, 『최후의 분대장』, p.229.

기가 지난 지금에도, 온갖 정치적 파란(波瀾)을 다 겪고 구사일생으로 살아남은 지금에도 그는 "마르크스주의에 대한 나의 신앙은 조금도 변함이 없다"고 자신의 공산주의적 의식세계를 확인시켜준다.[120] "베토벤의 작품이 후대의 서투른 지휘나 연주자의 잘못으로 불협화음이 빚어졌다고 해 그 작품을 만든 베토벤의 위대함이 의심받아서는 안 된다"는 것이 그의 논거이다.[121]

김학철은 공산당에 입당을 하기 전에 민혁당의 당원이었고 테러활동에 종사하였다. 그러므로 그는 자신의 직접적인 체험을 통하여 테러활동의 한계에 대해 인식하고 있다. 따라서 작품에 나오는 테러활동에 대한 견습이라든가 하는 것은 김학철 자신의 실제 체험담이기도 하다. 자신의 실제 체험담이기도 하다는 이유 때문에 김학철은 그 이야기를 서술함에 있어서 화자의 시점(話者의 視點)에 제한 받지 않는 직접적 서술의 형식을 취한다. 즉 김학철은 전우들의 간접체험을 자신의 경험에 의해 직접체험으로 승화시킨 것이다. 이러한 모험적인 테러활동에 대해 김학철은 비판적이다.

본세기 20년대와 30년대에 중국으로 망명한 조선혁명자들의 대부분이 최초에는 블랑끼[122]의 사이비한 후예―테러분자들이었다. 그들은 거의 종교적인 열광으로 테러활동을 숭상하였다. 그들은 죽음을 두려워하지 않는 소수 용사들의 모험적인 행동으로 능히 일본제국주의의 식민지적 통치를 뒤엎을 수 있다고 굳게 믿었고, 망국의 치욕을 자기들의 피로써 능히 씻을 수 있다고 굳게 믿었다. 하여 그들은 적의 요인을 암살하고 특무와 반역자들을 처단하는 것을 자기들의 주요한 행동강령으로 삼았다. 그들의 가슴속에서 불타는 적개심은 그들에게 환락과 아울러 비극을 가

---

120) 위의 책, p.212.
121) 위의 책, p.212.
122) 19세기 말 프랑스의 극단적인 폭력주의자. 김학철, 「항전별곡」, p.164에서 재인용.

져다 주었다. 다음에 서술하는 이강의 경우가 바로 그러한 비극의 한 예 증이다.(「항전별곡」, p.164)

김학철은 붓글씨도 잘 쓰는 재간 많은 이강이 폐인이 되어버린 가 슴 아픈 예를 들면서 테러활동의 위해성을 신랄하게 까발린다. 이강뿐 이 아니다. 장진광, 강병한의 경우도 마찬가지다…… 김학철은 '두름길' 이라는 제목으로 그들이 선진적인 사상의 지도를 받지 못하고 맹목적 인 테러활동을 고집함으로써 치른 불필요한 희생에 대해 비판한다.

역사도 때로는 곧잘 울도웃도 못할 짓궂은 장난을 한다. 이 세상에는 벌써 혁명에 성공한 경험이 있건만 뒷사람들은 흔히 그 교훈을 받아들이 지 않고 지름길을 걸으려고 애를 쓴다. 왕왕 적지 않은 민족들이 전철을 밟으면서 선진 민족들이 이미 경과한 유치한 계몽계단을 되풀이하느라고 비싼 댓가들을 치르곤 한다.(「항전별곡」, p.165)

위에서 보다시피 김학철은 「항전별곡」에서 민족주의자와 무정부주 의자들의 맹목적이고 모험적인 테러활동에 대해 비판하면서 그들의 비 극과 피의 교훈으로부터 공산주의사상의 선진성과 그 필연적인 승리에 대해 역으로 강조하였고, 항일전쟁에서 공산주의사상의 지도적 역할에 대해 충분히 긍정하였다.

김학철은 계급성보다는 인류의 구원에 역점을 두고 있는데 그 의식 의 핵심은 "오직 금수들만이 인류의 고난에 외면을 하고 저만을 돌본 다"이다.[123] 김학철의 이러한 儀式은 민족주의와 긴밀히 연결되어 있 다. 여기에 대해서는 김학철 자신이 기자와의 인터뷰에서 확고하게 자 신의 입장에 대해 말하고 있다.

---

123) 김학철, 「항전별곡」, p.158.

"항일 전쟁 당시 가장 치열하게 싸운 사람들은 공산당원이었어요. 그들은 전선에서 항상 돌격부대였죠. 그들의 조국애를 보면서 공산주의자들의 강한 민족성을 확신하게 되었어요……"124)

김학철은 조선국적을 가지고 국민당의 중앙군관학교에서 공부했고 후에는 조선국적을 가지고 중국공산당에 가입했다. 훗날 김학철이 "조선의용군의 골간을 이룬 것은 조선적의 중공당원들이었다"고 지적한 것은 음미될 필요가 있다. 조선공산당의 존재기간은 1925년에서 1928년까지이다. 프롤레타리아국제주의의 이념 아래에서 코민테른 제6차 대회(1928)가 확인한 것은 '일국 일당의 원칙'이었는데, 이 때문에 국가가 없는 조선공산당은 일본공산당이나 중국공산당에 흡수되지 않으면 안될 운명에 놓여졌다. 중국 지역의 마르크스·레닌주의자들이 중국공산당으로 당적을 옮기거나 신규 가입할 수밖에 다른 도리가 없었는데, 이는 곧 프롤레타리아국제주의에 몸을 던지는 것이 막바로 조선민족해방의 지름길이라 생각한 때문이다. 그러니까 조선민족해방투쟁은 중국민족해방투쟁을 통해서 달성되는 것이기도 하였다. 그리하여 김학철은 조선국적을 보유한 채로 망국 30돌─1940년 8월 29일에 중국공산당에 입당을 하였다.125) 중국공산당 당기는 낫과 망치가 그려진 붉은 기이다. 허지만 중국공산당원이 된 김학철은 태극기에 대하여 남다른 생각을 가지지 않을 수 없게 된다.

광복군의 영사에 10여 일간 머물면서 우리는 아침마다 국기 게양식에 참렬을 해야 했다. 올리는 기는 물론 태극기다.
한데 나는 좌익화를 하면서부터 심리적으로 자연 이 태극기와 거리가 멀어졌었다. 낙후한 봉건적 상징으로 생각이 들어서였다. 내가 바라는

---

124) 이명숙, 앞의 글, p.251.
125) 김학철, 『최후의 분대장』, p.229.

것은 참신한 기―붉은 기였다.

중국 사람들이 일장기를 '고약기(膏藥旗)'라고 하고 또 우리 태극기를 '팔괘기'라고 할 적마다 나는 기분이 상했다. 책을 잡힐 만하다는 생각이 들어서였다.

그러나 막상 게양되는 태극기를 향해 숙연히 거수 경례를 할 때 내 마음은 저도 모르게 설레었다. 그것은 틀림없는 민족 독립의 상징이었기 때문이다.

광복군의 국기 게양대 밑에서 이와 같이 모순된 감정에 사로잡힌 것은 나 하나만이 아니었을 것이다.126)

이러한 느낌을 김윤식은 중간지점의 존재감각이라고 정의한다.127) 이 중간지점의 존재감각은 급기야는 조선의용군의 기치 결정문제에 논란을 일으킨다. 김학철이 밝히는 조선의용군의 기치 결정 내막은 이러하다.

조선의용군의 기치를 무엇으로 내걸 것인가를 두고 부대 내부에서 논란이 일어난다. 붉은 깃발을 걸자는 젊은이들과 태극기를 주장하는 사람들 사이에 반목이 일었다. 그래서 이 문제를 당시 팔로군 사령관이었던 팽덕회와 논의하게 되었다.

팽덕회와 상의하게 된 데에는 그만한 이유가 있었다. 의용군에 중국 공산당이 몇 명 있기는 했지만 보다 큰 이유는 의용군의 식량을 팔로군이 대어 주고 있었던 것이다. 뿐만 아니라 팔로군은 모든 면에서 그들의 부대와 똑같이 대우해 주고 있었다. 따라서 두 부대는 모든 문제에서 서로 돕고 지내온 관계였다.

"팽의 말인즉 '조선이 태극기로 망했으면 태극기를 들어야 백성이 따라온다. 붉은 깃발을 주장하는 사람들은 지나친 극좌이다'라고 했어요.

---

126) 위의 책, p.236.
127) 김윤식, 「항일 빨치산문학의 기원―김학철론」, pp.416~417 참조.

그말이 일리있게 들려 태극기를 내걸기로 합의한 거죠."128)

여기에 대하여 김학철은 그의 자서전 『최후의 분대장』에서 다음과 같이 언급하고 있다.

　이러저러한 곡절을 거친 끝에 조선의용대(의용군)도 마침내 태극기를 정식으로 군의 기치로 삼고, 그리고 찍어내는 인쇄물 같은 데다도 꼭꼭 태극기를 쌍으로 모시게 됐다.129)

이런 중간지점의 존재감각은 김학철 혼자만의 것이 아니다. 이는 맑스주의자로서 중국공산당에 가입하였고 공산당의 항일근거지에서 항전에 참가했던 조선의용군 전사들에게 있어서 공유의 부분이었다.

조선의용군 전사들만이 아니었다. 의열단 출신의 조선지식인으로 중국공산당에 투신하여, 두 번이나 일본 측의 재판을 받고 짧은 기간에 풀려났으며, 또한 중국공산당의 조직부에까지 나아간 장지략(『아리랑』130) 의 김산의 원명)도 그 중간지점의 존재감각에서 예외일 수 없었다. 장지략은 이것을 '물속에 녹아 있는 소금'에 비유하고 있다.

　1927년 이후 중국에 거주하는 우리 조선인 사이에는 중국공산당만이 있을 뿐이었다. 조선공산주의자의 별개 조직은 하나도 없었다……(약)…… 조선사람이 중국당 내에 여기 한 사람 저기 한 사람씩 흩어져 있는 것은 별 소용이 없었다.……(약)……
　"우리는 더 이상 물 속에 녹아 있는 소금처럼 우리 자신을 잃어버릴 처지가 못된다. 우리는 쫓겨난 개인으로서가 아니라 다른 세력에 가담하는 하나의 세력으로서 중국에 가세해야만 한다. 일본제국주의가 매우 빠

---

128) 이명숙, 앞의 글, pp.249~250 참조.
129) 김학철, 『최후의 분대장』, p.236.
130) 김산·님 웨일즈 지음, 조우화 역, 『아리랑』(동녘, 1997).

른 속도로 움직이고 있기 때문에, 장래의 행동을 위하여 조선인의 운동을 건설하고 준비하는 방향으로 재빨리 우리의 정력을 기울여야 한다"는데 우리는 동의하였다.131)

이러한 중간지점의 존재감각은 김학철의 작품에서 생생한 체험으로 드러난다.

그 중의 한 가지가 바로 '망국노 콤플렉스'이다.132) 상해에서 식품점 사환이 망국노라고 놀려먹는 바람에 결김에 그자의 상판을 무쇠주먹으로 후려갈기고 또 메어꽂아서 구둣발로 마구 짓밟아준 일, 2소대장의 망국노라는 소리를 빗듣고 '우리'―조선학생들더러 망국노라고 욕하는 줄 알고 전교 100여 명의 조선학생이 일제히 분개해 총에다 장탄·착검까지 해 가지고 교무처를 포위하기에까지 이른 사건…… 이는 태극기를 마주하여 느꼈던 중간지점의 존재감각의 현실상황에서의 발로인 것이다.

이러한 중간지점의 존재감각에 대하여 김학철은 숨기려 하지 않고 당연한 것으로 간주하는데, 이것은 애써 그런 감각을 억누르고 기피하려는 서투른 '국제주의자'들의 극좌편향에 대한 비판으로 나타난다.

우리가 큰 소리로 우스개 말 하는 것을 들은 모양으로 웬 간부급 군인 하나가 반가움이 넘쳐흐르는 듯한 얼굴로 쫓아왔다. 당시 공산군에는 견장이라는 게 없었으므로 호주머니가 겉에 달린 상의를 입었으면 다 소대장급 이상의 장교였다.

"조선 동무들이 아닙네까?"

그가 흥분을 누르지 못하며 평안도 사투리로 이렇게 묻는지라 우리도 반가운 악수로 그를 맞아주었다.

---

131) 위의 책, p.292.
132) 김학철, 『최후의 분대장』, p.153.

"그 연대엔 우리 동무들이 얼마나 있는가요?"

"나 하나밖에 없시오."

"거 외로워서 어떻게 사시겠소. 우리하고 같이합시다. 우리 여긴 몽땅 조선 동무들이오."

우리는 그 친구가 좋아서 입이 함박만해질 줄 알았다. 그런데 천만의 말씀이었다.

"아니아니, 난 민족 혁명은 안 해요. 그런 건 안 한다구요."

우리 몇몇 비참한 '민족 혁명파'들은 하도 어이가 없어서 멀뚱멀뚱 서로 얼굴만 바라보았다.

"……(중약)……아 근데 그게 우리 글로 된 거라요 글쎄."

그 '민족 혁명 기피자' 양반이 살뜰한 동포애로 우리에게 기증한 그 책이란 앞뒤 뚜껑이 다 떨어져나간 수진본(袖珍本)으로서 무슨 단편소설집 같은 것이었다.

그 우스꽝스러울 정도로 철저한 '국제 혁명 전문가'가 혈혈단신으로 다시 소속 부대와 함께 행군길에 오르는 것을 점도록 바라보며 우리는 '잘 가라'고 자꾸자꾸 손을 흔들어주었다.[133]

김학철은 '반가움이 넘쳐흐르는 듯한', '흥분을 누르지 못하며', '평안도 사투리', '우리 글', '살뜰한 동포애', '혈혈단신'…… 등 표현과 평안도 사투리로 된 언어묘사를 통하여 그 철저한 '국제 혁명 전문가'의 마음속에 엄연히 내재해 있는 중간지점의 존재감각을 들추어 보이고 있으며 아무리 아니라고 해도 그것은 조선 혁명가들에게 있어서 의심할 바 없이 공유의 부분임을 강조한다. 김학철은 또 '비참한 민족혁명파', '민족 혁명 기피자 양반', '우스꽝스러울 정도로 철저한'…… 등 유머러스한 표현과 가벼운 에피소드식 처리법으로 그의 경직된 국제주의 사상에 대하여 애정 어린 비판을 한다.

이러한 중간지점의 존재감각은 김학철에게서 가장 피부에 닿게 두

---

133) 위의 책, p.265.

드러지게 나타난다. 이에 비해 김태준과 김사량은 국외주의자의 입장이며 이러한 감각을 별로 가지고 있지 않다.

3) 인민전선부 성원으로서의 이지적 의식세계 : 김태준

김태준은 박헌영이 지도하는 경성콤그룹 인민전선부 성원으로서 민족해방운동 중에서 김사량이나 김학철과는 다른 위치에 처해있다.

김사량은 연안으로 탈출하기 전, 공산주의와 민족주의에 막연히 동조하는 양심적이고 진보적 지식인일 따름이었으며 정치적으로 무소속 상태였다. 그는 조직적인 투쟁이나 연대적인 투쟁에는 일체 관여하지 않았으며 다만 양심의 기저로부터 우러러 나오는 좌절과 분노로 식민지의 암흑한 현실에 항거한다. 이에 비하여 김태준은 연안으로 탈출하기 전, 이미 박헌영이 지도하는 경성콤그룹에 관여한다. 1941년 1월 9일 김태준은 체포되어 투옥된다. 김사량도 두 차례의 투옥의 경험이 있지만 조선예술좌 사건에 연루된 것과 태평양전쟁이 발발한 이튿날 '사상범 예방구금법'에 의해 투옥된 것으로서 어떤 구체적인 투쟁으로 인한 것이 아니었다. 그러므로 김태준으로서는 이때 김사량의 양심적인 저항을 넘어 구체적인 투쟁에로 나아가 있는 것이다.

다같이 구체적인 투쟁에 몸담고 있으면서도 김태준과 김학철은 투쟁 중에서 차지하는 위치가 틀리다. 김학철은 조선의용대(후에는 조선의용군)의 일개 보통 대원에 불과하다. 그의 말을 빌면 '무명소졸'에 불과하다.

이와는 달리 김태준은 콤그룹의 인민전선부 성원으로서 조직투쟁의 경험이 풍부하며 지하활동의 특징상 냉철하고도 이지적인 의식세계를 소유하고 있다. 그는 민족해방운동의 구도에 대해 조직적 의식세계를 갖고 있다.

　김태준의 연안행은 김태준 자신이 작품에 쓰다시피 출옥후의 신변의 위험뿐 아니라 더 중요하게는 조직의 파견에 의해서이다.

　　…바로 居昌의 崔, 仁川의 崔, 寧邊의 白이 검거되어, 세 개의 細胞가 깨지기 시작한 後 共産主義者協議會 안악에 있는 軍事問題討論會는 나에게 中國共産黨의 首都「延安」에 가서 金日成, 武亭 同志들과 함께 國內에 對한 軍事對策을 세워보라고 하였다. 南滿과 西北鮮에는 山岳地帶가 많으니 이것을 移動根據地로 하고 北鮮農民의 覺醒되여있는 有利한 條件을 利用하야 遊擊戰을 展開하면 할 수 있으리라는과, 朝鮮人民의 利益을 爲해서 自己를 犧牲하고 忠實히 싸울 수 있는 人民의 立場에 있는 戰鬪的 進步的인 精銳分子들의 正當한 指導밑에 民衆이 集結된 힘을 갖고 敵 日帝를 擊退시키지 않으면 않된다는 것이다. 朝鮮民衆의 完全解放은 오직 우리 民族 自身의 손으로 解決하지 않으면 않된다는 信條에서 그렇게 決定한 것이다. 나는 故國을 떠나서 延安가기로 決意하였다.(「延安行」(一), p.434)

　김태준은 延安으로 갈 것을 결정하자 콤 그룹 내에서 다른 동지에게 사업인수를 한다. 김태준의 이러한 조직적이고 이지적인 의식세계는 연안행 중 요동반도의 한 농장으로부터 조직되어 오는 조선의용군에 합류하면서 행군도중 그들에 대한 서술에서 나타난다.

　김태준은 우선 몸에 밴 그 조직투쟁의 경험과 감각으로 의용군의 구성원들의 성분과 의용군에 참가하게 된 경로를 분석한다.

　　義勇軍의 主要한 構成員은 遼東의 한 農場 부근에있는 朝鮮移民들의 子弟들과 學兵으로 도망해온 靑年들이 그 主要成分을 구성했다. 스파이 嫌疑받는 여자 金貞 重慶에서 온 朱洪, 기독교 信者 宋泰도 끼였다.(「延安行」(三), pp.460~461)

이어서 그들의 무 조직, 무 규율적인 산만한 행동거지에 대해 날카롭고도 예리하게 비판하고 있다. 백하천 소년은 "다른 친구들이 국밥 반찬 떠오는 것을 全部自己만 식히고 밥 먹을 때엔 자기가 第一조금먹으니 損害"라고 不平을 부린다.134) 여기에 대해서 김태준은 "그少年은 繼母侍下에 愛情없이 자라나고 移民子弟로 고생스럽게 자라나서 까딱하면 怒여워하고 심사가 빗두러지는 버릇이 있다."라고 산생 원인을 그의 성장 배경과 연관시켜 객관적인 해부를 진행한다.135)

이러한 좋지 못한 습관이나 행동거지, 불평에 대하여 김태준은 객관적인 해부나 분석에만 그치지 않는다. 그와 여혁명가인 그의 아내 P는 맑스주의자로서 하루에 한 명씩 책임지고 사상교육을 해나간다. 이는 그의 아내 P의 "우리―맑스主義者는 하루, 한가지식 공작이 있어야 하지않겠느냐"라는136) 제의에 의한 것이다. P가 가르친 노래들로는 「연길감옥의 노래」, 「유격대 추도가」 등이 있다. 그 외에도 P는 타령조로 된 「의회주의가」 등을 가르쳐서 갈채를 받았다. 그 자신들이 '맑스주의자로서'라고 전제조건을 깔고 있듯이 김태준과 P는 자연스레 혁명의 주체라는 의식을 갖고 조직투쟁의 경험을 충분히 살려 조직자로서의 역할을 수행하려고 한다.

이들이 발견한 문제점은 좋지 못한 행동거지나 불평뿐이 아니다. 의용군 내부에서는 지식인 출신의 대원들과 농민 출신의 대원들 사이에 첨예한 모순이 존재하고 있었다. 여기에 대하여 김태준은 다음과 같이 구체적으로 서술하고 있다.

그런데 우리隊伍가운대 두가지潮流가 있다. 하나는 學兵出身, 책상물

---

134) 金台俊, 「延安行」(三), 『김태준전집』(寶庫社, 1990), p.464.
135) 위의 글, p.464.
136) 위의 글, p.464.

림 데리님들이 一般的으로 自高自大하고 農民出身을 깔보고 학문을 좋아
하고 理論만을 내세우는 버릇이 있고 하나는 學校敎育받지못한 農民出身
동무들인대 그들의個中에는 理論을 「주동이만 까는 것」이라고 비웃고 배
우는것을 猜忌하는 傾向이있다. 金鋒을 미워하는 주철의 心理는 이表現
인 것이다.(「延安行」(三), p.464)

이러한 문제에 대한 발견은 김태준의 이지적 안광과 예리한 통찰력
을 보여준다. 김태준은 또한 단순히 문제의 현상에 대한 나열에만 그
치지 않았다. 그는 이론적 높이에서 혁명의 이론과 혁명적 실천의 관
계를 과학적으로 천명하며 가장 원만하고 바람직한 관계는 그 둘의 상
호 결합과 통일의 관계임을 주장한다.

革命的理論을 떠나서 革命的實踐이 있을 수 없고 革命的實踐을 떠나서
革命的理論이 있을 수 없으니 勞農出身이니 인테리 出身이니 할것없이
理論과 實踐의 統一 思想과 生活과 行動의統一, 知行合一이되지않으면
않될것이라하였다.(「연안행」(三), pp.464~465)

김태준은 또한 이러한 이론과 실천의 모순이 타협이 불가능한 근본
적인 모순이 아님을 자기의 관찰을 통해 밝히고 있다. 그것은 어디까
지나 치열한 모순에 지나지 않는데. 일단 유사시에는 모두가 한마음이
된다고 김태준은 긍정적으로 이야기하고 있다.

다만 늦기는것은 그들이 서로 些少한 일에 불평하고 골을내고 다토고
하지만 「敵情」이니 集合하라고하면 모다 자기라는것을 잊어버리고 渾然
一體가 되어, 누가병들면 자발적으로 看護해주고 누가 길에 떨어지면 붓
들어주는 高貴한 犧牲的인 同胞愛! 同志愛의 發露를 자조發見하는점이었
다. 이것이 우리朝鮮의 未來를 爲하야 촉망되는 큰힘이라 하였다.(「延安
行」(三), p.465)

위에서 보다시피 김태준은 이러한 모순은 동포애, 동지애로 극복할 수 있으며 이러한 동포애, 동지애로 그들은 각각의 차이를 극복하고 하나로 될 수 있는바 조선의 장래에 대해서 낙관할 수 있다고 한다.

김태준은 행군 도중, 공산당과 그 휘하의 팔로군의 정치, 군사, 조직 방면의 정책과 현황에 대하여 상세히 소개한다. 그는 콤그룹의 인민전선부 성원으로서 자기의 조직투쟁의 경험에 비추어 중국의 신민주주의 혁명의 귀중한 경험과 교훈을 비판적으로 받아들이는데 이는 조선의 민족해방을 위한 준비의식을 보여준다. 이 서술의 각도 역시 주체적인바 「노마만리」에서 「駑馬」로 자처하는 김사량의 배움의 자세와는 구별된다.

김태준은 경성콤그룹의 인민전선부 성원으로서 조직의 파견을 받고 연안으로 향했으므로 그의 처지는 국외자이다. 즉 국외자로서 외부에서 중국공산당과 팔로군의 각종 정책을 대하는 것이다. 이는 조선국적을 가지고 중국공산당에 가입한 김학철의 내부인으로서의 그러면서도 국외자로서의 중간지점의 존재감각과는 구별된다. 그에게는 이러한 중간지점의 존재감각이 있을 필요가 없으며 그는 콤그룹의 대표 자격으로 당당하기만 하다. 또한 그는 비록 국외자이지만 정치적으로 경성콤그룹에 속해있다. 그러므로 그는 조직투쟁의 체험으로 형성된 주체적 의식을 갖고 각종 정책을 대하고 있으며 김사량의 무소속 상태와는 구별된다.

김태준은 또 이지적이고 냉철한 시각으로 민족의 현주소를 파헤친다. 그는 조선의 독립을 위하여 일제와 맞서 싸우는 우리 민족 투사들의 불요불굴의 투쟁정신과 양심적인 민족인사들의 성원에 대하여 충분히 긍정하고 있으나 또 다른 한 면으로는 일제의 식민지 통치가 우리 민족의 민족성을 타락시켰다고 비판하고 있다.

이러한 민족성의 타락은 滿洲惡性流民들의 敗德과 패륜적인 행위를 통해 보여진다. 이 만주의 惡性流民들은 일제를 등에 업고 무고한 중국백성들의 재산을 빼앗고 그들을 박해하는 등 갖은 악행을 다 저지르고 있다. 「연안행」에 나오는 邊S는 그러한 滿洲惡性流民의 代表的 典型이다.

> 興城서는 洪K의 紹介하든 邊S의 집의 主人들었다.
> 邊S는 그長男이 倭憲兵通譯으로 있음을 利用해서 微弱한 中國農民을 감옥에 넣고는 釋放運動해준다고 詐欺橫領하며 假旅行證을 얻어주고 巨額의 口錢을 常習으로 해먹는 滿洲惡性流民의 代表的典型이다. (「延安行」(二), p.444)

그들의 살림살이 또한 말이 아닌데 "夫妻가 阿片을 먹고, 酒草를 즐기며 生活이라고는 아침벌어 저녁에 먹고 바람벽이 거칠물건없는 쪽박살림이다. 더구나 邊S는 過去에 倭奴의 高等偵探노릇까지 하든놈이니 그 殘虐한 行動은 이로 말할 수 없었다. 마침 長男이 內地定州에서 메누리를 마지해 오는대 返馬의 날자까지 定해놓고 돈이없어서 어쩔줄 몰으고 있는때었"다.[137] 관찰과 풍문에 의한 변S의 악행은 김태준의 체험을 통해 더 적나라하게 드러난다. 변S는 김태준에게 假旅行證을 해준다는 약조 하에 돈 二千圓을 가져간 후 十余日이 넘어도 아무런 말도 없다. 홍성에 사는 조선 사람들은 변S가 지나가는 길손의 돈을 떼고 그들을 체포할 것이라고 수군수군 한다. 그리하여 김태준은 변S를 '鐵面皮'라고 호되게 질책하고 그제야 鐵面皮한 변S는 그에게 假旅行證을 만들어준다.

변S가 소개해준 鄭×淳도 돈밖에 모르는 극도로 타락한 流民이다. 그는 위기에 몰린 같은 同胞인 김태준 부부에게서 돈을 짜내기 위하여

---

137) 위의 글, p.444.

산해관을 넘는데 數千圓이라고 하며 派出所에 보고하겠다고 위협한다. P가 안악으로 鄭을 끌고 들어가서 돈, 시계, 양복, 잠옷, 핸드빽, 기타 여행용품 등 時價 約 二千餘圓에 該當하는 물품을 주고 "無事히 天津에 到着해서 事業이 順調로이 發展되면 그 利益을 좀 提供하겠다고 懇曲히 부탁"해서야 우리에게 投宿을 시켜주고 산해관 넘는 方法을 대준다.

이들 滿洲流民들뿐이 아니다. 의용군 내부에서도 强盜 日本帝國主義로부터 배운 좋지 못한 습관들이 불쑥불쑥 튀어나온다.

> 隊伍속에서는 밥과반찬이 모자란다고 不平하는 사람들도 있다. 個中에는 혼자서 남의 생각없이 욕심부리고 많이먹는者가 있기때문이다. 强盜 日帝놈들게서 배운 個人主義와 自己獨占慾의 표현이며 訓練없는 初年兵들의 일이다.(「延安行」(三), p.465)

김태준의 이들에 대한 비판은 滿洲惡性流民들에 대한 비판과는 각도 상에서 차이를 보이고 있다. 김태준의 이들에 대한 비판은 애정 어린 비판이며 이런 개인주의와 독점욕을 극복하고 진정한 민족해방의 투사로 성장할 수 있다는 신심과 기대를 가진 비판이다. 그러나 滿洲惡性流民들은 인간성을 완전히 상실하고 있으며 그들에 대해서는 아무런 희망도 가질 수 없다. 다만 분노와 질책뿐이다.

이와 같이 김태준은 滿洲惡性流民의 악행과 일본군대로부터 금방 탈출한 아직 교육을 제대로 받지 못한 학도병이나 지원병들의 개인주의, 독점욕으로부터 오는 이기적인 행동을 비판함으로써 일제의 식민지 통치가 초래한 민족성의 황폐와 도덕, 윤리의 붕괴를 나타내고 있다.

4) 양심적 지식인으로서의 자기반성의 의식세계 : 김사량

태평양전쟁의 발발은 조선을 더 험악한 상황에로 몰고 갔다. 김사량은 일제의 진주만 기습공격이 이루어진 다음날 새벽 소위 '사상범 예방 구금법'에 의해 감금되며, 석방 후 귀국한다.

그 무렵 조선문단은 '文人報國會'가 창설되고, 대부분의 작가들이 일본에 협력하지 않으면 안 되는 상황이었으므로 김사량은 8월 28일 국민총력조선연맹에서 실시한 해군견학단의 일원으로 파견되었다. 그리고 10월 10일부터 10월 23일에 걸쳐 『매일신보』에 조선어로 쓴 「海軍行」을 발표하였으며, 12월 14일부터 1944년 10월 4일까지 장편 연재소설 「바다의 노래」를 『매일신보』에 발표하고 모든 활동을 그만두었다. 당시 그는 해군작가단이 되어 일제에 두드러진 협력을 하게 된 것을 매우 기분 나쁘게 생각한 것 같다.

이와 같은 그의 마음은 당시의 김사량을 회고한 호고 도꾸소오의 다음 글에 잘 나타나 있다.

조선에 돌아가 있던 김군은 해군견학단의 일원으로 동경에 왔는데, 그의 마음은 분노로 불타고 있었다. 은좌의 찻집에서 그는 분노에 찬 목소리로 말했다.

"이따위 방법으로 조선 사람이 진심으로 전쟁에 협력하리라 생각합니까. 쌀을 내놓으라고 하니까 쌀을 내놓았소. 노동력을 내놓으라니까 노동력도 내놓았소. 마지막으로는 피를 내놓으라고 하니까(조선에 징병제도가 시행된 것을 말함) 피도 내놓았소. 그런데 일본은 조선 사람에게 무엇을 해 주었지요. 대학은 조선의 청년을 몰아내고 회사원이나 관리는 아무리 유능한 사람이라도 어느 선부터 그 이상으로 승급을 시키지 않아요. 이렇게 하는데 조선 사람이 진심으로 협력할 수 있겠습니까. 정말로 일본인은 정치를 몰라요. Give and take이라는 것을 몰라요."

이렇게 말하면서 그는 힘껏 탁자를 내리쳤다. 시국이 시국이었던 만큼

헌병이나 특고(特高)라고 있었더라면 당장 붙들려 가게 되는 건데, 하고
나는 그 때문에 조마조마했었다.138)

　이야기하는 상대가 서로 속을 터놓고 지내는 호고 도꾸소오라는 것
도 있겠지만 탁자를 치면서까지 분노를 터뜨린 것은 김사량의 가슴속
에 심상치 않은 것이 가득 차있었던 것을 말해주고 있다. 분명히 이것
은 그 분노도 분노지만 해군견학단의 일원으로 된 것으로 인한 그의
심각한 절망감에서 오는 것이었다.

　이러한 절망감과 좌절의식은 김사량의 양심의 가책과 상처에서 연
유하는 것인데 여기에 대해서 우리는 잠깐 해방공간에서의 김사량의
자기비판으로부터 살펴보기로 하자.

　김사량을 비롯한 당시 조선 문인들의 일어 창작활동이나 일부 문인
들의 친일 행각에는 해방공간에 와서는 '문인들의 자기비판'이라는 자
체 반성이 뒤따르게 된다.

　해방공간에서 열린 문화계의 좌담회로는 <건국동원과 지식계급>,139)
<벽초 홍명희 선생을 둘러싼 문학담의>,140) <창작합평회>141) 등이
있는데, 문인들의 자기 비판이 담긴 좌담회로는 <아서원 좌담회>,142)
<봉황각 좌담회>143) 등을 들 수 있다.

---

138) 安宇植, 崔夏林 역, 『아리랑의 비가』, p.116.
139) 「건국동원과 지식계급」, 『대조』, 1946. 7.
140) 「벽초 홍명희 선생을 둘러싼 문학담의」, 『대조』, 1946. 1.
141) 「창작합평회」, 『신문학』 1946. 6
142) <아서원 좌담회>는 1945년 12월 12일 서울시내 중국요리집 아서원에서 열렸다.
143) <봉황각 좌담회>는 1946년 2월 『중성』창간호에 그 좌담내용이 실려 있는데, 그
　　부기에 따르면 실제로 좌담회가 열린 것은 1945년 12월 30일 전·후가 아닌가
　　추측된다. 이는 부기에서 확인할 수 있다.
　　"이 좌담회가 열려진 것은 작년 섣달 그믐께다. 그 후 인쇄사정으로 인하여 이
　　렇게 늦어졌음으로 지금의 여러 정세에 비추어 혹 부합되지 않는 부분이 있을
　　지도 모른다. (중략) 그러나 여기서 우리는 옳은 것이 있음을 자부함으로 그대
　　로 싣기로 한 것이다." 『중성』 창간호, 1946. 2.

특히, 1945년 12월에 열린 <봉황각 좌담회>에는 金南天, 李泰俊, 한설야, 李箕永, 金史良, 이원조, 한효, 林和 등이 참석하였다. 이 좌담회는 "조선 사람 치고 일본에 협력적인 태도를 취하지 않은 사람은 없다 해도 무방할 것이며, 준엄한 자기비판을 한다는 것은 결코 불명예스러운 일이라 할 수도 없다"는[144] 전제 하에 작가들이 양심적으로 본격적인 자기비판을 하였다.

이 좌담회에서 金史良은 자신의 일어 창작에 대해 스스로

나로서는 우리말로 쓰는 것보다도 좀 더 자유스러이 쓸 수 있지 않을까, 탄압이 덜할까 생각하고 日語로 썼다느니보다 조선의 진상, 우리의 생활감정 이런 것을 리얼하게 던지고 호소한다는 높은 기개와 정열 밑에서 붓을 들었던 것이지만, 지금 와서 반성해볼 때 그 內容은 여하간에 역시 하나의 오류를 범하지 않았나 생각하고 있는 것을 솔직히 고백하는 바입니다.[145]

라고 준엄한 자기비판을 한다.

이러한 양심에서 오는 가책은 김사량이 드디어 연약성을 딛고 일어섰을 때에는 자기반성 의식으로 나타난다. 그리하여 김사량이 드디어 암흑에서 벗어나 빛을 향해 나아간 별빛추적의 행적인 「노마만리」에는, 식민지 시대를 살아가는 양심적 지식인으로서 그의 자기반성의식이 의식 흐름의 주조음으로 되고 있다.

"사실 아버지는 마음이 약해서 옥내 투쟁에 못 이겨 한 번 전향성명까지 하셨더랍니다. 하시고 나서 며칠 안으로 다시 번복했기 때문에 더 심한 악형을 받아 지레 세상을 떠난 셈이지요…"(「노마만리」, p.297)

---

144) 한효, 『중성』 창간호, 1946. 2, p.43.
145) 金史良, 『중성』, p.24.

이것은 김사량이 일본 관동군의 엄청난 봉쇄선을 돌파하여 마침내 도달할 수 있었던 조선의용군 전초 기지에서 한 소년병으로부터 들은 이야기다. 소년병의 아버지도 독립운동을 한 지사였는데 불행히도 일제에 붙들려 투옥되고 소년이 말한 것처럼 악형을 받아 희생된다. 김사량은 왠지 소년병의 이야기에 감동되고 소년병이 들려준 그의 아버지의 이야기가 자기의 이야기 같다고 생각한다.

> ……"아버지의 몇 살적 일이오? 돌아가신 게……"
> "서른한 살…"
> 나보다는 연소하였군…… 혼자 이렇게 중얼거렸다.
> 이 동무가 이런 이야기를 펴놓을 때 나는 마디마디 내 이야기를 듣는 듯하여 저절로 신심이 굳어짐을 느꼈다. 앞으로는 내 어린애도 이런 산중에서 나의 이야기를 이렇게 하는 날이 오지나 않을까? 아직도 십 년 세월 우리 젊은이들이 총대를 들고 이방산채에서 원수와 싸워 피흘리는 날이 계속된다면 얼마나 아픈 일이랴!
> 사랑하는 어버이를 먼 기억 속에 더듬어 나가며 아름답게 장식하는 그의 술회처럼 형용될 것이 아니지만 어쩐지 성격도 인품도 나와 비슷해 보이는 그의 아버지였다.
> ……(중약)……
> "어쩌면 그렇게도 내 이야기를 들려주는 것 같소?"……
> (「노마만리」, pp.296~297)

그 뒤에도 그는 자주 이 이야기를 되풀이하고는 소년병의 안부를 걱정하고, 그의 생각을 하게 된다. 이것은 그가 단순히 소년병의 이야기에 감동되었다는 것 이상으로, 옥내투쟁에 못 이겨 전향을 했고 그로 인한 좌절감에 몸부림치다가 악형을 받고 희생된 그의 아버지의 모습에서 자신의 그림자를 보고 있었던 것을 말해준다. 그의 전향의식이 투영되었기 때문이라고 보아도 될 것이다.

그의 이 같은 의식이 이밖에도 여러 가지 형태로 그의 행동에 그림자를 던지고 있다는 것은 말할 것도 없다. 김사량은 태항산으로 가는 도중 일본군에서 탈출한 학도병 S를 만나게 된다. S는 학도병 출신으로서 양심적인 지식인이다. 그는 일본군대안에서 온갖 박해와 모욕을 받는 동안에 고귀한 생명을 누구를 위해 무엇 때문에 바쳐야 옳은지를 똑똑히 가슴속에 새기게 된다. 동족의 지원병인 순박하고 어진 농촌 청년에 대한 일군들의 박해로 그는 적개심에 불타며 드디어 그 청년을 데리고 일본군 병영을 탈출한다. 이와는 반대로 도지사의 자제인 영식군은 자기의 안일을 도모하기 위하여 일군들의 양말까지 빨아주는 등 온갖 아첨을 다하며 마침내 미치게 된다. 김사량은 S의 이야기를 통하여 양심적인 지식인의 선택이 무엇인지를 보여주며 간접적으로 반성의식을 보여준다.

김사량은 조선의용군 본거지로 향하는 도중, 팔로군 소속의 일본병 포로수용소에 안내되어, 여기에 포로로 잡혀와 있던 일본군 장교와 이야기를 나눈 일이 있었다. 그때 팔로군의 관대한 포로정책을 보고 그는 앞에서 인용한 것과 같은 회오와 반성의 마음에 사로잡히며 자기의 지나간 생활―"놈들의 총칼 앞에 무릎을 꿇기가 일쑤였던 치욕의 반평생"을 부정한다.

하나 다음 순간엔 저도 모르게 혼자 소스라치게 놀라는 저 자신을 의식하였다. 그렇다면 나 역시 이와 같이 널리 헤아려 보는 우람찬 사상의 옷깃을 떨치고 있기 때문에 이들을 미워할 줄 몰랐던 것일까?…… 참지 못할 분노와 억제 못할 적개심의 전위로서 끊임없이 싸워 왔던가?

조국의 깃발은 나의 가슴에 안기기 전에 나의 몸뚱이를 두드리며 묻는 것이다. 충실하였느냐 조국 앞에? 그동안 내가 찾아헤매던 것이 무엇이냐? 안일이었다. 하찮은 자기 변호의 그늘 밑이었다. 자포자기의 독배를 들며 나날이 여위어 가는 팔다리를 주물던 일이 결코 자랑일 수 없으며

깊은 골짜기로 찾아 들어가 삼간초옥에서 나물을 먹고 물 마시며 팔을
베고 도사인 양 주경야독(晝耕夜讀)하며 누웠대서 결코 아름다울 수 없
을 것이다. 아니 엄정히 말할진대 도리어 놈들의 총칼 앞에 무릎을 꿇기
가 일수였던 치욕의 반평생―뉘우침이 스머들어 치가 떨렸다. 이러한 시
기에도 허구한 오랜 세월 총칼을 들고 이 나라 우수한 아들딸들은 적들
과 죽기로 싸워 왔거늘. 적을 가장 옳게 미워할 줄 아는 사람이 제 나라
를 가장 잘 사랑할 줄 아는 사람이다. 나는 무엇보다도 적을 좀더 미워
할 줄부터 배워야 할 것이다.(「노마만리」, p.350)

이 문장에서 그의 반성의식―현실도피에 대해 가졌던 회한의 감정
을 읽어내는 것은 그리 어려운 일이 아니다. 이러한 자기반성의 의식
은 지난날에 대한 부정을 기초로 하고 있으며 앞으로의 결심과 맞닿아
있다.

김사량은 연안으로 가는 도중 중국의 문학 예술 방면에도 대단한
관심과 취미를 보이고 있다. 그는 항일근거지의 한 촌락에서 만난 여
의무병(醫務兵)들에게 최동무를 사이에 두고 정령(丁玲)부인이며, 곽말
약 등 중국 문인들의 동정을 알아보기도 한다. 지식인으로서, 작가로
서 김사량은 원래부터 중국의 문학 예술에 큰 관심을 가지고 있었으며
그에 대한 이해도 퍽 깊다.

김사량은 특히 '연안 문예 좌담회'에서 한 모택동의 문예강화가 문
예방면에서 일으킨 영향에 주목하였다. 그는 "더구나 모택동 선생이
문예강화를 발표한 뒤로는 작가의 입장이며 태도, 대상, 방법문제 등이
대단히 밝아지고 구체화하여 작가들의 활동이 보다 더 정확하고도 적
극적인 노선 위에서 더욱 활발히 진전되고 있는 모양"이라고 하면
서[146] 모택동의 문예강화가 작가들의 문예 창작 활동에서 중대한 전환
점으로 되고 있다고 그 의의를 강조하였다. 이것은 또한 중국의 항일

---

146) 김사량, 「노마만리」, p.324.

전쟁가운데서 문학예술운동이 무시할 수 없는 중요한 일환임을 보여주고 있는데 이는 김사량이 민족해방가운데서 지식인으로서, 작가로서 자기가 해야 할 역할에 대해 심사숙고하고 있음을 단적으로 잘 보여주었다.

실제로 김사량은 노상에서 일기를 쓰는 등 쓰고 기록하는데 남다른 열의를 보이고 있으며 선전부장이 극작가라는 말을 듣고 매우 반가와하면서 "들어가 공작에 붙는다면 나 역시 선전부에 소속할 것이기 때문에 작가부장이라니 얻음이 더 클 것"147)이라고 항일근거지에 도착해서의 자기의 '공작'에 대해 기대하고 있다. 이것은 의용군이 예술공작과 선전공작을 대단히 중요하게 내세우고 있는 현실과도 맞아떨어지는 것이어서 거의 확신에 가까운 믿음으로 된다. 여기서 우리는 '얻음이 클 것'이라는 김사량의 기대에 주목할 필요가 있는데 그 '얻음'은 이후의 창작활동에서의 진보를 말하는 것으로서 내용과 형식 두 가지 방면을 포괄하고 있다.

먼저 내용 방면에 대해 살펴보자. 김사량은 상연되는 극본의 내용에 대하여 최동무로부터 자세히 요해하였다.

> …상연되는 극본의 내용은 전쟁에서 취재하여 전투의식과 희생정신을 고취하는 것도 있고, 끝끝내 굽힘이 없는 감옥투쟁의 내용이며 혹은 시픔과 주림 속을 헤매는 국내 동포의 생활을 그린 것 등 다채로웠다. 너무 뼈저리고도 직접적인 사실들이기 때문에 그들은 보고 또 보아도 무대 앞에서 늘 울게 된다고 한다. 주먹을 그러쥐고 몸부림도 치고…… 중국 사람을 대상으로 할 때는 주로 조선 사람의 반항정신이며 일본 제국주의의 잔인한 압박, 동포 생활의 참상, 이런 것을 테마로 하여 보여주었다. 조선의 실정과 조선 사람을 이해시키기 위하여－(「노마만리」, pp.333~334)

---

147) 김사량, 「노마만리」, 위의 책, p.333.

이러한 극작품들은 최동무에 의하면 주로 "우리 동무들"에 의해 창작되는데 그는 "현재 우리 동무들 가운데서 시인, 작가, 미술가, 무용가, 배우, 음악가들이 많이 배출"되고 있다고 한다. "워낙 시라고는 읽어보지도 못한 동무들이 제법 노래를 지어 보느라고 머리를 긁적거리"는데 그것은 아마 "우리들의 절절한 생활감정을 무슨 형식으로든지 표현해 보고 싶다는 충동이 저절로 단단해지는 때문"인 것 같다고 최동무는 말한다.148) "전쟁과 혁명은 예술을 낳는다"는 것이 그의 견해이다.149) 여기에 대해 김사량은 일일이 수긍하고 감탄하며 "사실 그런 예술이 정말로 산 예술일 것이다"고150) 격동 그 자체가 되어버린다. 이는 문학의 실천성과 효용성에 대한 충분한 긍정으로서 김사량의 문학의식이 실천적인 면으로 변화되는 추이를 보여주고 있다.

형식면에서는 연안문예좌담회에서 한 모택동의 문예강화의 '문예대중화'노선을 받아들여 해방구에서 성행한 앙가와 평극을 비롯한 야외극의 형식에 주목하고 있다. 앙가란 농민들이 모두 친숙할 수 있는 옛날 형식 속에 새로운 의도를 넣어 가지고 풍자를 통하여 대중을 선전 교양 하는 형식의 야외극을 말하고 평극이란 봉건적인 옛날의 것이지만 민중이 좋아하며 알기 쉬워하는 구 내용을 새로운 형식에 담아 농민들을 깨우치는 형식의 야외극이다.151) 이러한 앙가와 평극의 탄생 배경은 농민대중의 낮은 문화정도인바 출판물보다 해설사업과 연예공작 같은 방법에 의한 효과를 노린 것으로서 이는 신민주주의 문화계몽의 중요성에 의한 것이다. 앙가와 평극의 현실적 의의는 다음과 같은 면에서 나타난다.

---

148) 위의 글, p.333.
149) 위의 글, p.334.
150) 위의 글, p.334.
151) 위의 글, pp.382~383.

정치적으로 되는 인민의 요구와 실제로 현실문제에서 부딪치는 여러 가지의 구체적 사건에서 교묘히 취재하여 대중이 좋아하는 유모어를 풍부히 섞어 가며 항일의식을 제고하고 생산의욕을 높이고 문맹퇴치며 감조감식(減租減息), 옹정애민(擁政愛民) 등의 정책을 절절히 인식시키는 것이다.(「노마만리」, p.383)

이러한 형식면에서의 탐구는 역시 김사량의 문학의식이 실천적이고 효용적인 면으로 발전, 변화함을 잘 보여주고 있는데, 김사량은 바로 이와 같은 내용과 형식을 통한 문학의식의 새로운 변화를 기대하고 있었던 것이다.

4. 1940年代 延安 體驗 形象化의 양식적 특징

1) 체험 형상화의 직접성

1940년대 연안(延安) 체험을 형상화한 「항전별곡」, 「연안행」, 「노마만리」는 직접성의 형식으로 그 체험을 형상화하고 있다. 여기서 직접성의 형식이라고 함은 체험을 형상화함에 있어서 허구의 장치를 도입하거나 이미지에 의거하지 않고 체험 그 자체에 절대적인 의미와 비중을 두고 작품을 전개하는 것을 의미한다. 말 그대로 영혼의 직접적인 고백이요 표출인 것이다.

그들, 특히 김학철이나 김사량은 그 소설가로서의 역량에도 불구하고 아무런 장치도 없이 체험을 그대로 직접적으로 형상화하고 있는데 이러한 직접성의 형식은 그들의 체험의 크기 다시 말하면, 체험의 절대성에 의해 결정된 것이다. 루카치에 의하면 이것은 바로 "어떠한 몸짓에 의해서도 표현될 수 없으면서도 그래도 표현을 갈망하는 체험"이다.152) "그것은 곧 감상적(sentimental)체험, 직접적인 현실, 그리고 자연발생적인 현존재 원칙으로서의 지성(lntellektualitat)과 개념성(Begrifflichkeit)이다. 그것은 또한 영혼적 사건 및 삶의 원동력으로서의 적나라하고 순수한 성격을 띤 세계관이다. 바꾸어 말하면 그것은 삶이란 무엇이고, 인간이란 무엇이며 운명이란 무엇인가 하는 등의 직접적인 물음이다."153)

김학철, 김태준, 김사량에게 있어서 延安 체험은 너무나 큰 것이어서 그것은 곧 그 자체로서 절대성의 성격을 획득하게 된다.

민혁당의 당원으로서 테러활동에 대한 체험, 군관학교에서의 학습과 생활, 그리고 무한에서의 조선의용대의 건립, 국민전장에서의 항전과 패퇴, 태항산 항일근거지에로의 비밀한 이동, 태항산에서의 艱苦한 나날과 포탄이 작열하고 총탄이 빗발치는 전투의 세례, 그리고 부상과 체포⋯⋯ 김학철에게 있어서 이러한 체험 하나하나는 그토록 크고 강렬한 것이어서 어떠한 몸짓이나 형상, 이미지에 의해서도 제대로 표현할 수 없으며 그것은 곧바로 영혼과 직결되며 영혼적 사건으로 된다.

> 밤새도록 기구한 산로를 더듬고 또 더듬은 끝에 마침내 먼동이 텄다. 그리고 얼마 오래지 않아 동녘 하늘에 등적색 구름에 싸인 아침해가 서서히 떠올랐다. 우리는 그제야 비로서 산 아래 골짜기에 100명도 더 되는 초록색 군복을 입은 사람들이 우리가 서 있는 산등성이를 쳐다보며 손을 흔들고 또 모자를 흔드는 것을 발견하였다. 오, 그것은 팔로군, 우리의 마중을 나온 팔로군이었다!(「항전별곡」, p.248)

---

152) 게오르그 루카치, 「에세이의 본질과 형식 : 레오 포퍼에게 보내는 편지」, 『靈魂과 形式』, 반성완·심희섭 역(심설당, 1988), p.15 참조.
153) 위의 글, p.15.

위의 인용문은 조선의용대가 우여곡절과 간난신고를 거쳐 끝내 국민당구역으로부터 공산당과 팔로군 영도하의 태항산 항일근거지의 땅을 밟게 되었을 때의 정경이다. 김학철은 조선의용대의 한 보통전사로 그 비밀한 이동의 과정에 참여하였으며 "100명도 더 되는 초록색 군복을 입은 사람들"이 "손을 흔들고 또 모자를 흔드는 것을 발견"하였을 때의 벅찬 감격을 체험하였다. 그 감격과 체험은 극대화되면서 김학철의 영혼을 충격 하여 영혼적 사건으로 되었고, 극도로 팽창된 영혼은 그것을 표현할 마땅한 장치인 이미지나 형상을 찾지 못하고 그대로, 가장 순수하고 적나라하게 외부로 표출된다. 영혼의 숨김없는 직접적인 고백은 드디어 그의 영혼 깊은 곳에 잠재해있던 '자유'와 '조국', '어머니'를 불러내며 그것은 보다 간절한 열망을 띠고 있다. 절대성을 띤 체험의, 영혼에 대한 이와 같은 강한 충격을 김학철은 호격토와 감탄표의 아낌없는 사용으로 거침없이 표현하고 있다. 아래의 인용문은 김학철의 이러한 내적 영혼의 직접적인 고백이다.

> 나는 난생 처음 자유로운 땅을 디디었다. 왜냐하면 내 조국이 망하던 그 해에 우리 어머니도 겨우 열다섯 살, 홍안의 부끄럼타는 소녀였으니까. 아, 태항산! 세상에도 빈궁하고 또 세상에도 부유한 태항산아, 우리는 그예 네 품속에 뛰어들었다!(「항전별곡」, p.248)

어떤 체험은 40여 년이 지난 오늘에 이르기까지 김학철의 영혼을 충격하고 채찍질한다. 조선의용군은 태항산에서 대적군 선전공작을 전개하였는데 정치공세의 한 부분으로 「일본군 병사들에게 고함」, 「조선동포들에게 고함」 등의 일본글과 조선글로 된 전단을 대량으로 찍어내었다. 연후에 그것들을 지하연락망을 통하여 적 점령구역에 살포하였다. 한데 당시 근거지 안에는 인쇄설비라는 게 마련이 없어서 부득이 원시적인 석판인쇄에 매달려야만 했다. 그러한 전단들의 기초공작은 당시 김학무가 총책임을 졌었는데, 그것은 그가 일어, 영어, 한어에 다 능통하였기 때문이다. 김학철은 「일본군 병사들에게 고함」의 초안을 잡을 때 의식적으로 독일군 사상자의 수를 10% 가량 불려놓았다. 거기에 대하여 김학철은 "그것은 소·독 양군 사이의 공방전의 격렬함과 우리의 낙후한 석판인쇄, 그리고 그것이 살포될 때까지의 속도의 비례를 감안해서 한 노릇이었다. 하긴 보다 결정적인 동기로 된 것은 내 가슴속에서 불타는 사랑과 미움이었다"고 하였다.154) 그러나 심사 때 김학무는 괴벨스 제2세가 되어서는 안 된다고 하면서 실사구시 할 것을 간곡히 요구하였다. 그때의 체험은 그토록 절절한 것이어서 40여 년이 지난 오늘에 이르기까지 김학철의 영혼은 그 충격을 생생히 기억하고 있으며 끊임없이 자아를 반성하고 정화하게 된다. 그 절박한 심정을 김학철은 다음과 같이 나타내고 있다.

> 비록 40여 년이란 긴 세월이 흐르기는 했지만 우리 당 내에 나타났던 그 중산복 입은 괴벨스의 망령들―요문원 따위를 생각하면 김학무의 질박한 모습이 눈앞에 떠올라서 나를 지켜보는 것만 같다.(「항전별곡」, p.154)

김태준이나 김사량에 있어서도 延安 體驗이라고 하는 것은 절대성을 띠고 나타난다. 경계 삼엄한 서울에서의 탈출, 일군 봉쇄선의 돌파, 항일근거지에서의 공산당과 팔로군의 각종 노선과 정책에 대한 견문, 그리고 인민의 군대로서의 팔로군의 우량한 작풍과 참신한 면모로부터 오는 격동… 그 체험은 너무나 큰 것이어서 그대로 영혼 그 자체가 되어버리며, 김태준이나 김사량 역시 어떠한 장치의 도입도 시도하지 못한 채, 속수무책으로 영혼의 직접적인 고백을 하고 만다.

---

154) 위의 글, pp.153~154.

모두가 우리들에게 주는 산 교육이요 감격이요 암시요 고무이기 때문
이었다. 단시일이나마 나는 벌써 여기서 새로운 세계를 보았으며 새로운
백성의 대지를 거닐고 있으며 새로운 사람들을 대하였으며 새로운 하늘
을 우러러보고 있는 것이다. 원수를 물리치고 인민을 건지고자 다같이
일어나 우렁찬 혁명의 함성 속에 빛나는 새날을 맞이하는 세계였다. 그
것은 가장 고귀한 정의와 진리의 힘이 밑바닥에 뿌리를 박고 인민을 키
우는 대지였다. 그것은 피와 굶주림의 지루한 어둠 속을 지나왔기 때문
에 새로 맞이하는 광명을 온 대지 위에 펼쳐 넓히기 위하여 싸울 줄을
알게 된 사람들이었다. 여기서 새 정신, 새 생활, 새 문화가 이룩되는 것
이다. 그리고 그것은 진리의 별이 빛나고 자유의 깃발이 펴득이는 세계
의 6분지 1에 연달린 하늘이었다.[155]

위의 인용문은 '노마'로 자처하는 김사량이 태항산 항일근거지에 거
의 이르게 될 무렵의 내적 독백이다. 延安으로 탈출해 가는 길에서의
그의 체험은 그토록 크고 절실한 것이어서 그는 어쩔 수 없이 조국에
남아있는 사랑하는 동무들을 떠올리지 않을 수 없었으며 "심지어 이
기나긴 이국산중의 노상에 올라서며 보고 느끼고 들은 일이라도 이 동
무들에게 고스란히 그대로 보여주고 들려주고 싶은 일이었다"고 소박
한 내심을 꾸밈없이 터놓는다.[156] 공산당과 팔로군의 영도 하에 일떠
서고 있는 중국인민과 변모되는 근거지의 이모저모에 대하여 김사량은
"우리들에게 주는 산 교육이요 감격이요 암시요 고무"라고 격정높이
부르짖고 있으며 그 무량한 감개와 경탄을 '새로운'이라는 형용사로 개
괄하고 있다.

이러한 체험에 대하여 김사량은 내심 깊은 곳으로부터 우러러 나오
는 영혼의 목소리를 그대로, 직접적으로 담고 있으면서도 어딘가 개운
하지 못하다. 그리하여 그는 「노마만리」의 서언에서 "너무도 절절한

---

155) 김사량, 「노마만리」, p.365.
156) 위의 글, p.365.

사실 앞에 너무도 조그마한 붓끝이 무색함을 다만 슬퍼하는 바이다."
고 한탄해마지 않는데157) 이 한마디는 그의 체험의 절대성의 성격을
너무나도 명료하게 제시해주는 표현이라 하겠다. 또한 이것은 장치가
도입된 종래의 작품이 소재로 삼고 있는 체험보다는 월등 높고 위대한
어떤 절대적인 체험의 존재와 그런 절대적인 체험을 표현하기 위한 역
시 절대적인 형식의 존재를 단적으로 시사해주고 있다. 그 형식이 바
로 장치가 도입되는 형식과는 다른 부류인 직접성의 형식인 것이다.
체험의 절대성과 그에 대응하는 직접성의 형식이라는 결론에 이르기
위하여 루카치는 수많은 작품을 예로 들며 복잡한 예증과정을 거친다.
그러나 이 어렵고 복잡한 과정이 김사량에 의해서는 가장 간결하고 단
순한 한마디로 일축되어버린다. 그럼에도 우리가 일말의 망설임도 없
이 거기에 수긍하고 감동하는 것은 바로 김사량의 체험의 절대적인 성
격 때문인 것이다.

위에서 우리는 김학철이나 김태준, 김사량의 延安 體驗이 어떻게 절
대성을 띤 것이며, 그러한 체험이 어떻게 영혼적 사건으로 승화되어
밖으로 표출되는가에 대해서 살펴보았다. 그리하여 우리는 그들 체험
이 그 크기로 인하여 영혼 자체로 되어 그대로 표출된다는 결론에 도
달하였다. 그대로 표출된다고 함은 그것이 표현의 측면에서 변형되지
않았음을 의미한다. 만약 체험자가 이러한 절대적인 체험을 위에서와
같은 직접성의 형식에 의존하지 않고 장치를 도입하여 형상이나 이미
지를 통해 표현을 시도한다면 그는 표현을 위한 몸짓에 열중한 나머지
역으로 그 자신의 고유의 체험을 왜곡시키고 말 것이다.158) 김학철이

---

157) 김사량, 「노마만리・초(駑馬萬里・抄)—서언」 중에서.
158) "인간이 그러한 것을 체험하게 되면, 그의 모든 외형적인 것은 미동도 하지 않
    는 상태에서 감각으로는 도저히 접근할 수 없는 보이지 않는 힘들 사이의 싸움
    이 가져다 줄 결정을 기대하게 된다. 그러한 인간이 자신의 경험을 표현하고자
    하는 모든 몸짓은, 만약 그 몸짓이 그 자체의 불충분성을 아이러니칼하게 강조

나 김사량이 그 전사로서, 또는 양심적 지식인으로서의 延安 體驗을 표현함에 있어서 보다 복잡한 장치를 도입하고 형상이나 이미지를 창조하였다면 그들의 체험은 형상화된 나머지 체험 그 자체로서의 절대성을 상실하고 형상이나 이미지의 존재 근거가 되는 체험의 원형 혹은 소재의 정도로밖에 되지 못할 것이다. 그리하여 그들의 체험은 결국 왜곡되고 말 것이다. 또한 김학철이나 김태준 혹은 김사량의 延安 體驗이 우리 민족의 현대사와 맞물려있다는 점에서 그러한 왜곡은 비단 체험의 왜곡 뿐 아니라 역사에의 왜곡도 초래하고 말 것이다.

왜곡은 또한 진실과 맞닿아있는데 김학철이나 김태준, 김사량의 延安 體驗의 형상화가 왜곡되지 않았다는 것은 곧 진실성을 획득하였음을 의미한다. 이것이 바로 허구의 장치를 도입하는 부류의 작품과 직접성의 형식에 의한 작품의 커다란 차이점이다. 즉 허구의 장치를 도입하는 부류의 작품은 "그것이 나타내는 인간의 삶의 환상을 우리들에게 보여주고 있는 것이다. 여기에는 그것에 준해서 창조된 작품이 비교되고 가늠될 수 있는 실제의 사람이나 사물은 어디에도 없다. 에세이[159]의 주인공은 언젠가 이미 살았던 사람이고, 그래서 그의 삶은 형상화되지 않으면 안 된"[160]다. 이러한 진실성의 문제는 체험의 절대성과 연결되어있으며 이는 체험자에 따라 부동한 체험의 세계를 형성하게 한다. "에세이는 그 자체로부터 그것의 비젼이 지니는 효과와 타당성의 전제를 창조해 내지 않으면 안 된다. 따라서 두 개의 에세이가 서로 상충되는 일은 있을 수가 없다. 에세이는 제각기 다른 세계를 창조하고 보다 높은 보편성을 획득하기 위해 그러한 세계를 넘어서는 경

하고 그럼으로써 스스로를 지양하지 않는다면, 그 자신의 체험을 왜곡시킬 것이다. 어떠한 외형적인 것도 그러한 것을 체험하는 인간을 표현하지는 않는다." 루카치, 앞의 글, pp.15~16 참조.

159) 여기서 '에세이'는 직접성의 형식에 의한 모든 작품을 가리킨다.

160) 루카치, 앞의 글, p.22 참조.

우에도 에세이는 그것의 톤이나 색깔, 강조에 의해서 창조된 세계의
내부에 여전히 머문다."161) 그러므로 김학철, 김태준, 김사량은 체험의
형상화에 있어서 모두 직접성의 형식을 취하고 있으나 그 체험의 세계
는 서로 다르다. 김학철의 전사로서의 낙관적 세계, 김태준의 인민전
선부 성원으로서의 이지적이고도 냉철한 세계, 김사량의 양심적 지식
인으로서의 반성적이고 감상주의적인 세계는 모두 그들 체험의 절대성
을 그대로 보존하고 지켜준 진실성에 의한 것이다.

"에세이가 진실을 추구한다는 것은 사실이다."162) 그러나 에세이스
트가 추구하는 진실은 결코 일상적 진실, 다시 말해 사람들이 오히려
일상성 혹은 통속성이라고 불러 마땅한 자연주의적인 진실이 아니다.
그것은 삶에 도달하는 진실이다. "아버지의 당나귀를 찾기 위해 집을
나섰다가 하느님의 왕국을 발견한 사도 바울처럼 진정으로 진실을 찾
을 능력이 있는 에세이스트는 자기가 가는 길의 마지막에 가서는 찾지
않았던 목표, 즉 삶에 도달하게 되는 것이다."163)

삶에의 도달은 곧 인생의 궁극적 문제에 이르렀음을 의미한다. 루카
치에 의하면 인생의 궁극적 문제 속에서 사는 사람의 삶은 에세이라는
형식을 위해서는 전형적인 삶이다.164) 여기서 인생의 궁극적 문제라고
하는 것은 시대에 따라 다르게 요구될 것이다. 그렇다면 김학철이나
김태준, 김사량이 延安 體驗을 했던 1940년대가 요구했던 인생의 궁극

---

161) 위의 글, p.22 참조.
162) 위의 글, p.23 참조.
163) 위의 글, 같은 곳.
164) "소크라테스의 삶은 에세이라는 형식을 위해서는 전형적인 삶이다. 다른 종류의
     삶이 어떤 다른 예술에 전형적이라고 말할 수 있는 것 이상으로 소크라테스의
     삶은 에세이 형식에 대해 전형적이라고 할 수 있다. 단지 하나의 예외가 있다면
     그것은 외디푸스의 삶과 비극정도일 것이다. 소크라테스는 언제나 인생의 궁극
     적 문제 속에서 살았다. 그 밖의 다른 현실은, 마치 그의 궁극적 문제가 평범한
     인간들에게 그렇게 보였듯이 그에게는 너무나도 무미건조하고 생동감이 없었
     다." 위의 글, p.26 참조.

적 문제는 무엇이었을까? 우리 모두가 알고 있듯이 1940년대는 통상 암흑기로 지칭되는 일제말기로서 조선민족은 심각한 민족위기에 직면하고 있었다. 창씨개명이 강요되고 조선말 사용이 금지되고 있던 그때 모든 조선민족에게 있어 인생의 궁극적 문제는 조선민족으로서의 삶을 영위하는 것이었다. 그것은 당연히 김학철, 김태준, 김사량의 인생의 궁극적 문제이기도 했다. 이들의 延安 體驗은 바로 이러한 조선민족으로서의 삶을 영위하기 위한 구체적인 실천이고 투쟁이었으므로 그것은 루카치가 말하는 에세이 즉 직접성의 형식을 위해서는 전형적인 삶이라고 할 수 있는 것이다. 인생의 궁극적 문제 속에서의 삶—이것은 「항전별곡」, 「연안행」, 「노마만리」가 직접성의 형식을 취하게 된 또 하나의 근본적인 원인이라고 할 수 있다.

모두어 말하면 「항전별곡」, 「연안행」, 「노마만리」의 직접성의 형식은 그 체험의 절대성과 인생의 궁극적 문제 속에서의 삶이라는 이 두 가지 근본적이고 직접적인 원인으로 하여 결정된 것이다.

2) 에피소드 중심의 구성 : 「항전별곡」

김학철의 「항전별곡」은 에피소드 중심으로 구성되었다. 「항전별곡」은 그의 항일무장투쟁의 체험을 형상화하고 있는데 작품에는 군관학교 시절부터 태항산 항일근거지에서의 항전에 이르기까지 근 10여 년에 거치는 항일무장투쟁의 시기와, 그와 그의 전우들의 낙관적인 삶과 투쟁의 현장이 구체적이고도 생생한 에피소드를 중심으로 폭넓게 전개되고 있다. 전반 작품의 근간으로 되고 있는 에피소드는 무진장이라 할 만큼 풍성하고 다양한데 그 결과 딱딱하고 각박하고 재미없어 질 수도 있는 소재의 이 작품에 웃음과 넉넉함과 재미를 더해주고 있다.

‘권식가’는 술에 만취하여 귀대시간을 어긴 주정뱅이 박무가 ‘차렷!’
을 명령하는 주번관에게 주벽을 부려 괴이한 벌을 받은 이야기를 쓰고
있다.

> “어째 차렷을 안해? 차렷!ㅡ”
> 그러나 지각을 한 주정뱅이는 차렷을 할 대신에 도리어 우스꽝스러운
> 동작으로 상대편의 다리를 가리키며 대꾸질을 하는 것이었다.
> “당신…당신은 어째 차렷을 안하지? 당신 먼저…차렷!”(「항전별곡」,
> p.192)

위의 인용문은 박무가 주정을 부리는 장면이다. 보통의 주정이 아니
라 교칙이 엄하기로 소문난 군관학교에서 장래의 군관이 부리는 주정
이어서 더 희극적인데, 거기에다 부아통이 터진 주번관이 내린 벌은
기상천외할 만한 희한한 벌이다. “당장 밖에 나가 두 시간 동안 벌을
서되 잠시도 쉬지 말고 ‘차렷’을 부르라”는 것이었다. 그리하여 그들은
“창문 밖에서 박무 주정뱅이가 목청이 떨어지라고 계속 불러대는 차렷
소리를 권주가 아닌 ‘권식가’로 들으며 그 한 끼의 저녁밥을 다 먹어야
했”다.165)

이런 에피소드를 들자면 끝이 없다. 군모에 ‘왕바(자라)’를 그리는 바
람이 일어나 하마터면 외출이 금지될 번했던 얘기, 태항산에 입산한
초년시절 천연의 소에 들어가 수영을 하다가 여메기 두 마리를 잡아
구워먹었는데 알고 보니 그것이 동네에서 위하는 용왕이어서 기우제
때 유물론자이면서도 향로를 들고 따라다니면서 곤욕을 치른 얘기, 비
가 지독히도 안 오는 고장에서 어느 날 갑자기 비가 쏟아져 마덕삼이
와 주동욱 두 친구가 옷들을 홀딱 벗어버리고 비누칠을 해 가지고 샤

---

165) 김학철, 「항전별곡」, 위의 책, p.192.

워 욕을 하다가 갑자기 비가 멎는 바람에 비누 졸임이 되고만 얘기, 행군 중 근사한 자연욕탕을 만나 신바람 나게 들어가 비누칠을 하고 목욕을 하고 났더니 동네사람들이 우물로 사용하는 웅덩이더라는 얘기… 등 끝이 없다.

위에서 보다시피 「항전별곡」은 조선의용군전사들의 항일무장 투쟁의 구체적 체험을 다룸에 있어서 종래의 항전문학에 비해 좀 이례적이다. 작품은 종래의 항전문학이 당연한 것으로 간주하고 필묵의 대부분을 할애하던 '전투'와 '희생', '죽음도 불사하는 영웅'이라는 엄숙하고 무거운 주류를 벗어나 전투를 등지고 죽음의 그림자를 시시각각 지척으로 느끼며 살아가는 전사들의 생활의 에피소드를 다각도로 발굴하고 있으며 영웅보다는 평범한 전사, 명령을 내리는 지도자보다는 명령에 복종하고 명령에 따라 움직이는 보통 전사들에 훨씬 강한 애정을 쏟고 있다. 실제로 우리는 작품을 읽으면서 작가, 즉 김학철이 끊임없이 두리번거리고 있음을 느낄 수 있다. 김학철의 시선은 어느 한 인물에 고정됨이 없이 부지런히 이 인물에서 저 인물로 옮겨 다니며 그가 부각하는 항일전선의 전사 하나하나는 살아서 움직이는 개성 있는 인물로 된다. 이러한 인물형상 중심의 창작방법은 김학철의 작가수업과 무관하지 않다.

1950년 6.25 전쟁 당시, 김학철은 중국으로 피난하며 조선의용군 출신 전우 서휘의 주선으로[166] 북경의 정령(丁玲) 문하에서 작가수업을 받게 된다. 정령은 연안파로 강청을 비판했으며, 뒷날 강청의 미움을 받아, 오랫동안 문단에서 자취를 감추어야 했고 그녀의 전 남편 호야빈(胡也頻)은 국민당에 체포되어 처형당한 바 있다. 중국혁명문학의 거봉인 여류작가 정령과의 관계를 김학철은 그녀의 죽음을 회고하는 글에서 이렇게 적고 있어 인상적이다.

---

166) 김학철, 『최후의 분대장』, p.342 참조.

　1952년에 옹근 한 여름을 정령내외와 우리는 이웃하여 살았다. 당시 북경 이화원—서태후의 별궁—만수산 기슭에 전국 문련의 별장 두 채가 있었는데 그 하나를 운송소라 하고 또 하나를 소와전이라고 하였다.(당시는 아직 작가협회가 성립되지 않았었다) 정령내외가 들어있는 운송소와 우리가 사는 소와전은 자그마한 정자 하나를 사이에 둔 아래웃집이었으므로 피차간 래왕이 잦았었다.

　"인물을 써야 해. 인물을. 이야기를 엮지 말구……인물을 써야 해. <홍루몽>에 나오는 그 숱한 인물들이 다 살아서 아직두 우리 눈앞에서 움직이구 있잖은가. 인물들의 성격을 부각하잖은 소설은……실패작밖에 더 될게 없어"

　이와 같이 정령은 거듭거듭 나에게 강조하는 것이었다.167)

　이는 김학철의 훗날의 창작에 심각한 영향을 주는바 창작담 「문학도끼리」에서 그는 "자기의 이야기를 꾸미기 위해 인물을 제멋대로 장기쪽 옮겨놓듯 하는 식의 창작수법은 필연적으로 실패작에 직결이 된"다고 한다.

　매개 사람이 다 자기의 개성, 특질, 특징을 갖고 있습니다. 개념적 인간이란 존재하지 않습니다. 선인형, 악인형, 당일군형, 선진분자형, 락후분자형, 인테리형, 기술자형, 로동자형… 이러한 판에 박은 『형』으로 산 인물을 대체한다면 그것은 문학작품이 아니라 간부과 인사과의 앙케드(檔案)입니다. 작가협회 계통이 아니라 조직부, 인사국 계통입니다.168)

　김학철은 일관적으로 "산 사람은 평면도가 아니고 입체적이고 다면적"이며 "심지어 대립물의 통일이기도 하다"는 변증법적 사고를 견지한다. 이러한 열린 마음, 열린 사고는 김학철의 인간에 대한 다면적이고

---

167) 김학철, 『김학철 작품집』, 연변인민출판사, 1987, p.358.
168) 김학철, 「문학도끼리」, 『김학철론』(흑룡강조선민족출판사, 1990), p.276.

도 전면적인 파악에서 오는 것이다.

「항전별곡」의 조선의 용군전사들은 거칠면서도 전우에 대해 따뜻한 사랑과 관심을 줄줄 알며 괴상한 애호와 버릇을 가지고 있고 약점도 수두룩하다.

이대성이는 키가 1메터 80센치나 되는 껑다리로서 사격명수로 이름이 났었으나 밤눈이 어두운 야맹증 환자, 즉 청맹과니였다. 밤에 행군을 하게 되면 그는 그저 앞사람이 하는 대로 따라 하는 수밖에 없었는데 앞의 사람이 멎어서면 저도 따라서 멎어서고 앞의 사람이 물도랑을 건너면 저도 따라서 뛰어 건너야만 하였다. 이에 몇몇 장난꾸러기들은 미리 짜고 밤행군을 할 때 대거리로 이대성의 앞에 서서 마른 땅에서도 건너뛰는 몹쓸 장난을 하여 그를 골려준다. 그리하여 이대성은 하루저녁에 무려 사오십 번이나 건너뛰는 곤욕을 치른다. 후에 이 장난이 들통이 나 이대성은 아무도 믿지 않고 앞사람이 건너뛰든 말든 예사걸음으로 걸었는데 진짜로 물도랑에 빠져서 골탕을 먹는다. 후에 김학철이 우리 총탄에 맞아죽은 일본 병정의 소지품을 뒤지다가 배낭 속에서 '하리바' 어간유 한 병을 뒤져내어 그것을 이대성에게 넘겨주자 이대성은 금시 화를 푼다.

> 나는 이대성을 전위해 찾아가서 그 전리품 어간유정을 넘겨주며
> "이봐 껑다리, 이걸로 그만 쓱싹해 버리지."
> 하고 그의 어깨를 툭 쳤다.
> 한 즉 그는 금시로 입이 벌어져서
> "별소릴 다하는구만. 쓱싹은 무슨… 내가 언제 골을 냈었남."
> 하고 그 자그마한 선물―야맹증 특효약을 받아넣는 것이었다.(「항전별곡」, p.272.)

위의 인용문은 몹쓸 장난을 하여 이대성을 골려주던 김학철이 '하리

바' 어간유 한 병을 노획하자 잊지 않고 야맹증 환자 이대성에게 건네주는 대목이다. 거친 장난기와 울퉁불퉁한 성격 밑바탕에 잠재해 있는 조선의용군 전사들의 따뜻하고 자상한 내면세계가 잘 드러나고 있다.

야맹증 환자인 이대성은 또 무릇 만년필이면 무조건 분해해보고야 시름을 놓는 남다른 병집도 갖고 있다. 괴짜는 이대성 뿐이 아니다. '벽창호' 윤치평은 자기의 발목병이 도진 일로 직일관에게 날창을 들이대어 영창에 갇히게 되자 중대장에게 영창 처분을 연장해달라는 청원서를 낸다. 강진세는 누구하고도 말을 하지 않아 '작은 아씨'로 불린다. 공명우는 고집이 몹시 센 젊은이이다. 그는 망명의 길에서 죽어도 인력거를 타지 않는다고 하여 한빈을 애먹이는가 하면 우스꽝스러운 여복을 사와 망신을 당하게 한다. '맹추' 두 글자를 노상 입에 달고 있는 문정일은 성격이 괴팍하여 일찍 하진동이는 '사람질 못할 물건짝'이라고 그를 혹평한다. 그는 누구나 어려워하는 김두봉선생님과도 '말살에 쇠살에' 아무렇게나 지껄일 수 있는 배짱을 가졌으며 전대가 황하를 건너 북상할 때 큰 공을 세운다. '천주학쟁이'였던 장중광은 "얼굴에는 언제나 어리숙하고도 온화한 웃음이 떠돌았다. 사람은 아주 부드러웠으나 가끔 동이 닿지 않은 말을 하는 것이 흠"이었다.[169] 그는 상해에서 폭탄테러를 하는데 조소앙이 거듭거듭 주의를 주었건만 도화선을 잡아 뽑을 것을 잊어버리고 그대로 던져 터지라는 폭탄이 터지지는 않고 대신 일본놈의 대가리에 구멍을 뚫어놓았다. 이토록 목숨을 걸고 항일하는 용맹한 장중광이 책을 읽으면 사람을 울도웃도 못하게 하는데 "그 헤아릴 수 없이 많은 빨간줄 파란줄들이 그어진 데는 신통하게도 모두 서술과정이나 예증 따위 하등 중요할 것이 없는 부분"이고 "의식적으로 기피하기라도 한 듯이 긴요한 대목은 고스란히 처녀지로

---

169) 위의 글, p.175.

남"겨 놓는 것이다……170)

김학철은 이렇게 조선의용군 전사들을 피와 살을 가진 다혈질의 인간으로, 변화 가능한 변증법적 인간으로 부각하고 있다. 그는 특히 용맹한 의용군 전사들의 천성적인 결함과 약점에 대해 놓치지 않고 흥미진진한 에피소드를 통하여 이야기하고 있는데 그리하여 그 천성적인 결함 뒤에 숨은 숭고한 정신미가 한결 더 돋보인다. 이로부터 「항전별곡」에는 어리석고 우둔하나 영혼이 맑은 인간이 많이 등장하게 된다.

김학철은 인간성의 고풍스러움을 강조하는데, 그 사례로 최근 서울 김포공항에서 생긴 일을 들고 있어 인상적이다. 40년 만에 노부부가 공항대합실에서 만나는데 부인은 다만 얼굴을 딴 데로 돌린 채 자꾸 울기만 하고 남편은 덤덤한 얼굴로 어색하게 서있기만 하더라는 것이다. 20세기, 80년대 950만을 가진 서울의 인텔리 출신의 이러한 기묘한 만남이야말로 한국적인 삶의 법도가 아닐 것인가, 라고 김학철은 적고 있다.171) 이러한 인간성의 신뢰, 사람에 대한 폭넓은 사랑, 그리고 남을 물리치고 밀어내는 대신 받아들이고 감싸 안는 넓은 마음은 태항산에서 조선의용군으로 싸운 한 용사의 육체적 체험에서 우러러 나온 것이다.

여기서 육체적 체험이라고 함은 육체의 기억에만 의거한 것으로서 김학철에게는 지식인이 빠지는 자의식 혹은 냉철한 이지적인 면을 포함한 정신적 체험의 심오한 면이 전무하다. 이는 김학철 자신이 당시 조선의용군의 일개 보통 전사였다는 점과도 긴밀한 내적 연관성을 가지고 있다. 김학철은 자신을 '무명소졸'이라고 한다. 이에 대해서는 그의 장편소설 『격정시대』의 후기에서 한 그 자신의 말을 빌어서 살펴보기로 하자.

---

170) 김학철, 「항전별곡」, 위의 책, p.176.
171) 김학철, 「문학도끼리」, 『김학철론』(흑룡강조선민족출판사, 1990), pp.289~290.

그런데 막상 일을 시작하고 보니 당시 조선의용군에서 나의 직위가 워낙 낮았던 탓으로 아는 면이 넓지 못한 데다가 근거로 삼을 만한 자료마저 거의 다 전화 속에서 재로 되어버린 까닭에 곤난은 그야말로 중중첩첩하였다.172)

이것이야말로 「항전별곡」이 에피소드 중심으로 구성되게끔 한 원동력이며 소박성과 낙천성을 띠게 하는 근거라고 할 것이다. 그 자신이 말한 바와 같이 김학철은 조선의용군의 한낱 보통 전사이며 많은 정치적 사건과 변화에 대해 정치적 감각과 통찰력을 전혀 갖고 있지 않다. 그러므로 그가 그려낸 작품의 세계에는 중대한 정치적 사건에 대한 그 나름대로의 해석이나 통찰이 전무하다. 대신 그의 작품세계의 주 조음으로 되는 것은 그와 같은 행동반경에 속해있는 보통 전사들의 생활과 세계에 대한 체험이다. 명령에 대한 무조건적인 복종, 총알이 빗발치는 전장에서의 무비의 용감성, 평소의 그 거친 장난기와 소탈함과 그 뒤에 숨겨진 따뜻한 내면세계야말로 군인들의 세계라고 할 것이며 그 것은 복잡한 자의식을 산출하는 내면끼리의 소심한 부딪침이 아니라 육체끼리의 격렬한 부대낌으로 형성되는 소박하다 못해 조금은 단순한 듯한 세계이다. 이러한 군인의 세계에 대한 체험은 당연히 육체의 기억을 가장 확실한 것, 정직한 것으로 할 것이다.

그 일례로 작품 중, 조선의용대가 세 갈래로 나뉘어 국민당 전장에서 연안, 즉 태항산 항일근거지로 이동하는 대목에 대한 서술을 살펴볼 수 있다. 조선의용군의 역사에서 이 연안으로의 대이동은 조선독립동맹과 조선의용군이 있게 한 가장 중대한 역사적 사건이라고 하여도 과언이 아닐 것이다. 거기에서 조선의용군의 전신이라고 할 수 있는 조선의용대를 이룬 여러 갈래의 대오가 어떻게 합치고 갈라지고 다시

---

172) 김학철, 『격정시대』 ③, 풀빛, 「후기」에서.

합쳐졌는가와 같은 중대한 이론적 측면에서의 통찰은 작품에 거의 반영되어있지 않다. 오히려 김학철에게 있어서 중요한 것은 세 갈래의 대오의 이동경로와 이동과정에서 겪은 여러 가지 사건들이다. 다시 말하면 행위적인 면, 즉 육체의 기억이 중요한 것이다. 이 부분에서 유일하게 정치적 감각이라고 할 수 있는 것은 국민당의 소극항전이 그 이동의 가장 근본적이고 직접적인 원인이라고 하는 것인데 이것은 누구나 다 아는 것으로 김학철 자신만의 정치적 감각이라고 하기는 어려운 것이다.

이런 육체의 기억에 의한 체험의 형상화는 성실성이라는 것과 관련이 되며 「항전별곡」이 있게 한 보다 근원적인 것이라고 할 수 있는 것이다. 이리하여 「항전별곡」에는 태항산에서의 전투장면이 거의 제시되지 않고 있다. 김학철은 1941년 봄에 태항산으로 들어가서 1941년 12월 12일 호가장 전투에서 포로로 되었기 때문이다. 자신이 체험한 것, 들은 것 외에는 절대로 적지 않는 것, 즉 육체의 체험을 떠나서는 쓰지 않는 다는 것이 의용군이자 작가인 김학철의 원칙이며 김학철 문학의 근본적이고 본질적인 특징이라고 할 것이다. 바로 이러한 육체의 체험에 의거한다는 김학철의 원칙과 김학철 문학의 특징이, 곧 「항전별곡」의 에피소드 중심의 구성이라는 양식적 특징을 결정하였고 작품으로 하여금 소박성, 낙전성을 띠게 하였나.

「항전별곡」의 양식 면에서의 또 하나의 뚜렷한 특징은 유모아를 동반하고 있는 것이다. 여기에 대해 우선 김학철 자신의 견해를 살펴보기로 하자.

우스개 즉 유모아가 부족하거나 아주 없는 작품은 읽기가 따분합니다… 독자가 따분해하는 작품에는 아무리 심오한 철리가 담겨있더라도 그것은 실패작이랄밖에 없습니다. 문학작품은 약이 아니므로 상을 찡그리고 억지로 삼킬수는 없는 것입니다.[173)

김학철은 유모아의 감각 및 멋을 찾기에 골몰하였는데 "저는 따분한 설교는 딱 질색하는 사람"이라 한다.[174] 파금(巴金)의 소설은 격정으로 차 있으나 우스개의 부족이 옥의 티이며 톨스토이의 『전쟁과 평화』는 세계명작이나 공제회(共濟會)를 장황하게 설명하는 대목은 참기 어려운 것이라 주장하는 김학철은 고골리의 『따라쓰 불리바』, 숄로호프의 『고요한 돈강』의 적절한 숨돌리기 수법을 기리고 있다.

우리는 작품이 형상화한 의용군전사들의 괴벽한 성미와 우둔한 행동, 거친 장난 등에 참을 수 없이 웃음을 터뜨리게 되는데 이때의 웃음은 결코 비웃음이나 비판성을 띤 웃음이 아니라는 것은 육감을 통해 느껴진다. 우리는 배꼽을 잡고 한바탕 웃고 난 뒤, 그 괴짜들에 대하여 일종의 애틋함과 정감을 느끼게 되는데 이는 김학철의 의용군전사로서의 육체적 체험에서 우러러 나온 인간성의 신뢰와 사람에 대한 폭넓은 사랑으로 인한 것이다. 바로 이러한 인간성의 신뢰와 폭넓은 사랑이 「항전별곡」의 희극적 요소를 풍자나 아이러니가 아닌 유모아로 규정한 것이다.[175]

「항전별곡」에서 유모아적 특징은 주로 아래의 몇 개 방면으로부터 살펴볼 수 있다.

우선 에피소드 자체가 유모아를 동반하고 있는데 그 가운데서 별명에 깃든 에피소드의 유모아적 감각이 특히 뛰어나다. 조남현은 오스틴 웨런의 「서술적 소설의 본질과 양식」에서 작중인물의 성격을 보다 선명하게 해주고 생명감을 불어넣고 있는 것은 명명법이며 이것이 가장

---

173) 김학철, 「문학도끼리」, 『김학철론』(흑룡강조선민족출판사, 1990), pp.285~286.
174) 위의 글, p.285.
175) 유모아는 골계의 하위개념이라고 할 수 있는 해학과 통한다.
　　諧謔은 자신과 타인으로부터 해방감을 주며 인격보호의 역할을 한다. 해학은 억제를 거부하고 감정을 거부하면서도 현실 속에 있음을 긍정하나 내향적이며, 인간내면이 작용한 경험으로 뭉쳐진 것으로서 보다 경험적이고 생활의 체험을 종합하는 것이며 쉽사리 판단하는 것이 아니고 계속적인 발전을 摸索한게 한다.

단순한 형태의 성격묘사라고 인용하면서 인물의 작명은 소설에 있어 매우 중요한 문제라고 하였다.176) 이런 의미에서 보면 「항전별곡」의 많은 의용군전사들의 호칭은 거의 에피소드에 의한 별명으로 불려지는데 이런 에피소드는 강한 유모아적 색채를 띠고 있으며 보다 생생한 인물의 형상을 이루고 있다.

군관학교 시절에 문정일의 별명은 '전쟁할 때'이다. 문정일이가 산병반군(散兵半郡) 훈련을 마치고 있은 중대장의 강평시간에 한눈을 팔자, 중대장이 그를 불러내어 산병반군이 어떤 때 쓰는 것이냐고 질문을 하였다. 이에 고민하던 문정일이가 겨우 '전쟁할 때 쓰는 겁니다'란 대답을 하여 그 후부터 문정일의 별명은 '전쟁할 때'가 되었다.

> "산병반군은 어떤 때 쓰는 거지?"
> 허나 한동안 좋이 기다려도 대답은 아니 나왔다. 아니 나오는 게 아니라 못나오는 것이다.
> "옹근 반나절 연습을 했는데…음…정신은 다 어디다 팔고…음…가련한 백성!"
> 일이 난처하게 된 '가련한 백성'은 할 일 없이 낯간지러운 대답을 하였다.
> "전쟁할 때 쓰는 겁니다."(「항전별곡」, pp.229~230)

위의 인용문은 문정일이가 산병반군 연습 후 중대장의 강평시간에 '전쟁할 때'의 별명을 얻게 되는 대목이다. 이 에피소드의 중심이 되는, "전쟁할 때 쓴"다는 문정일의 얼토당토않은 대답 자체만으로도 충분히 유머러스한데 김학철은 거기에 "가련한 백성"이라는 중대장의 입버릇까지 들먹이며 따라 흉내를 냄으로써 읽는 사람으로 하여금 한바탕 파안대소하게 한다.

역시 군관학교 시절 여해암은 '오줌대장'이란 별명을 얻게 되는데 그

---

176) 조남현, 『소설원론』(고려원, 1982), pp.136~137.

별명의 내력 또한 포복절도를 할 만한 것이다.

　　군관학교 시절에 한번은 '가장 거룩하신' 수령이자 교장인 특급상장 장개석이 와서 훈화를 하였는데 입을 조절하는 제동기가 고장이 났던지 마라톤식 훈화가 끝이 없이 길어져서 무려 2시간 40분에 달하였다. 그 바람에 적지 않은 사람이 생리적인 곤란에 부딪치게 되었는데 여해암도 그 중의 하나였다. 수령이자 교장이었던 장개석 특급상장이 강당을 나가기 전에는 아무도 자리를 뜨지 못하는 것이 교칙이었으므로 그는 참다참다 못하여―방광이 파열 직전의 상태에 놓여 있었으므로―마침내 결심을 채택하고 과감한 조치를 취하였다. 즉 허리에 찬 빨병을 앞으로 끌어당겨서 마개를 빼고 거기다 배설하기로 한 것이다. 그 결과 위에서는 숙연히 훈화를 삼가듣고 아래에서는 수채가 거침새 없이 폐수를 방출하였다. '오줌대장'이라는 그의 별명은 여기서 유래한 것이다. (「항전별곡」, pp.215~216)

　　위의 인용문은 여해암이 '오줌대장'이란 별명을 얻게 된 대목이다. 이 대목의 웃음은 주로 분위기의 대조로 인한 격에 맞지 않음에서 비롯하는 것이다. 김학철은 '거룩하신', '결심을 하고', '과감한 조치를 취하였다', '숙연히', '삼가듣고' 등의 정중한 표현을 이용하여 분위기를 장중하게 하였는데 특히 일부러 '가장 거룩하신 수령이자 교장'이라는 존칭 투의 무분별한 남용으로 인한 맞춤법의 잘못을 범함으로써 그 장중한 분위기 자체가 과장되고 허풍선적인 것으로 되게 하였다. 이리하여 뭔가 꾸며낸 장중함 속에는 이미 웃음의 기운이 감돌게 된다. 그 어색한 장중함이 '아래에서는 수채가 거침새 없이 폐수를 방출하였다'는 익살스럽고 능청맞은 표현과 부딪쳤을 때 드디어 그 속에 잠재해있던 웃음의 요소는 밖으로 터져 나오는 것이다. 김호웅은 이 대목에 대하여 "묘하고 익살맞은 완곡어법 그리고 장중한 기분과 세속적인 기분, 위인의 도고함과 소인의 안타까움이 대조되면서 희극적 뉴안스를 한결 짙게 표현한 것이다."[177]고 그 유모아적 색채를 강하게 발굴해내고 있다.

이외에도 유모아를 동반한 많은 에피소드들이 의용군전사들에게 다양한 별명을 지어주었다. 신사군의 취사원이 허구한 날 숙주나물 반찬 한가지 밖에 하지 않는다고 하여 김학철이 뒷구멍으로 지어준 '비타민 A-Z', 늘 세도의 그릇됨을 개탄하기 때문에 지어진 김경운의 '우국지사', 성품이 경건하고 또 설교를 좋아하기 때문에 지어진 정연의 '목사' 등은 모두 강한 유모아적 색채를 띠고 있다.

다음으로 「항전별곡」의 유모아적 특성은 주로 비유적 수법을 통해 표현된다. 「항전별곡」에는 비유법들이 많이 사용되었다. 그러나 단순히 비유법만으로 유모아적 특성을 띠는 것은 아니다. 「항전별곡」의 비유법이 웃음을 터뜨리게 하는 것은 그 비유가 격에 맞지 않기 때문이다. 즉 비유하는 대상 A와 비유되는 대상 B의 의미의 폭과 크기가 너무 엄청난 차이를 갖고 있는 것이다. 「항전별곡」에서 비유하는 대상으로 되고 있는 의용군전사들은 모두 평범한 인물들이며 그들에 의해 벌어진 사건 역시 평범한 사건들이다. 그러나 비유되는 대상은 동서양의 고전적인 인물과 사건들이다. 이들 평범한 의용군전사들과 그들에 의해 벌어지는 사건들은 고전적인 인물과 사건들과 비슷한 성질을 갖고 있음으로 일단 비유가 이루어진다고 하지만 그 의미의 폭과 크기의 현저한 차이는 대조적이다. 이는 곧 비슷한 성질에 의해 비유법을 구성하는 비유하는 대상과 비유되는 대상사이에 일종의 모순을 형성하며 그리하여 흥미로운 웃음을 유발한다. 아래에 작품에서 구체적으로 살펴보기로 하자.

수현 전선의 광서부대 대대부에 있을 때의 일이다. 어느 날 김학철은 볼 일이 있어서 방어선의 좌익을 담당하는 중대를 다녀와야 했는데

---

177) 김호웅, 「조선의용군 항일투쟁의 예술적기념비」, 『김학철론』, 연변문학예술연구소 편(흑룡강조선민족출판사), pp.148~149 참조

마음씨 좋은 광서 대대장은 그에게 자기의 밤빛 거세마를 타고 가라고 하였다. 이리하여 울도웃도 못하는 어처구니없는 일이 벌어지게 된다. 김학철의 모자가 과수나뭇가지에 걸려 땅바닥에 떨어졌는데 그가 말에서 내려 군모를 줍고 다시 말에 올라타려 한즉 말이 뒷걸음질을 치더니 적진으로 달려가 버린 것이다. 여기서 김학철의 그 특유의 비유가 이루어지는데 그는 적진으로 가버린 군마를 '유다'에 비유하며 말의 이른바 배신행위를 '광명을 버리고 암흑을 따르는 유다'라고 표현한다. 다 아는바와 같이 '유다'는 스승인 예수를 배반하여 십자가에 못 박히게 한 예수의 제자로서 배신자의 대명사로 되어왔다. 여기서는 사고력을 갖지 못한 한낱 군마의 무의식적인 도망을 성경에 나오는 배신의 대명사인 '유다'의 배신에 비유하여 군마의 도망을 터무니없이 확대함으로써 웃음의 효과를 노리고 있다. 웃음은 여기에서 끝나는 것이 아니다. 연회에서 돌아오는 길에 김학무는 말을 놓친 행위를 복병을 말의 배에 넣고 적진으로 보냈던 '트로이의 목마'에 비유하여 "네 그 트로이 목마 뱃속에는 복병이 하나도 안들었지?"라고 김학철을 놀려주며 『어광곡』(漁光曲)의 작자인 안아 여사한테 『목마곡』을 쓰라고 하겠다고 한다. 어이없는 실수와 계획적인 '트로이 목마'와의 연계, 끝음—곡(曲)의 대응에 역점을 둔 『어광곡』과 『목마곡』의 연계는 또 한바탕 웃음을 터뜨리게 한다. 이러한 유형의 비유법은 그 외에도 「항전별곡」에 많이 나타나고 있다.

이경산이 혁명을 하겠다고 찾아온 강병한을 아Q에 비유하고 자기를 아Q를 몰아낸 가짜 양국놈에 비유한 것이라든가, 환영사를 했던 윤공흠이 20세기의 키케로가 아니었다고 한 것이라든가, 태항산에서 수영하다가 잡아먹은 메기를 메기와 여메기로 성별을 갈라 표현한 것 등은 웃음을 참을 수 없게 한다. 특히 메기, 여메기들이 용왕님으로 보호와 존중을 받아왔다는 대목의 묘사에서는 비유하는 대상과 비유되는 대상

사이의 거리가 최대화된다.

알고본 즉 그 소속의 메기, 여메기들은 춘추(春秋) 진문공(晉文公) 당년부터 세세상전으로 당지 토배기 농민들에게 비, 안개, 눈, 우박 따위를 좌우하는 하늘의 수도관리국장—용왕님으로 보호와 존중을 받아왔었다. 하여 그들은 요절이 무엇인지 비명횡사가 무엇인지를 모르고 살았으며 따라서 개개 다 천명을 누릴 수 있었던 것이다. 그들이 체포니 고문이니 전쟁이니 학살이니 하는 따위의 '문명'적 행위와는 아무러한 인연도 없는 세외도원에서 유연자득하여 기름이 지고 살이 찌는 원인이 바로 거기에 있었던 것이다. 그러므로 최채들의 돌연적 습격은 그들에게 미증유의 일대재액이 아닐 수 없었다.(「항전별곡」, p.264)

위의 인용문은 메기와 여메기들의 내력이다. 여기서는 메기들이 유연자득하는 세외도원과 "체포니 고문이니 전쟁이니 학살이니" 하는 소위 '문명'적 행위로 도탄 속에 빠진 인간세상과의 비교를 통하여 웃음 속에서 재앙만 안겨주고 세상을 어지럽히는 인간의 '문명'적 행위를 날카롭게 규탄하며 인간에 의해 파괴를 당한 인간의 삶은 메기들의 삶보다 못하다는 도식에 이른다. 이뿐이 아니다. '가뭄'에 대해서는 '심청이 워낙 바르지 못한 용왕님'께서 "자기의 유심론시장을 확보하기 위해서 온 여름 단 한 방울의 비도 내려 보내지 않을 직징으로 천상의 수도꼭지를 아주 닫아버렸"다고 메기에게 절대적 권위를 부여함으로써 또 한 번 웃음샘을 자극한다.

「항전별곡」은 또 일부러 원래 선택해야 할 어휘와 반대되는 뉘앙스를 지닌 어휘들을 사용하여 모순어법으로 독자들의 웃음을 자아냄으로써 유모아적 특징을 획득하고 있다.

군관학교 시절 교칙을 위반하고 수업시간에 학교를 빠져나갔던 동창생들이 몰래 돌아올 때 '통행세'를 바치는 것을 '코아래 진상한다'라고 옛날 신하가 임금에게 선물을 올리거나, 상관 또는 높은 사람에게 뇌물을 먹일 때의 용어를 써서 전우사이라는 것과 모순을 조성함으로써 희극적 분위기를 조성한다.

김학무는 대대장의 말을 잃어버린 김학철을 '순 얼간이', '순 반병신'이라고 놀려준다. 김학철은 기도를 하느냐고 반찬 없는 맨밥을 먹는 장중광을 동정하면서도 '어리석은 자식'이라고 비웃는다. 문정일은 전우들을 입버릇처럼 '맹추'라고 부르며 그러는 문정일이가 괘씸해 김학철은 "다른 경우라면 벌써 따귀를 떤 지도 옛날"이라고 생각하며 "저 자식 아편쟁이가 아닌가?"라고 의심을 한다. 3년 만에 낙양에서 문정일이를 다시 만났을 때 김학철이 "어째, 살이 전연 안올랐어? 죽을 제 때에 안주던가?" 하고 인사를 하자 문정일이도 '입이 싸'게 "대가리가 그렇게 커다래 가지고도 아직 버릇을 못배운 모양이지."라고 대답을 한다. 살코기를 주고 비계만 먹겠다는 주혁에 대하여서는 "저 자식, 정신 착란이 아닌가?" 하고 의심한다. 갑자기 쏟아지는 비로 샤워를 하려다가 비가 갑자기 그치는 바람에 비누졸임이 된 마덕삼이와 주동욱을 보고 김학철이 웃음을 참지 못하자 마덕삼이는 그를 '저열한 인간'이라고 나무람한다…… 이렇게 김학철은 전우 사이에 오가야 할 따뜻하고 살뜰한 말 대신 그와는 전혀 상반되는 뉘앙스를 가진 거칠고 비속한 어휘를 씀으로써 전우 사이를 허물없이 만들어주며 그 훈훈한 우정을 웃음 속에서 표현한다.

이러한 유모아적 특징은 그 외에도 「항전별곡」의 많은 부분에서 나타나고 있는데 김학철은 전우들에 대한 애틋한 사랑의 감정을 악의 없는 웃음으로 표현하고 있다. 이는 김학철의 인간성에 대한 신뢰와 사람에 대한 폭넓은 사랑으로부터 우러러 나온 것이다.

3) 논리화의 양식적 특징 : 「연안행」

김태준은 박헌영이 지도하는 경성콤그룹 인민전선부 성원으로서 조직투쟁의 체험과 그로 인한 투옥의 체험도 가지고 있다. 그가 구체적으로 박헌영 지도하의 경성콤그룹에 언제부터 참여했는지는 정확히 알수 없다.[178] 그러나 그가 경성콤그룹의 검거선풍 속에 1941년 1월 9일 체포되었다는 사실만큼은 확실하다.

감옥에 있을 때 김태준은 노모·안해·유아(乳兒) 세 가족을 잃는다. 일제는 김태준의 가족들까지 문초·고문했을 터이고 게다가 경제적 곤란까지 겹쳐 이런 비극적 결과가 초래되었으리라 추측된다. 이 일로 인해 일제에 대한 그의 적개심은 더욱 불타올랐다. 「연안행」에서 그는 다음과 같이 말하고 있다. "數年前에 감옥에 있을적에 老母·안해·乳兒를 잃은 것은 出獄後의 나에게 굳센 復讐의 念에 불타게 하였다. 우리 民族의 원수·人民의원수·家族의원수인 日帝를 東海밖으로 擊退하지 않고는 到底히 이 하늘에 머리를 두고 살수 없다"고 하였다.[179]

출옥한 후에도 그는 전향하지 않고 끝까지 지조를 지키면서 일부 활동가들과 연락을 취하고 조직투쟁을 전개해간다. 출옥 후의 조직투쟁에 대해 「연안행」에서 그는 다음과 같이 술회하고 있다.

保護觀察所에서는 神社參拜을해라, 飛行機獻納金을 바쳐라, 그의기관지 「思想報國」에 글을 써라, 創氏을 해라, 日鮮同祖論的 立場에서 朝鮮史를 써라 라고 온갖 脅迫的 命令을 繼續的으로 내리는대 이것을 ──히

---

178) 일설에 의하면 천태산인 김태준은 1940년 경성콤그룹의 경남지역 책임자 권우성을 만나 조직활동을 시작했다고 한다. 「발굴 한국현대사인물」, 『한겨레신문』, 1991. 9. 13. 만일 그것이 사실이라면 천태산인 김태준은 1938년 이래 국문학연구에 별 의미를 못 찾고 있던 중 1940년에 이르러 마침내 현실운동을 통한 실천의 길로 뛰어들게 된다.

179) 김태준, 「연안행」, 『김태준전집』 3, p.434.

婉曲하게 拒絶하노라니 容易치는 않았다.

　日本강아지들은 무슨냄새 나 맡으려고 날마다 午後에 한번씩 내집에 들리는것이었다.

　이틈을 타서 서울이나 地方에서 同志들은 巧妙하게 連結을 取해서 차저온다. 徵用 徵兵에 對한 對策, 組織과 組織과의 統一문제에 對한 討議가 아니면 우리의 最高 指導者 朴憲永동무를 보게 해달라는 것이다.(「연안행」, p.435)

　김태준에게 있어 민족해방을 위한 조직투쟁의 의미란 것이 과연 얼마나 크고 깊은 것인가는 그의 조직투쟁에 대한 열의와 드높은 사명감으로부터 알 수 있는데 이는 해방직후, 그가 중국의 연안에서 서울로 돌아온 후의 행적을 통해서도 엿볼 수 있다.

　김태준이 연안에서 서울로 돌아온 것은 1945년 11월 하순경이다. 그는 귀국 후 조선공산당 서기국원, 남로당의 중앙위원 겸 문화부장, 민전의 중앙상임위원 겸 문화부 차장, 문학가동맹의 중앙집행위원 겸 평론부 부장, 조선문화단체총연맹의 상임위원 등을 지내면서[180] 교육·학술·문화 분야에 막강한 영향력을 행사한다. 귀국 직후, 김태준이 벌인 활동 가운데 우선적으로 주목되는 것은 당시 서로 대치해 있던 '조선문학건설본부'와 '조선프롤레타리아문학동맹'의 통합을 중재했다는 점이다.[181] 그는 두 단체의 합동총회(1946. 12. 13)에서 '조선문학자대회' 준비위원의 한사람으로 선출되며, 익년 개최된 '제1회 전국문학자대회'(2. 8~9)에서 임화와 함께 공동의장을 맡아 두 단체의 통합을

---

180) 임영태, 「혁명적 지식인 김태준」, 『사회와 사상』 창간호, 1988. 9, p.245 참조.
181) 이 점에 대해서는 『건설기의 조선문학 : 제1회 전국문학자대회 자료집 및 인명록』(온누리, 1988 재간)의 앞부분에 첨가된 최원식 교수의 해제 「한국현대문학사의 올바른 재구성을 위하여」, p.5 참조. 이 책은 원래 제1회 조선문학자대회의 회의록으로서 1946년 6월 조선문학가동맹에서 출간한 것인데, 최근에 해제와 인명록을 첨부하여 재간행했다—박희병, 「천태산인의 국문학연구(하) : 그 경로와 방법」, ≪민족문학연구≫, p.208에서 재인용.

성사시켰다. 그 결과 '조선문학가동맹'이 탄생되며, 사회주의문학 노선이 아닌 민주주의민족문학 노선에 따른 문학운동의 방향이 잡힐 수 있었다. 김태준은 또 해방 후 조선공산당 및 남로당의 문화정책을 입안한 최고 책임자였다.

김태준은 1945년 12월 28일 박헌영이 신탁통치 문제를 김일성과 협의하기 위해 비밀리에 38선을 넘을 때 박을 수행했다. 당시 일행은 모두 5명이었는데, 김태준 외에 서울대 교수이자 이론가인 박치우(朴致祐)도 들어 있었던 것으로 전해진다.[182] 김태준이 박헌영의 측근으로서 신임을 받았음이 이런 데서도 확인된다. 김태준은 1947년 초쯤에 북한의 해주에 설치된 연락소에도 출입했던 것으로 전해진다. 당시 이 연락소에는 임화·박치우·이원조 등이 실무자로 활동했다고 한다.[183] 그는 이 시기에 다른 남로당간부들과 마찬가지로 지하에 잠입하여 활동했던 것으로 추정된다.[184]

김태준은 그 후 1949년 7월 26일 종로에서 서울시경 사찰과 형사에 의해 검거된다. 당시 그의 직책은 남로당 문화부장 겸 특수정보부장이었다.[185]

이러한 민족해방을 위한 조직투쟁에의 열의와 투신은 김태준을 연안으로 가게 한 근원적인 것이며 「연안행」이 있게 한 원동력이라고 할 수 있다. 조직투쟁을 전개하면서 김태준은 민족해방투쟁에 대한 많은 이론적 기초와 논리적 근거를 갖추게 된다. 그가 끊임없이 이론적인 면에서의 지식을 확장하기 위해 노력하고 있음은 그 자신의 고백을 통

---

182) 중앙일보 특별취재반, 『비록(秘錄) 조선민주주의인민공화국』(중앙일보사, 1992), pp.186, 188, 201.─박희병, 「天台山人의 국문학연구(하) : 그 경로와 방법」, ≪민족문학연구≫, p.214에서 재인용.
183) 위의 책, pp.274~75. 박희병, 위의 글, p.214에서 재인용.
184) 박희병, 위의 글, p.214.
185) 『경향신문』, 1949. 7. 30, 『동아일보』, 1949. 7. 30.─박희병, 위의 글, p.214에서 재인용.

해 잘 드러난다.

> 文學研究니 歷史研究니 言語研究니 하는 것은 우리政府가 樹立된 後의
> 일이니 當分間 이方面의 書籍은 箱子에 넣어서 封해두자.
> 　보는책은 經濟學 ABC, 인터내쇼날, 戰旗, 레닌選集等이였다.(「연안행」,
> 『전집』 3, p.435)

김태준은 經濟學 ABC, 인터내쇼날, 戰旗, 레닌選集 等 책을 통하여 자신의 이론적 기초를 다지는 한편 지하운동을 전개하고 있는 각 조직들의 활동에 대하여 체계적인 정리를 시도하였다.

우선 그는 日米戰과 소독戰이 "파스칼原理같은 比重의 聯關性"을 갖고 있다고 하면서186) 독일의 「스타린크라드」 패전이후, 우크라이나, 波蘭, 루마니아에서의 繼續的 敗退와 카타카날, 사이판에서의 日帝의 敗戰으로 하여 두 개의 파시스트－獨逸과 日本의 멸망이 오라지 않았음을 단정적으로 보여준다.

이어서 김태준은 지하조직들의 투쟁정황에 대해 네 개의 부분으로 나누어 정리하고 있다.

> (1) K洞 呂先生은 玄俊赫, 崔, 李K, 李T, 金T等을 찾고 朝鮮解放聯盟이거나 朝鮮人民委員會를 만들자고 提議한 일이있다… 이들은 一九二五年의 朝共行動綱領, 十二月테-제, 九月테제, 十月書信等을 批判하고 當面課題로서 徵用 徵兵 供出 配給에 對해서 어떻게 싸울것인가고 具體的 試案을 作成하라고 提議해왔다…
> (2) 一九三九年代에 創立된 朝共再建 京城콤그룹 멤버가 다시 活潑한 活動을 始作하였다…
> (3) 咸鏡道 咸興 元山을 中心으로한 赤色太勞同志의 活動狀況은 알수

---

186) 김태준, 「연안행」, 『김태준전집』 3, p.436.

없었다…
    (4) 淸津 日鐵을 中心한 李承燁동무들의 機關紙 「自由와 獨立」을 가지
고온 金一洙同志를 만났다… (「연안행」, 『전집』 3, pp.437~438)

이러한 이론적 근거와 논리적 준비는 「연안행」의 논리적 면에서의
확장을 가져온다. 김태준은 그 이론적, 논리적 근저로부터 예리한 관
찰력과 통찰력을 획득하며, 객관세계로부터의 체험을 논리화시킨다.
그리하여 「연안행」의 객관세계는 극히 절제된 언어와 표현으로 묘사된
다. 김태준은 그 객관세계에 대한 논리적 포착과 판단에 열중한 나머
지 이지적인 면은 획득하나 감정적인 면에서는 오히려 인색하게 되어,
객관세계는 그의 내면에 별다른 반응을 일으키지 못한다. 객관세계는
김태준의 심장과는 부딪치지 못하고 그의 싸늘하고 이지적인 머리와
냉철한 이성에 의해 고도로 논리화된다.
    「연안행」은 주로 다음과 같은 몇 가지 측면으로부터 양식 면에서의
논리화를 실현하고 있다.
    우선 「연안행」은 김태준이 지나친 연도의 도시와 마을의 정확한 이
름을 일일이 밝히고 있으며 산해관 돌파의 방법이라든가 唐縣서 왜놈
포대의 감시를 뚫고 李家莊에 이르는 방법 등이 자세히 소개되어 있
다. 이러한 방범은 양심적인 실업기 洪씨라든가 혹은 연안서 敵區工作
하려고 天津에 나왔다가 檢擧된 沈同志로부터 얻은 것이라고 그 출처
를 정확히 밝힘으로써 논거로서 부족함이 없게 하였다. 여기서 김태준
과 김사량은 차이를 보이고 있다. 김사량은 노상의 부락 이름에 대해
서 세세히 기록하지 않고 있으며 "조그마한 동네", "어떤 아담한 산촌"
등으로 얼버무리고 있는데 그는 거기에 대하여 "그래서 우리가 걸어
들어온 노상의 부락 이름도 여기에 세세히 기록치 못하게 된 것이다.
만약의 일이 생겨서 이 수기라도 드러난다면 우리들이 들어온 비밀코

스가 알려질 것이기 때문"이라고 그 이유를 保安의 측면으로 돌리고 있다.187) 물론 김태준은 해방 후에 「연안행」을 집필하였고 김사량은 연안에서 해방 전에 「노마만리」를 집필하였다는 시기상의 차이로 인한 保安의 측면을 무시할 수는 없다. 그러나 김태준이 논리화를 위한 객관세계의 정확한 재현에 역점을 두었던 것에 반해, 김사량은 내면화에 역점을 두었다는 것도 빼놓을 수는 없다. 이런 측면으로 보면 「연안행」에는 시간도 몇 월 몇 일이라고 똑똑히 밝히고 있으며 필요시에는 "저녁 다섯時"와 같이 시간도 밝히고 있으나 「노마만리」는 "새벽", "뉘엿뉘엿 해질 무렵" 정도가 고작이다.

「연안행」은 또 숫자의 기록에도 역점을 둠으로써 논거의 정확성을 기하여 논리화의 측면을 강조하였다. 김태준은 八路軍에 解放된 晉察冀邊區를 통과하면서 팔로군의 항전 성과 등에 대하여 숫자를 그대로 기록하고 있다.

「연안행」에는 논문의 형식이 많이 사용되었다.

김태준은 李家莊에서 팔로군의 政治工作員 張中水를 만나게 되며 장중수는 김태준에 대한 심사로 몇 가지 試問을 하게 된다. 여기에 대하여 김태준은 "仔細하게 漢文으로 써서 길다란 論文을 쓴"다.188) 그 "길다란 論文"의 중심사상은 다음과 같다.

> 戰爭은 第二次大戰－民主主義國家와 反民主팟쇼國家와의 전쟁－인것이고, 毛澤東同志의 「論抗日戰」에서와 같이 三個段階를 지나서 中國이 이긴다고 斷定하였다.(「연안행」, 『전집』 3, pp.453~454)

이런 論文의 형식은 그 외에도 여러 번 도입되는데 이는 작품의 논

---

187) 김사량, 「노마만리」, p.388.
188) 김태준, 「연안행」, p.453.

리화의 측면을 강화한다.

모두어 말하면 「연안행」의 주요한 양식적 특징인 논리화는 김태준의 조직투쟁의 체험에 의한 것이며, 그 논리화의 강도는 김태준의 조직투쟁의 체험의 크기와 강도에 정비례한다고 하겠다.

4) 내면화의 양식적 특징 : 「노마만리」

김사량의 「노마만리」의 가장 심층에 깔고 있는 것은 바로 양심, 즉 민족적 절개와 지조를 지키면서 살아가려는, 조선민족으로서의 삶을 영위하려는 민족적 양심이다. 이 양심은 「노마만리」가 작품이게끔 한 원동력인데 그것은 김사량의 전 생애를 관통하여 언제나 가장 근본적이고 절대적인 문제가 되어왔다. 중학시절, 일본으로의 밀항과 일본에서의 민족주의적 작품 활동, 일본 당국에 의한 두 차례의 구류, 강제 귀국… 그리고 드디어 연안으로의 탈출은 그의 민족적 양심을 떠나서는 이야기를 할 수가 없다.

이때 김사량의 민족적 양심이라고 함은 곧 그의 작가로서의 양심이라고 할 수 있다. 김사량에게 있어서 민족적 양심과 작가적 양심은 통일되는 것이기 때문이다. 김사량뿐이 아니다. 이러한 민족적 양심과 작가적 양심의 통일은 암흑기의 1940년대를 살아간 조선의 작가, 문학가 모두에게 적용되는 것이기도 했다. 친일문학을 강요당하던 그 민족의 암흑기에 민족적 양심을 지킨다는 것은 곧 작가적 양심을 지키는 것을 의미했고 작가적 양심을 지킨다는 것은 곧 민족적 양심을 지키는 것을 의미했다. 역으로 그 중의 하나를 저버린 다는 것은 곧 다른 하나도 저버림을 의미하는 것이다. 많은 문학지들이 친일 문학지로 전락했고 이광수, 최남선을 비롯하여 많은 문인들이 친일 문인으로 전락했다.

물론 김사량이 민족적 양심, 즉 작가적 양심을 지켰다고 하여, 양심을 근본적인 문제로 삼았다고 하여 그가 친일문학이라는 명제 앞에서 완전히 떳떳하다거나 혹은 친일문학을 강요하는 일제의 강압에 죽음을 불사하고 맞섰다는 것은 아니다. 오히려 상황이 열악해지자 민족적, 작가적 양심을 지키기 위한 김사량의 민족적인 저항은 전면 후퇴라는 현상으로 나타나는데 「해군행」, 「날파람」, 『바다에의 노래』 등은 그 전면 후퇴의 징표였다. 『바다에의 노래』에 대해서는 임종국도 "해군 특별지원병제도의 실시에 따라 조선민중에게 해군사상을 보급한다는 목적으로 씌어진 선전소설에 지나지 않는다"고 말하고 있다. 그렇지만 이것을 『매일신보』에 연재하던 1943년 12월 중순부터 다음해에 걸쳐 김사량의 나날은 민족적 양심의 가책과 오욕, 그리고 고뇌로 몸을 떠는 세월이었다. 1944년에 들어서자 그는 갑자기 작품활동을 중지해버렸고 한때 대동공업전문학교에서 독일어를 강의한다. 그 뒤 다시 그가 펜을 손에 들게 된 것은 중국 항일지구, 즉 연안으로 탈출을 한 뒤였다. 작품 활동의 중지와 연안으로의 탈출은 그가 끝끝내 자기의 민족적 양심, 작가적 양심에 등을 돌릴 수 없었던 데서 연유하는 것이리라. 이는 그의 양심의 절대적인 힘과 솔직성, 성실성과 연결되는 것이다. 이리하여 정현기는 김사량을 "일본어 재갈을 문 한국적 프로메테우스였고, 그는 그 재갈을 문 채 민족을 향한 도덕적 양심에 위배되지 않을 길과 무마시킬 변명을 찾아 나선 작가"라고 설명하였다.[189] 「노마만리」에서 빛을 찾기 위한 김사량의 처절한 몸부림과 반성의식은 여기까지 잇닿아있는 것이리라.

이러한 양심의 실체에 대하여 김사량은 해방공간에서 열린 <봉황각 좌담회>에서[190] 이태준과의 변론을 통해 그 성격을 규정하고 있다. 좌

---

189) 정현기, 「김사량론 : 험하고 긴 문학적 행보」, 『현대문학』, 1990. 9, p.401.
190) <봉황각 좌담회>는 1946년 2월 『중성』 창간호에 그 좌담 내용이 실려 있다. 이

담회에서 李泰俊은 "같은 조선 작가로 최근까지 조선어와 운명을 같이 하려 하지 않고 그렇게 쉽사리 일본말에 붓을 적시는 사람을 은근히 가장 원망했습니다. 물론 사상에까지 일제에 협력한 사람과 그냥 용어만을 일어로 한 사람과 구별을 해야 할 줄 압니다만"이라고[191] 金史良을 겨냥하는 발언을 하였다. 이에 대하여 김사량은 구체적인 예를 들어 맞섰다.

> 절대적인 구렁텅이에 빠졌으면서도 희망은 꼭 있다고 생각한 분들이 붓을 꺾은 후 그나마 문화적인 양심과 작가적 정열을 어디다 쓰셨는가요? 여기서 문제는 전개 된다고 생각합니다. 쉽사리 갈라 놓자면 문화를 사랑하고 지키는 문학자와 또 그래도 싸우려고 한 문학자, 이 두 갈래. 그러나 一言으로 말하자면 문화인이란 최저의 저항선에서 이보퇴각 일보전진하면서도 싸우는 것이 임무라고 생각합니다. 무엇을 어떻게 썼느냐냐가 논의될 문제이지 좀 힘들어지니까 또 옷, 밥이 나오는 일도 아니니까 쑥 들어가 팔짱을 끼고 앉았던 것이 드높은 문화인의 정신이었다고 생각하는 데는 나는 반대입니다.[192]

여기서 우리는 "문화인이란 최저의 저항선에서 이보퇴각 일보전진하면서도 싸우는 것이 임무"라고 한 김사량의 말에 주목할 필요가 있다. 이것이야말로 김사량이 1940년대라는 암흑기에 조선의 작가로서 취해 왔던 양심과 저항의 실체라고 할 것이다.

이러한 김사량의 민족적, 작가적 양심은 필연적으로 객관세계에 대한 그의 시각을 단순화시키는데, 김사량이 바라보는 세계는 극도로 긍정적인 세계와 극도로 부정적인 세계로 이루어진 양극 대립의 구도였다. 그리하여 김사량에게는 적당히 눈감으면서 그럭저럭 살아갈 수 있

하 위의 내용 참조.

191) 李泰俊, 『중성』, p.45.
192) 金史良, 『중성』, p.46.

는 제 3의 세계가 존재할 수 없었다. 그의 그 절대성을 띤 양심이 이 것의 존립근거를 상실하게 했던 것이다. 그는 자기의 양심의 원칙에 의하여 세계를 긍정적인 것과 부정적인 것으로 구분하며 긍정적인 것은 더욱 긍정하고 부정적인 것은 더욱 부정하려는 경향을 가지게 된다. 이러한 긍정과 부정은 김사량의 내면이 연약한 처지에 있을 때는 끝없는 방황과 고민으로 되어, 작품 중에서 내선일체사상의 측면인 일본어 문학행위를 통해 내선일체를 고발하는 자기모순으로 나타난다. 정백수는 김사량의 이러한 내선일체를 수용하려는 측면과 저항하려는 측면간의 균형을 유지하려는 "'현실대응의 균형감각'은 자신의 소설구성의 기본원리로서 소설의 내적 긴장을 확보하는 일종의 창작방법이라"고 하였다.[193] 김사량의 연안으로의 탈출은, 내선일체의 측면인 일본어 버림의 행위와 동일한 것으로 파악되며 곧 연약성의 극복과 사상의 통일을 의미한다. 여기에 대하여 정백수는 "김사량 문학에서 세계관적 모순의 극복이 결코 작품의 수준면에서의 발전을 의미하는 것은 아니라"고 지적하였다.[194] 김사량의 연안 탈출은 작가의 사상의 통일이라는 측면에서 보면, 내선일체를 대응하는 자신의 삶의 방식에 내재하는 수용과 저항의 자기모순이 실천을 통해 극복되었다는 것으로 분석되나, 이는 김사량 소설에서 소설의 내적 긴장을 유지해오던 현실적응적 '균형감각'의 완전한 무너짐을 의미하며 소설적 구성의 파탄을 의미한다. 그리하여 연안 탈출의 체험을 형상화한 김사량의 「노마만리」는 종래의 방황과 고민에서 벗어나 기나긴 별빛 추적의 행로로 나타나는데, 여기에서 '균형감각'의 완전한 무너짐으로 하여 김사량은 자기에게 익숙한 소설의 형식이 아닌 역사적 형식, 즉 기록문학, 수기의 형식을 취하게 된다. 또한 '균형감각'의 상실은 그의 기록문학에서 객관세계의

---

193) 鄭百秀, 「金史良 小說 研究」, 서울대 석사학위 논문, 1991. 7, p.32.
194) 위의 글, p.32.

지나친 위축으로 표현되며 김사량은 집요할 정도로 반성과 자아성찰을
통한 내면세계에 집착한다.

「노마만리」의 작품세계에 대하여 김사량은 '서언'에서 다음과 같이
적고 있다.

　　이 조그마한 기록은 필자가 중국을 향하여 조국을 떠난 지 바로 일개
월 만에 적 일본군의 봉쇄선과 유격지구를 넘어 우리 조선의용군의 근거
지인 화북 태항산중(華北 太行山中)으로 들어온 날까지의 노상기(路上
記)와 또 여기 들어온 뒤의 생활록, 견문, 소감, 이런 것을 적어 놓은 것
이다. 말하자면 두서없는 붓끝의 산필(散筆)이다.(「노마만리」, '서언')

위의 인용문에서와 같이 「노마만리」의 작품세계는 노상기(路上記),
생활록, 견문, 소감 등으로 구성되었다. 그 중 노상기(路上記), 생활록,
견문은 작품의 객관세계를 이룬다고 할 수 있는데 구체적으로 살펴보
면 비밀공작원을 만나기까지 북경반점에서 투숙하면서 보고 경험한 북
경반점의 이모저모, 비밀공작원과의 만남, 기차에서 당한 폭격, A군과
J군에 대한 회상, 일군봉쇄선의 격파, 초소에서 뻬오넬과의 만남, 호
가장전투(胡家莊戰鬪), 중공의 10대 정책의 내용, 일병포로수용소의 정
황… 등이 기록되어있다. 여기서 객관세계가 위축되었다고 함은 김사
량이 그 서언에서 "두서없는 붓끝의 산필(散筆)이다."라고 고백한 바와
같이 내적 긴장과 갈등의 구조를 형성하지 못하고 다만 여로를 따라 스
케치식이거나 에피소드식으로 처리되었음을 염두에 두고 하는 말이다.
작품에서 노상기나 생활록, 견문은 소감, 즉 내면세계에로 이어지
며, 글의 초점은 바로 이 내면에 맞추어진다. 다시 말하면 객관세계의
위축은 내면의 확장을 위한 것인데 이러한 위축된 객관세계는 그 자체
로서 의의를 가지는 것이 아니라 소감, 즉 내면의 확장을 위해서 필요
한 것으로 될 따름이다. 그리하여 김사량의 모든 육체적 체험은 그의

제 1 부 1940년대 연안 체험 형상화 연구 **149**

내면적 체험으로 환원되는데, 이러한 내면화는 「노마만리」가 다분히 감상성을 띠게 한다. 그럼 아래에 작품에서 이러한 내면화의 수법에 대하여 구체적으로 살펴보기로 하자.

김사량은 태항산으로 가는 도중 행복감과 함께 끊임없이 무량한 감개와 회상에 사로잡히게 된다. 이러한 회상의 형식은 내면화에 이르는 주요한 도경의 하나로 된다.

> 세상에 이렇게도 쾌적하고 행복스러운 여행이 없을 듯하였다. 북으로 북으로 혹은 남으로 남으로 이 중국 대륙을 달리는 기차 속에서 아득히 먼 지평선을 바라보며 때로는 기차가 설 적마다 플랫폼에 내려서서 얼마나 혼자 몰래 애타는 가슴을 쓰다듬었던 것일까? 저 마을로 찾아 들어간다면, 저 언덕을 넘는다면, 저 산밑을 돌아선다면 혹이나 맞아 주는 이가 있지나 않을까 하는 두서없는 희망에 젖으며… 그러나 지금은 흘러다니는 뜬 몸이 아니다. 이 기쁜 소식을 또한 동(東)으로 내 나라를 향하여 질주하고 있는 열차가 좋은 기별 오기를 이제나저제나 하고 기다리고 있을 아내의 치마 위에 던지고 갈 것이다.
>
> R 여사가 영문은 모르나 탈출의 결행을 알리는 편지를 반드시 전해줄 것이다. ―역두에 나오셔서 서글픈 표정을 지으시던 칠순 노모의 얼굴이 눈앞에 떠오른다.… (「노마만리」, pp.272~273)

위의 인용문은 김사량이 평한로를 달리는 열차 위에서 느끼는 감개이다. 그는 비밀 공작원과의 연락이 닿아 드디어 복마전의 북경반점을 탈출하며 연안으로 향하게 된다. 뜻밖의 행운으로 찾아든 비밀공작원의 손길, 그로부터 마음 졸이며 지내온 며칠, 그리고 목마르게 갈망하던 연안으로의 탈출… 그리하여 "첫새벽부터 일어나 분주히 서둔 덕분에 차 안에 널찍히 자리를 잡고 나니 한꺼번에 피곤이 스며드는 듯하였"다. "마음이 푹 놓인" 그는 며칠 동안의 지나친 긴장에서 벗어나 모처럼의 여유를 갖고 칠순 노모를 떠올리고 아이들을 떠올리며 동무들과의 마지막 작별을 떠올린다. 이때의 그에게 있어 차안의 광경 따위는 "권총을 둘러멘 일본 헌병이 조사를 게을리 하지 않고, 보총을 메고 경계하는 중국인 승경원(乘警員)도 차례대로 오고가"는 정도에 불과한 것으로서 별로 중요하지 않다. 오직 중요한 것은 그의 내면에서 일어나고 있는 것들이며 모든 세포는 내면을 향하고 있다. 그의 내면은 마침내 "동무들이여, 나의 이 행복된 출발을 축복해 다오."라고 부르짖기에 이른다.

일군의 봉쇄선을 넘으면서 김사량은 또 학도병 A군과 J군을 만나던 정경을 회상하게 된다. 부대편성이 달라져 자리를 옮겨 앉게 되면 기회를 엿보아서 도망하겠다고 벼르던 A군, 그 때문에 탈출의 기회를 놓쳐버린 J군, 그리고 한 달 뒤 둘이서의 탈출⋯ 이어서 김사량의 생각은 전반 조선의 젊은이들의 운명에로 확장된다.

> 이네들이 피눈물을 머금으며 왜놈들의 총칼에 몰려 나가던 정경이 바로 어제의 일같이 눈에 선하다. 그리고 슬기로운 이 자제들을 일제의 사형장으로 내보내며 가슴을 치던 뼈저린 심정이 다시금 가슴속에 새로워진다.
> 왜놈의 침략전쟁을 위하여 피를 흘릴 리 없다고 떼를 지어 깊은 산속으로 도망하던 사나이, 남 몰래 국경을 넘어 북으로 떠나던 사나이⋯⋯ 반대하던 끝에 검거되어 강제노역장으로 끌려 나간 사나이, 묵묵히 잡혀 들어가 군대 안에서 폭동을 계획하다가 군사재판에 넘겨진 사나이⋯⋯ 그리고는 총 쏘는 법, 칼 쓰는 법을 배워 가지고 병영을 뛰어넘어 용감히 항일진지로 달아난 우리의 청년학도들⋯⋯ 이네들만이 아니었다⋯
> (「노마만리」, p.285)

위의 인용문은 학도병 A와 J의 운명에 대한 걱정이 김사량의 내면에서 전반 조선의 청년들에 대한 걱정으로 확장되는 대목이다. 이러한 내면세계의 표출은 뒤에서 학도병 S의 탈출담으로 이어진다.

이러한 회상은 그 외에도 많이 나타난다. 무시로 동무들에 대한 생각, 일본 유학 시절 남방군에 종군하라고 위협받던 일, 평양에서 얼마 떨어지지 않은 촌락에서 어떤 과부가 일본 침략군에게 아들을 잃고 정신병에 걸린 이야기, 고모네가 살고 있던 두루섬에서의 즐거웠던 어린 시절, 행복했던 섬 처녀애들, 그리고 거리에서 만났던 사촌누이의 찌들린 모습과 섬 처녀들의 불행… 등 많은 회상으로 김사량은 끊임없이 내면을 확장해나가며 내면화를 이룬다.

김사량은 태항산으로 가는 도중 노상기(路上記), 생활록, 견문 등을 기록하면서 객관세계의 재현에만 그치지 않고 그것들로 인한 소감을 토로함으로써 객관세계를 내면화하고 있다.

김사량은 노상에서 일군의 군용견에 무고한 백성이 물려 살을 뜯기고 뼈를 갈리고 목숨을 잃은 일이 비일비재라는 이야기를 듣게 된다. 민병포로들을 나무에 끌어매고 주민을 모아다 놓고 그 아버지 어머니 처자들이 보는 앞에서 피에 주린 군용견을 풀어놓아 물어뜯어 죽이게 한 몸서리치는 일도 수두룩하다는 것을 알게 된다. 그리하여 그는 제국주의 일본 군대를 잔포스런 교수자들의 떼무리라고 한다. 일군의 삼광정책으로 중국 백성은 비참한 생활을 하고 있다.

> 이 동네 역시 보잘것없는 조그만 동네지만 거듭되는 일군의 침공에 황량하고도 쓸쓸함이 폐허나 다름없었다. 쪼들어빠진 얼굴, 뼈만 남은 팔죽지, 헐벗은 옷, 손에 들고 씹어먹는 모래알 같은 겨떡, 들이키는 희멀그레한 죽…… (「노마만리」, p.303)

위의 인용문은 일군의 침략 하에 있는 중국 백성들의 생활에 대한 스케치식 묘사이다. 이에 대하여 김사량은 아래와 같이 소감을 피력하고 있다.

참으로 불행하다면 우리에 못지않게 역시 불행한 민족이었다. 항상 누구와 누구 무엇 때문에 싸우는지 모를 군벌싸움에 시달리고 앗기고 쓰러지다 못해 간악한 외적에게까지 짓밟히니…… 그러나 이미 오늘에 와서는 팔로군의 힘이 여기까지 내뻗쳐 백성들은 다시 모여들어 쇠잔한 힘을 모아 담을 쌓고 지붕을 올리고 가마솥을 걸게 되었다. 절망과 공포와 암흑 가운데 비틀거리며 찾아온 이네들은 무엇을 발견하였던가? 그것은 새로운 희망이었다. 고마움이었다. 빛이었다. 그야말로 인민을 위하여 복무하고 타협이 없이 적을 때려눕히려는 구성(求星)의 군대를 발견한 것이었다. 아직까지 도움을 받아 본 적이 없고 거듭 일어나는 내전에 오래오래 울었으며 살육과 겁탈을 자행한 외적을 가장 미워하기 때문에 그들은 이 새로운 군대를 진심으로 환영케 된 것이다.(「노마만리」, p.303)

위의 인용문에서 김사량은 팔로군이야말로 인민의 군대이며 인민에게 있어서 희망이고 고마움이며 빛이라고 하면서 도탄 속에서 허덕이는 백성들은 필연적으로 구성의 군대인 팔로군을 따르게 된다고 자기의 소감을 격정에 넘쳐 토로한다. 이리하여 중국 백성들의 비참한 생활은 그 객관세계에 피상적으로 머물지만 않고, 이러한 비참한 생활을 탈피하기 위해서는 구성의 군대인 팔로군을 따라야 한다는 미래지향적인 내면으로 확장된다. 이외에도 「노마만리」는 많은 대목에서 견문을 통한 소감의 토로라는 형식으로 객관세계를 내면세계로 환원하며 내면화의 목적에 이른다. 이러한 내면의 확장, 즉 내면화는 김사량의 정신적 체험의 절대성, 내면화로 인한 것인데 이는 양심적 지식인으로서 김사량의 의식세계에까지 닿아있다.

김사량은 연안으로 탈출하는 도중 연도의 풍경과 풍물에 대해 생생하게 펼쳐 보이고 있다. 연안으로의 탈출이라는 작품의 긴박한 분위기라는 점에서 보면 풍경과 풍물에 대한 묘사의 생동성과 구체성은 작품에서의 일탈이라는 것과 함께 펜의 낭비, 즉 사치성이라는 평을 받기가 십상이다. 그러나 「노마만리」의 풍경과 풍물에 대한 묘사 부분은 작품의 주제와 동떨어짐이 없이, 없어서는 안 될, 필요한 것으로 작품의 구조 속에 단단히 엉켜있는바 이는 「노마만리」의 미학적 면에서의 또 하나의 성과라고 할 수 있으며, 김사량의 작가적 역량을 충분히 과시하고 있다. 그럼 아래에 작품에서 구체적인 분석을 통하여 이런 풍경과 풍물에 대한 묘사 부분이 어떻게 작품의 구조 속에 녹아들고 또 그것이 없어서는 안 되는 것으로 될 수 있는 이유가 무엇인지를 해명해보도록 하자.

 지평선까지 연달린 광야로만 연상되는 중국 대륙이 이 근방에서는 지세를 매우 달리하고 있다.
 멀리 서남방으로 오대산 줄기를 받아 아성(牙城)처럼 연긍(連亘)한 태항산계가 연보라색의 안개 속에 가만히 잠긴 채 보이지 않는 손길로 짙어 가는 장막을 산과 들 위에 펼치고 있다.(「노마만리」, p.274)

 위의 인용문은 김사량이 탄 기차가 정현(定縣)까지 대여, 폭격을 받아 끊어진 전방의 교량 때문에 정차하였을 때의 풍경 묘사이다. 김사량은 짙어가는 어둠의 장막 속으로 멀리 바라보이는 태항산계에 대한 풍경 묘사를 통하여 지역과 지세의 변화를 나타내며 연안에 대한 간절한 열망을 보여주는데, 이것은 "듣는 말에 석가장역(石家莊驛)이 얼마 전에 형지 없이 파괴된 것을 필두로 매일 두세 차례씩 강습(强襲)을 받아 몹시 앞길이 위험하다고 하더니 우리도 어지간히 가까이 들어온 셈이다"라는[195] 서술에서도 보여 진다.
 이 풍경 묘사는 또 김사량의 내면이 녹아든 것으로서 「노마만리」의 내면화에도 기여를 한다. 김사량은 헌병들이 이 잡듯이 조사해나가는 등 숨 막힐 듯 긴장하고 무시무시한 기차 내면의 풍경으로 하여 몹시

---

195) 김사량, 「노마만리」, p.274.

불안해하며 그저 "가자! 어서 무사히 가자!"고 빌기만 한다. 이런 불안은 기차의 돌연한 정차로 하여 극대화되며 김사량은 모여 서서 걱정하고 있는 일인(日人)들을 바라보면서 "나 역시 걱정스러웠다"고 자신의 내면을 드러내 보이고 있다. 이러한 불안과 초조로 김사량은 안절부절 못하고 두리번거리며 멀리 태항산을 바라보게 되는데 이는 그의 불안에서의 탈출심리를 보여준 것이며 적절한 숨 돌리기 수법이라고 할 수 있다. 이러한 불안에서의 탈출의 방편으로 되는 풍경묘사는 그 외에도 여러 곳에서 나타나는데 평한로의 번들번들한 레일을 무사히 넘고 난 다음 김사량의 눈에 들어온 풍경은 검극(劍戟)을 두른 듯이 아아한 산진을 치고 있는 태항산 줄기와 그 위를 움켜 도는 양모를 피워 놓은 듯한 흰구름과 그 변두리를 오렌지색으로 물들이며 부채처럼 광선을 펼치고 있는 석양이다.

이렇게 고도로 되는 긴장을 잠간씩 눅잦히며 보행 90리, 그믐달이 뜨는 새벽 3시 15분에 김사량은 드디어 전방초소에 이르러 동무들의 따뜻한 포옹에 몸을 맡기게 된다. 완전한 후방은 아니지만 비교적 안전하다고 할 수 있는 이곳에서 짧디짧은 하루 낮 하루 밤이나마 김사량은 마음을 졸이던 초조와 불안을 말끔히 가셔버리며 한 숨 돌리게 된다. 그리하여 팽팽했던 그의 신경은 한껏 느슨해지는데 이러한 기분전환을 김사량은 역시 그 특유의 수법인 풍경 묘사 속에 일축하고 있다.

> 등뒤로 겹겹이 싸인 태항산계의 만학천봉은 밤안개 속에 묵화처럼 어른거리고 달도 없는 밤하늘은 창창히 맑아 별바다를 이루었다. 앞에는 우리 일행이 자갈밭을 걸어온 하상이 이리저리 굽이쳐 감도는 황야다. 이따금씩 산 위로부터 밤새가 울며 들판을 건너 어둠 속으로 사라진다. (「노마만리」, p.291)

위의 인용문은 김사량이 전방초소에 도착한 날 밤 지붕 위에 올라가 흡사 발코니에 앉아있는 듯한 편안한 기분을 만끽하며 바라본 풍경에 대한 묘사이다. 근심걱정을 털어 버린 평온한 내면의 투영으로 하여 그의 눈에 비친 것은 창창히 맑아 별바다를 이룬 밤하늘과 이따금씩 밤새가 우는 그지없이 평화로운 풍경이다. 이런 면에서 보면 김사량에게 있어 풍경 묘사는 단순히 객관세계에 대한 반영의 차원이 아니라 그의 내면풍경을 읽을 수 있는 창구(窓口)라고 할 수 있다.

이렇게 김사량은 내면의 초조와 불안, 그리고 안내원을 따라나선 길이라는 데서 오는 일말의 안심을 끊임없이 풍경에 기탁하여 배출하며 험난한 태항산길을 정복해 나간다. 김사량에게 있어 태항산길은 때로는 굽이치는 비탈길이다. 그는 "나무 한 그루 없는 산 마루채기를 타고 넘으면 번번한 산봉우리가 앞뒤 좌우에 빽빽이 들어차 빠져 나갈래야 빠져 나갈 길조차 없어보"이는 산길을 가노라면 마치 "감자덩굴 속을 두루두루 헤매는 개미떼와 같다"고 술회한다. 그래서 무시무시하기만 하고 산들은 조선 산처럼 그윽한 맛이 없다.196) 때로는 낟알밭이 층계층계 쌓여 올랐기 때문에 비단 방석 사이를 스쳐 도는 느낌을 주는 산길도 있다. 역시 산길은 산길이지만 그래도 이미 험준한 산등성이를 넘은 뒤여서 비교적 좋은 길에 들어서면 김사량의 눈에는 살풍경스러운 산지도 이국적인 정취로 차 넘치게 된다.

때로는 도중에 우거진 감나무 숲이며 호도나무 그늘 사이를 지나가게도 되었다. 감나무와 호도나무 외는 이렇다 할 나무 한 그루 없고 다만 단구를 이루어 층층히 널린 뙈약밭에 강냉이, 콩, 메밀 등속의 서곡이 산야를 장식한다. 호도나무는 담록색의 넓죽넓죽한 잎사귀며 허엽스레한 줄바른 밑둥이가 플라타너스와 흡사해 보여 더욱이 이국적이다. 이런 것이 뭉실뭉실 숲을 이루면서 연달린 풍경이 자못 맑고도 향기로운 인상을

---

196) 김사량, 「노마만리」, 위의 책, p.300 참조.

주어 살풍경스러울 이 산지를 부드럽게 수놓는 것이었다. 이 일대는 호
도나무와 대추의 명산지여서 대추로 술을 빚고 호도로 방등이 기름까지
짠다고 한다. 미루어 짐작할 수 있으리만치 거의 숲이 연달렸다.(「노마
만리」, p.312)

위의 인용문에서 김사량의 느슨한 내면을 읽어내는 것은 그리 어려
운 일이 아닌바 이런 때 김사량은 한껏 여유로움을 보이는데 호도나무
의 잎사귀와 밑둥이가 플라타너스와 흡사하다는 상상까지 하면서 이국
적인 정취에 흠뻑 취하기도 한다.
간난신고 끝에 드디어 태항산채에 이르게 되었을 때 김사량의 감격
은 극에 달한다.

백양나무와 호두나무, 감나무 숲이 여기저기 몰켜 선 사이를 백사지가
지도같이 펼쳐진 가운데 한줄기의 시내가 굽이쳐 흐르고 있었다. 강 이
름을 물으니까 두루두루 산간을 감돌아 창덕(彰德)으로 흘러내리는 맑은
시내라고 해서인지 청창하(淸彰河). 팔뚝만한 메기와 숭어며 바위만한
자라가 꿈틀거린다는 것이 바로 이 강일 것이다. 태항산중에서도 드물게
맑은 물이라고 한다. 강을 끼고 점점이 촌락이 들어앉아 있고 그 주위에
는 기름진 밭이 초록 비단을 깔아 바야흐로 오곡백화에 무르녹았다. 푸
르른 전원에 수를 놓은 듯이 옹기종기 하얗게 서리어 도는 것은 식채로
서 유명한 황하의 재배전이라고 한다.(「노마만리」, p.390)

위의 인용문은 태항산채에 거의 이르러 멀리서 바라본 근거지의 풍
경에 대한 묘사이다. 이때 김사량의 마음은 감동 그 자체이다. 그래서
청창하의 물은 맑기만 하고 기름진 밭에는 오곡백화가 무르녹는다. 모
든 초조와 불안 그리고 김사량을 무시로 괴롭히던 양심에서 오는 죄책
감은 별의 나라, 희망의 상징인 태항산채에 도착함으로써 가뭇없이 사
라지는데, 그리하여 김사량의 내면풍경은 명랑할 수밖에 없다. 이러한

내면풍경의 추상성은, 내면이 녹아든 태항산채에 대한 풍경 묘사를 통하여 그 구체성과 형상성을 획득하게 되는 것이다.

김사량은 또 연도의 풍물에 대한 묘사에도 소홀하지 않다. 그는 서술의 중간에 가담가담 풍물묘사를 끼워 넣고 있는데, 그럼으로써 중국이라는 그것도 연해에서 멀리 떨어진 내륙의 오지인 태항산 지방이라는 멀고도 아득하기만 한 낯선 곳으로 자연스레 우리를 끌어간다. 눈썰미 있는 관찰을 통한 김사량의 흥미진진한 풍물묘사를 통하여 우리는 그 요원한 곳에 있는 사람들의 세세대대로 물려 내려오는 기이한 풍속습관에 대해 경이를 느끼기도 하고, 그러면서도 단순히 경이만이 아닌 야릇한 슬픔도 함께 느끼게 된다. 그것은 바로 거기에는, 항일전쟁이라는 특수한 역사 환경 속에서 목가적인 생활을 파괴당하고 있는 그 사람들의 짙은 애환이 강하게 배여 있기 때문인 것이다.

저녁을 먹고 나서는 지붕 위로 올라와 담소한다든가, 나귀가 유일한 수송기관이라든가, 나귀를 마구간에 끌어매고 가게에서는 저녁을 먹고 지붕 위에서는 나그네의 꿈을 드리운다든가 하는 것은 우리로서는 상상도 못할 생소하고 흥미로운 풍속도이다. 김사량 자신이 "긴 채찍을 등에 꽂고 나귀 잔등에 넌지시 올라앉아 흥얼흥얼 노래를 부르며 석양을 안고 돌아가는 풍경은 퍽 멋지다"197)고 했던 것처럼 그것이야말로 우리에게 있어서 이국적인 풍경이 아닐 수 없다.

그러나 이민족에 의한 참혹한 전쟁은 언제까지나 그런 그윽하고 아늑한 정취만을 허락하지는 않는다. 김사량은 전쟁에 의해 파괴된 어설프고 쓸쓸한 풍경을 보지 않을 수 없다. 농가의 백성들은 애버들잎을 이른 봄에 우려서 쓴맛을 덜어 두었다가 끼니마다 두어 먹는다. 그래서 "이 산중에는 먹는다는 '츠'라는 말은 없고 '허'라는 마신다는 말이

---

197) 김사량, 「노마만리」, 위의 책, p.301.

있을 뿐"이었다.[198] 전쟁 중이긴 하나 그래도 장마당은 분주하다.

나는 파리 성화에 잠이 들 수 없기에 차라리 더듬더듬 장마당 구경차로 나갔다. 긴 거리 양쪽에 노점이 늘어선 사이를 산사람들이 오르내리며 분주하게 떠들어댄다. 지저분하고 너절한 먼지투성이의 골목길이었다. 어디선지 땡그랑거리는 쇳소리, 동고 소리, 호궁 소리도 들려 온다. 잎담배, 가루담배, 궐련 이런 담배장수가 많다. 비누, 성냥, 손거울, 붓, 먹, 밀가루, 조 그리고 약장수, 신기레, 땜쟁이, 이발사…… 과일은 살구, 복숭아, 능금, 참외, 수박, 호도 거의 없는 것이 없다. 지구의 삼분지 일도 안되는 헐값으로 매매되며 화페가치는 또한 날로 오르고 있었다. 자작자급에 의하여 모든 부족을 참고 이겨 나가려는 정부의 시책 때문에 일본 제품은 좀체로 발을 들여놓지 못하고 있으나 가다가다 찾아볼 수 있는 적자구산(産)의 칫솔, 만년필 이런 것은 엄청나게 비싸다. 중국 장거리에서 흔히 볼 수 있는 엿말장수, 점장이 이런 것은 역시 눈에 띄지 않는다. 그 대신 '타도 일본 제국주의'니 '반대 국민당 전정(專政=독재)' 등의 구호가 집집마다 담벽에, 기둥에 씌어있다.(「노마만리」, p.313)

비록 전쟁 중이긴 하나 백성들은 여전히 장날을 맞아 온갖 물건을 다 갖고 나오고 지저분하고 먼지투성이긴 하지만 그래도 장마당은 떠들썩하고 분주하다. 김사량은 장마당이라는 번화한 삶의 공간을 펼쳐 보임으로써 참흑힌 전쟁의 싱처를 딛고 일어서는 해방+ 백성늘의 새로운 생활에 대한 열망과 삶에 대한 인간의 강한 애착을 보여주고 있다. 이러한 풍물묘사는 또한 항일전쟁시기 태항산 지구 백성들의 삶의 풍속도라는 측면에서도 중요한 사료적 가치를 지니고 있다.

총적으로 이러한 풍경과 풍물에 대한 묘사를 통하여 김사량은 작품의 긴장구조를 이완시키는 등 적절한 숨돌리기를 기리고 있으며 항일전쟁시기, 태항산 지구 백성들의 삶의 풍속도라는 측면에서의 사료적

---

198) 위의 글, p.321.

가치도 발굴해내고 있다. 그것은 또 작품의 주제와 동떨어져 존재하는 것이 아니라 작품의 내면화에 충분히 기여하고 있다.

5. 1940年代 延安 體驗 形象化의 문학사적 의의

1940년대 연안 체험을 형상화한 「항전별곡」, 「연안행」, 「노마만리」는 통상적으로 암흑기, 공백기라고 알려져 온 일제 말기 우리 민족 문학사의 공백을 메우고 민족문학의 건강한 흐름을 이어주는 적극적, 항전적 반 친일문학을 형성하였다.

일제가 광적인 태평양전쟁에로 돌입하였던 1940년대는 우리 민족에게 있어서 좌절과 굴욕, 위기의 나날들이었다. 특히 문학 면에서 민족문학이 겪은 위기는 더더욱 심각하였는데 그것은 민족문학의 존립여부가 위협을 받는데서 오는 위기였다.

일제는 친일 어용 잡지인 『國民文學』, 『國民詩歌』, 『新世代』, 『春秋』를 창간, 일제의 어용 기관지 『每日新報』와 1942년 『大東亞』로 개제된 1930년대의 대표적 종합지 『三千里』를 남겨놓고 문학의 발표매체인 신문, 잡지를 대부분 폐간시켰다. 그리하여 우리 문단은 대부분이 친일을 강요당하게 되는데, '조선문예협', '조선배구작가협회', '국민시가연맹', '조선천유협회', '조선문인협회', '국민정신총동원조선연맹', '시국대응전조선사상보국연맹', '국민총력조선연맹', '임전대책협의회', '황도학회', '흥아보국단준비위원회', '조선임전보국단', '대화동맹', '황군위문작가단', '대동아문학자대회', '만주국예문가회', '조선언론보국회', '해군견학단', '조선문인보국회' 등의 문인협회에 가입을 강요하였다. 해방공간에서 열린 <봉황각 좌담회>에서 "조선사람 치고 일본에 협력적 태도를 취하지 않은 사람은 없다 해도 무방할 것"이라고 했듯이 임화, 김기림 등 카프계열의 문인들을 포함하여 대부분의 문인들이 통치권력에 협력하지 않으면 안 되었다. 이러한 민족문학의 위기를 극복하면서 등장한 것이 바로 「항전별곡」, 「연안행」, 「노마만리」이다.

「항전별곡」은 김학철의 항일무장투쟁의 체험을 형상화하였는데 작품에는 김학철과 그의 전우들의 혁명적 낙관주의가 유모아를 동반한 에피소드들을 통하여 체현되었다. 김학철은 「항전별곡」에서 일제의 억압에 의용군전사들의 용맹과 불타는 적개심으로 맞서고 있으며, 그들의 체험 밑바닥에서 우러러 나오는 소박성과 낙천성으로 암울한 시대를 극복해나가고 있다.

「연안행」은 경성콤그룹의 인민전선부 성원으로 조직투쟁에 투신한 국문학자 김태준의 연안 탈출의 경과를 다루고 있다. 작품에서 김태준은 민족해방투쟁에 대하여 조직적인 구도와 이지적인 의식세계를 갖고 있는바 이는 일제에 대한 김태준의 적극적인 저항의 원천으로 된다.

「노마만리」는 좌절과 절망에 빠져 몸부림치던 식민지 지식인 김사량이 자신의 연약성을 극복하고 반성을 딛고 빛을 향해 나아가는 행동궤적과 내면의 궤적을 그린 작품이다. 김사량은 작품 중 양심의 가책에서 오는 반성의식으로 일제에 대한 비타협의 의지를 강하게 구현한다.

이와 같이 세 편의 작품은 식민지시대 부동한 경로를 거쳐 항전의 길로 나아간 세 지식인의 저항적 삶의 궤적을 통하여 일제의 억압과 폭력에 대항하였으며, 1940년대를 통상적으로 암흑기, 공백기로 특징짓던 기존의 관념을 깨고 민족문학의 건강한 흐름을 이어주는 적극적, 항전적 반 친일문학을 형성하였다.

다음으로 세 편의 작품은 이데올로기로 점철된 왜곡된 우리 현대사의 재조명이라는 측면에서 역사복원의 의의를 지니고 있다. 세 편의 작품은 조선의용군의 활동상황, 중국 팔로군의 이모저모, 그리고 항일전쟁시기 중국 농촌의 피폐한 정경과 태항산 항일근거지의 정황에 대해 상세히 기록하고 있다. 그렇다면 역사에의 복원이란 구체적으로 무엇인가. 여기에 대해서는 김학철의 「항전별곡」을 예로 들어 살펴보기로 하자.

무엇보다도 조선의용대가 언제, 어떻게, 어떤 경로를 통해 태항산 항일근거지로 넘어가게 되었는가에 관한 증언을 들 것이다. 두루 아는 바와 같이 항일민족해방투쟁에는 임시정부의 광복군, 동북만주의 김일성부대 그리고 화북 태항산 중심의 조선의용군(조선독립동맹)의 활동이 있었는데, 이 중 조선독립동맹은 해방 직후 1천 5백여 명의 무장단체로 큰 세력권을 형성했다. 조선의용군의 형성과정과 항일투쟁에 대해 생생히 증언한 것이 「항전별곡」, 즉 김학철 기록의 최대 강점이다. 조선의용군에 관한 기록은 일본 『특고월보』(特高月報)를 비롯한 일본의 관방문헌과 일본인들의 연구가 있고 중국 측 기록으로는 『해방일보』가 있다. 또 해방 후엔 『중성』(창간호, 1946. 2), 『신천지』(1946. 3) 등에 당사자들의 증언이 생생히 나와 있으며, 김준엽·김창순 공저 『한국공산주의운동사』(제5권, 고대 아시아문제연구소), 그 외에 이정식·서대숙 등의 상세한 연구서가 이미 간행되어있기에 그 전모를 조감하는 일은 썩 손쉬운 형편이다. 그럼에도 불구하고 조선의용군의 일단이 구체적으로 언제 어떤 이유로 중국공산당의 집결지 태항산으로 넘어가게 되었는가를 증언하는 기록은 김학철의 것이 유일한 것으로 보이는데, 이 경우 유일하다 함은 체험에 의한 형상화라는 점이다.

국민군의 중앙육군군관학교(황포군관학교 후신)를 마치고 국민군에 편입된 조선의용대에는 일정한 임무, 즉 ① 일본군의 정황 및 적 점령구역 내의 정보수집, ② 일본군 포로 취조 및 교육, ③ 일본군대에 대한 선전공작, ④ 중국군대 및 조선·중국민중에 대한 선전 등이 부과되었는데, 국민군의 수도 남경이 일본군에 의해 점령당하자 조선의용대도 큰 타격을 입고 무한으로 이동하였으며, 무한 역시 함락 당하자 낙양으로 이동하고, 이어서 그 일부가 팔로군 지역인 태항산으로 넘어갔던 것이다. 그 경위는 대략 다음처럼 말해진다.

> 특히 조선의용대 제2지대는 서서히 화북으로 이동하여 "30년대 말부터 40년대 초에 중국공산당 관할지역에 들어가고, 팔로군, 신사군의 작전 지휘 아래 활동하였다"고 말해진다. 다른 한편 제1지대의 일부가 낙양까지 이동한 뒤 제2지대와 합류하게 되었다. 제3지대는 중경으로 옮겼다.199)

이렇게 밖에 알 수 없는 역사의 기록이 다음과 같은 체험적 사실로 복원 될 때는 놀라움을 금할 수 없다.

> 1940년 말에서 그 이듬해 이삼월 사이에 화중, 화남 각 전장에 분산되었던 조선의용대의 각 지대들과 분대들이 속속 북상하여 낙양에 집결한 뒤 전대가 황하를 북으로 건너서 태항산 항일근거지로 넘어들어갈 태세를 갖추었다.
> 강남에서 북상한 제1, 제3혼성지대의 지대장은 박효삼이고 정치위원은 석정, 그리고 두 부지대장은 이춘암〔李春岩〕과 김세광〔金世光〕이었다. 제2지대를 영솔한 것은 지대장 이익성과 정치위원 김학무, 그리고 부지대장 왕자인〔王子仁〕 및 지하당 책임자 호철명〔胡哲明〕이었다.(「항전별곡」, p.235)

이 점은 김태준이나 김사량에서도 마찬가지이다. 김태준의 「연안행」에는 서울로부터 중국 연안으로 가는 도중의 지명들이 똑똑히 기록되어 있다. 뿐만 아니라 당시 산해관 돌파의 방법 등도 자세하게 소개되어 있으며 만주 악성 유민들의 생활정형도 구체적으로 보여 진다. 김사

---

199) 森川展昭, 「조선독립동맹의 성립과 활동에 대하여」, 『항전별곡』, 거름, pp.25~26.

량의 「노마만리」에는 당시 학도병들의 탈출정형이라든가 팔로군의 포로정책, 그리고 태항산 지방의 풍물 등이 잘 나타나 있다. 이러한 것들은 모두 체험을 통해 형상화 되어있는데 역사복원의 측면에서 중대한 의의를 가진다.

세 편의 작품은 또한 문학 양식 면에서 지평의 확대를 가져왔다. 세 편의 작품은 김학철, 김태준, 김사량 세 작가의 체험을 형상화함에 있어서 문학적 장치를 도입하는 종래의 양식적 틀을 깨고 직접성의 형식을 창출하였다. 이러한 직접성의 형식은 영혼이 극에 달하여 그대로 표출되는 것인데 이는 그들 세 작가의 체험의 크기와 절대성에 의한 것이다. 김학철의 의용군전사로서의 체험이나 김태준, 김사량의 연안 탈출의 체험은 그토록 크고 절대성을 띤 것이어서 어떠한 문학적 장치의 도입도 허용하지 않는다. 그것은 문학적 장치를 도입했을 경우 그들의 원래의 체험은 왜곡되고 말 것이기 때문이다. 이러한 체험의 크기와 절대성은 성실성이라는 것과 직결된다.

그 외 세 편의 작품은 또 항일 빨치산문학의 기원을 이룬다. 김윤식은 김학철의 「항전별곡」을 확대한 『격정소설』을 예로 들면서 그것은 조선의용군 활동상의 지표로 읽힘에 그치지 않고 "빨치산문학의 국외형의 원형"을 이룬다고 지적하였다.[200] 김학철의 「항전별곡」은 조선의용군의 항일무장투쟁의 체험을 형상화함에 있어서 팔로군 유격대의 빨치산 활동을 상당수 포함하고 있다. 김태준의 「연안행」이나 김사량의 「노마만리」 역시 그들의 탈출의 경과를 쓰면서 팔로군 유격대의 빨치산 활동을 많이 형상화하고 있다. 이 세 편의 작품의 주요한 반영 대상인 조선의용군 출신들이, 해방된 조국에서 나라 만들기에 관여하고 인민군의 일부를 형성했으며, 6·25때, 그들이 말하는 해방전쟁에 투

---

200) 김윤식, 「항일 빨치산문학의 기원 : 김학철론」, 위의 글, pp.422~423.

입되었음은 새삼 말할 것도 없다. 실제로 김사량은 종군작가로 인민군 군복을 입고 부대를 따라 남하하였으며 퇴각도중 지병으로 낙오하여 사망한 것으로 추정되고 있다. 김윤식은 "이들 빨치산문학의 계보가 그 쪽으로 일부 이어질 수 있었다고 보는 것은 어느 정도 가능한데, 곧 국내형 빨치산문학 유형이 이와 알게 모르게 연결될 것"이라고 지적하였다.201) 이에 대한 근거로 다음과 같은 기록을 들 수 있다.

> 독립동맹과 조선의용군은 무장해제라는 굴욕을 당한 뒤 개인자격으로 환국하였지만(……) 지식인층의 지지를 받았으며, 중국에서의 오랜 대민선전활동의 경험을 살려 당과 정권기관의 선전선동 부문에 깊숙한 뿌리를 내렸다. 그러나, 이들의 역량이 크게 발휘된 것은 군사부문에서였다. 일례로 한국전쟁기간중 김일, 임춘추, 최광 등 만주의 항일무장유격대 출신들은 (……) 주민과 당원과 온갖 기밀문서를 버리고 달아나버린 반면 방호산 등 조선의용군 출신들은 진주·마산 방면까지 진출하였다가 지휘부를 유지하며 퇴각할 수 있었다.202)

이러한 설명은 조선의용군의 군사적 경험이 다른 어느 쪽보다 풍부했다는 것을 설명해준다.

마지막으로 세 편의 작품은 1920, 30년대의 일본 지향성으로부터 1940년대의 중국 지향성으로의 방향성적 전환을 보여준다. 문학에서의 일본 지향성은 1920년대보다 일찍한 개화기에서부터 보여지는데 이때는 주로 '정치소설'의 결여형태로서의 신소설에서 나타난다. 김윤식은 『韓國近代小說史研究』에서 이때의 일본 정치소설이 "일본 메이지시대의 일본 특유의 정치소설에서 연유되었"으며 "정치소설이 한국에서는 번역 소설 또는 번안 소설의 일종으로 등장되었"다고 지적하였

---

201) 위의 글, p.433 참조.
202) 한홍구, 「해설편」, 『항전별곡』, 거름, p.324.

다.203) 우리는 신소설의 대표적인 작가로 알려졌던 이인직이 일본 유학생이었다는 사실에 주목할 필요가 있다. 그 외에 이광수, 김동인, 주요한, 염상섭 등 많은 작가들이 선후로 일본에서 유학하였다. 그리하여 일본 유학생들에 의해 조선의 근대화가 이루어졌다는 사실은 아무도 부정할 수 없다고 할 수 있을 정도이다. 그들의 작품도 대개 일본 지향성을 두드러지게 나타내고 있었는데 그 가운데서 대표적인 일본 지향성의 작가로 염상섭을 꼽을 수 있다. 그 증거로 김윤식은 염상섭의 고백체 소설인 「암야」, 「제야」, 「표본실의 청개고리」 등 3부작이 일본 『시라카바(白樺)』파204)의 영향을 받고 있음을 지적하고 있다.

그러나 「항전별곡」, 「연안행」, 「노마만리」는 이러한 일본 지향성에서 벗어나 중국 지향성을 보여주는바 이는 일본 지향성으로부터 중국 지향성으로의 방향성적 전환을 나타낸다.

6. 체험의 끝과 그 형상화

「항전별곡」, 「연안행」, 「노마만리」는 김학철, 김태준, 김사량의 연안 체험을 형상화한 작품이다. 그 작가들이 이데올로기로 점철된 우리 현대사의 어둠 속에 묻혀있었듯이 세 편의 작품 역시 우리 문학사의 사각지대에 방치된 채 외면되어 왔다.

---

203) 김윤식, 『韓國近代小說史研究』(乙酉文化社, 1986), p.18.

204) 1910년에 창간되어 1923년까지 존속한 『시라카바(白樺)』지는 14 년간에 걸쳐 일본 근대 문학사를 형성해간 최대의 동인지이다. 탐미적 경향이라든가 자연주의적 현실 폭로적인 문학을 거부하고, 일본적인 근대적 문학을 형성한 것이 이 잡지의 경향이다. 근대문학 간담회 편, 『근대 문학 연구 필휴』(學燈社, 1964), pp.43~52. 김윤식, 위의 책, p.179에서 재인용.

이 책에서는 이 세 편의 작품을 우리 문학사 속으로 복권시켜 1940년대 우리 문학사의 공백을 메움으로써 왜곡된 우리 문학사를 재구성하려는데 그 의의를 두고, 시대와 작품 배경과의 연관 속에서 세 편의 작품에 반영된 작가의식의 근저를 살펴보았다. 또한 체험의 형상화라는 측면에서 구현된 독특한 양식적 특징에 대해 분석해보았다. 이제 이 책에서 서술한 내용을 간단히 정리해보면 다음과 같다.

김학철, 김태준, 김사량은 통일전선시대 항일의 이념을 실현하고자 부동한 경로를 거쳐 실천적 행동으로 나아간 항일적 지식인의 전형적인 세 위상을 대표한다. 그러므로 그들의 의식세계는 통일전선시대 항일적 지식인의 의식세계로 통합되며 주로 항일에 관한 의식세계, 통일전선에 관한 의식세계, 지식인으로서의 의식세계 등 세 방면으로부터 그 통합된 의식의 특징을 추출해낼 수 있다. 그럼에도 불구하고 그들의 의식세계는 각자의 생애와 투쟁경로에 따라 각이한 발전양상을 나타낸다.

첫째, 「항전별곡」에 나타난 김학철의 의식세계는 조선의용군 전사로서의 혁명적 낙관주의로 특징지을 수 있다.

김학철은 작가이기 이전에 조선의용군의 군인의 한사람이며 그의 의식세계는 항일의 최전선에서 총을 들고 직접 일제와 싸운 군인의 의식세계를 대표한다고 할 수 있다. 군인으로서의 김학철과 그의 선우들은 태항산의 간고한 생활 속에서도, 전쟁의 포화 속에서 사선을 넘나들면서도 웃음을 잃지 않는다. 이러한 김학철과 그의 전우들의 의식세계는 혁명적 낙관주의로 개괄할 수 있으며 그러한 혁명적 낙관주의의 원천은 불타는 분노와 필승의 신념이다. 그들의 혁명적 낙관주의는 주로 인간성의 소박함과 동지애, 필승의 신념 그리고 혁명의 간고성과 복잡함으로 나타난다.

김학철은 「항전별곡」에서 민족주의자와 무정부주의자들의 맹목적이고 모험적인 테러활동에 대해 비판하면서 그들의 비극과 피의 교훈으로부터 공산주의사상의 선진성과 그 필연적인 승리에 대해 역으로 강조하였고, 항일전쟁에서 공산주의사상의 지도적 역할에 대해 충분히 긍정하였다. 김학철은 계급성을 그다지 강조하지 않는다. 김학철의 이러한 의식은 민족주의와 긴밀히 연결되어있다.

김학철은 조선국적을 가지고 국민당의 중앙군관학교에서 공부했고 후에는 조선국적을 가지고 중국공산당에 가입했다. 그리하여 그의 의식세계에는 중간지점의 존재감각이 피부에 닿게 나타난다.

둘째, 「연안행」에서 김태준의 의식세계는 경성콤그룹 인민전선부 성원으로서의 이지적 의식세계로 종합할 수 있다.

김태준은 경성콤그룹의 인민전선부 성원으로서 조직투쟁의 경험이 풍부하며 지하활동의 특징상 냉철하고도 이지적인 의식세계를 소유하고 있다. 그는 민족해방운동의 구도에 대해 조직적 의식세계를 갖고 있다. 김태준의 연안행은 김태준 자신이 작품에 쓰다시피 출옥후의 신변의 위험뿐 아니라 더 중요하게는 조직의 파견에 의해서이다.

김태준은 이지적이고 냉철한 시각으로 민족의 현주소를 파헤친다. 그는 조선의 독립을 위하여 일제와 맞서 싸우는 우리 민족 투사들의 불요불굴의 투쟁정신과 양심적인 민족인사들의 성원에 대하여 충분히 긍정하고 있으나 또 다른 한 면으로는 일제의 식민지 통치가 우리 민족의 민족성의 황폐와 도덕의 타락을 초래했다고 비판하고 있다.

셋째, 「노마만리」에서 김사량의 의식세계는 양심적 지식인의 자기반성 의식으로 특징지을 수 있다.

김사량은 일제의 폭압과 강요에 의해 해군작가단의 일원이 되어 일제에 두드러진 협력을 하게 된 것으로 양심상 심한 가책을 느끼며 이는 작품에서 자기반성 의식으로 나타난다. 이러한 자기반성의 의식은 지난날에 대한 부정을 기초로 하고 있으며 앞으로의 결심과 맞닿아있다.

김사량은 연안으로 가는 도중 중국의 문학 예술 방면에도 대단한 관심과 취미를 보이고 있다. 김사량은 특히 '연안 문예 좌담회'에서 한 모택동의 문예강화가 문예방면에서 일으킨 영향에 주목하면서 모택동의 문예강화가 작가들의 문예 창작 활동에서 중대한 전환점으로 되고 있다고 그 의의를 강조하였다. 이것은 또한 중국의 항일전쟁가운데서 문학예술운동이 무시할 수 없는 중요한 일환임을 보여주고 있다. 김사량은 문학의 실천성과 효용성을 강조하면서 그 일례로 태항산 해방구들에서 공연되고 있는 앙가와 평극을 들고 있다.

「항전별곡」, 「연안행」, 「노마만리」는 미학적 측면에서 체험의 형상화로서의 독특한 양식적 특징을 구현하고 있다.

첫째, 세 편의 작품은 모두 직접성의 특징을 띠고 있다.

직접성의 형식이라고 함은 체험을 형상화함에 있어서 허구의 장치를 도입하거나 이미지에 의거하지 않고 체험 그 자체에 절대적인 의미와 비중을 두고 작품을 전개하는 것을 의미한다. 말 그대로 영혼의 직접적인 고백이요 표출인 것이다. 이러한 직접성의 형식은 그들의 체험의 크기 다시 말하면, 체험의 절대성과 인생의 궁극적 문제 속에서의 삶이라는 이 두 가지 근본적이고 직접적인 원인으로 하여 결정된 것이다.

둘째, 김학철의 「항전별곡」은 에피소드 중심으로 구성되었다.

자신이 체험한 것, 들은 것 외에는 절대로 적지 않는 것, 즉 육체의 체험을 떠나서는 쓰지 않는다는 것이 의용군의 한 군인이자 작가인 김학철의 원칙이며 김학철 문학의 근본적이고 본질적인 특징이라고 할 것이다. 바로 이러한 육체의 체험에 의거한다는 김학철의 원칙과 김학철 문학의 특징은 「항전별곡」의 에피소드 중심의 구성이라는 양식적 특징을 결정하였고 작품으로 하여금 소박성, 낙천성을 띠게 하였다.

「항전별곡」의 양식 면에서의 또 하나의 뚜렷한 특징은 유모아를 동반하고 있는 것이다. 「항전별곡」의 유모아적 특징은 주로 에피소드 자체가 유모아를 동반하는 것, 비유적 수법, 반대 뉘앙스의 어휘 사용 등 세 가지 측면에서 나타난다.

셋째, 김태준의 「연안행」의 양식적 특징은 논리화의 특징이다.

민족해방을 위한 조직투쟁에의 열의와 투신은 김태준을 연안으로 가게 한 근원적인 것이며 「연안행」이 있게 한 원동력이라고 할 수 있다. 조직투쟁을 전개하면서 김태준은 민족해방투쟁에 대한 많은 이론적 기초와 논리적 근거를 갖추게 된다. 이러한 이론적 근거와 논리적 준비는 「연안행」의 논리적 면에서의 확장을 가져온다.

넷째, 김사량의 「노마만리」의 양식적 특징은 내면화의 특징이다.

김사량의 「노마만리」의 가장 심층에 깔고 있는 것은 바로 양심, 즉 민족적 절개와 지조를 지키면서 살아가려는, 조선민족으로서의 삶을 영위하려는 민족적 양심이다. 이 양심은 「노마만리」가 작품이게끔 한 원동력인데 그것은 김사량의 전 생애를 관통하여 언제나 가장 근본적이고 절대적인 문제가 되어왔다. 김사량의 민족적, 작가적 양심은 필연적으로 객관세계에 대한 그의 시각을 단순화시키며 내면의 확장을 가져온다.

김사량은 연안으로 탈출하는 도중 연도의 풍경과 풍물에 대해 생생하게 펼쳐보이고 있다. 「노마만리」의 풍경과 풍물에 대한 묘사 부분은 작품의 주제와 동떨어짐이 없이, 없어서는 안 될 필요한 것으로 작품의 구조 속에 단단히 엉켜있는바 이는 「노마만리」의 미학적 면에서의 또 하나의 성과라고 할 수 있으며, 김사량의 작가적 역량을 충분히 과시하고 있다.

이상에서 세 편의 작품의 의식세계와 양식적 특징에 대해 살펴보았다. 세 편의 작품은 1940년대 우리 문학사의 공백을 메움으로써 민족문학의 건강한 흐름을 이어주는 적극적, 항전적 반 친일문학을 형성하였고 이데올로기로 점철된 우리 현대사에 대한 재조명이라는 측면에서 역사복원의 의의를 갖고 있다. 또 작품들은 체험의 직접적 형상화로서 양식 면에서의 새로운 지평을 획득하였고 항일빨치산 문학의 계보를 이루었으며 1920, 30년대 일본지향성 문학으로부터 1940년대 중국 지향성 문학으로의 방향성적 전환을 보여준다.

이 책은 「항전별곡」, 「연안행」, 「노마만리」에 대한 분석을 통하여 세 편의 작품의 문학사적 의의를 구명하고 우리 문학사에서 정당하게 자리 매김 하였으며 통상적으로 암흑기, 공백기라고 불리는 1940년대 문학의 공백을 메움으로써 민족문학의 맥을 이어주었다는 결론으로부터 왜곡된 우리 문학사를 재구성하는 작업의 일환으로 되었다. 그 외에 이 논문이 이룩한 또 하나의 성과는 체험의 직접적 형상화로서 독특한 양식적 특징을 발굴해 낸 것이다.

이 책에서는 연안 체험의 형상화에 대해 연구함에 있어서 직접성의 양식을 띤 「항전별곡」, 「연안행」, 「노마만리」 세 편의 작품만 언급하였으며 그 세 편의 작품과 세 작가의 다른 작품들과의 연관성에 대해서는 살펴보지 못하였다. 또 김학철의 「항전별곡」에 대해서는 그 작품이 쓰여진 시기가 1980년대라는 데서 오는 시공간의 차이로 인한 작가의 의식의 변화를 추적하지 못했다. 이러한 것들을 앞으로의 과제로 남긴다.

▌제 1 부 참고문헌

1. 기본자료

김학철, 「항전별곡」, 『조선독립동맹 자료 I −항전별곡』, 이정식 · 한홍구 엮음, 거름, 1986.
______, 『최후의 분대장』, 문학과 지성사, 1995.
______, 『격정시대』, 풀빛, 1988.
김태준, 「연안행」, 『김태준전집』, 寶庫社, 1990.
김사량, 「노마만리」, 『김사량 작품집−노마만리』, 이상경 편집, 동광출판사, 1989.
______, 『종군기』, 살림터, 1992.

2. 단행본 연구서

김희민, 『해방 3년의 소설문학』, 세계, 1987.
망원한국사연구실 한국근대민중운동사서술분과 지음, 『한국근대민중운동사』, 돌베개, 1989.
김재용 외, 『한국근대민족문학사』, 한길사, 1993.
김윤식, 『한국근대소설사연구』, 을유문화사, 1986.
소재영 · 권철. 『연변지역 조선족 문학연구』, 숭실대출판부, 1989.
연변문학예술연구소 편, 『김학철론』, 조선족문학예술연구 ②, 흑룡강조선민족출판사, 1990.
『대한독립항일투쟁총사』(상, 하), 육지사, 1989.
박충록, 『김학철 문학 연구』, 이회문화사, 1996.
신주백, 『1930년대 민족해방운동론 연구 2−만주』, 새길, 1990.
안우식/최하림 역, 『아리랑의 비가 : 민족주의 작가 김사량의 비극적인 생애』, 열음사.

양소전·리보온,『조선의용군 항일전사』, 고구려, 1995.
정영진,『통한의 실종문인 : 6.25를 전후한 실종문인』, 문이당, 1989.
조남현,『소설원론』, 고려원, 1982.
조성일·권철,『중국조선족문학사』, 연변인민출판사, 1989.
루카치/반성완 역,『소설의 이론』, 심설당, 1985.
＿＿＿＿/반성완·심희섭 역,『영혼과 형식』, 심설당, 1988.
＿＿＿＿/이영옥 역,『역사소설론』, 거름, 1987.

3. 학위논문

김 인,「중국 공산주의 혁명에 있어 항일민족통일전선 연구」, 외대 석사학위논문,
　　　　1987.
金美智江,「金史良「光の中に」考え : 騰村의「破戒」와 대비하여본 일양상」, 외국어대
　　　　석사학위논문, 1990.
김회준,「중국 항일전쟁시기 <문학의 민족형식논쟁>」, 고려대 석사학위논문, 1986.
노꽃분이,「김태준의『조선소설사』연구」, 이화여대 석사학위논문, 1993.
문종희,「만주와 연해지역의 항일세력 형성」, 인하대 석사학위논문, 1988.
손미선,「김사량 작품연구」, 성신여대 석사학위논문, 1992.
손은정,「김사량 문학연구」, 경남대 석사학위논문, 1998.
염인호,「조선의용군 연구」, 국민대 박사학위논문, 1995.
윤상호,「1930~40년대 재중국 한인독립운동의 전개」, 연세대 석사학위논문, 1988.
이상순,「김학철 소설연구 :『격정시대』를 중심으로」, 성신여대 석사학위논문, 1997.
이상훈,「1940년대 한인의 중국내 항일 군사조직에 관한 연구」, 연세대 석사학위논문,
　　　　1990.
이이명,「조선독립동맹과 조선의용군」, 경남대 석사학위논문, 1995.
이종호,「김사량 문학연구」, 세종대 석사학위논문, 1995.
田島哲夫,「김사량 소설연구」, 서울대 석사학위논문, 1994.
정백수,「김사량 소설연구」, 서울대 석사학위논문, 1991.
조청래,「중국의 항일민족통일전선에 관한 연구」, 고려대 석사학위논문, 1990.
한홍구,「화북 조선독립동맹의 조직과 활동」, 서울대 석사학위논문, 1988.

4. 일반논문

이석만, 「김사량 희극의 극 구조와 인물유형 분석-「봇돌이 군복」을 중심으로」, 경희
　　　대『고봉논집』19집, 1996.
金美智江, 「김사량 「天馬」 소고」, 『일본학보(한국)』 30집, 1993. 5.
김윤식, 「항일 빨지산문학의 기원 : 김학철론」, 『실천문학』 12집, 1988. 12.
김재남, 「김사량 문학연구」, 『세종대논문집』 17집, 1991.
백영길, 「김태준과 동아시아 문학 : 중국현대문학론 및 연안행을 중심으로」, 『한림일본
　　　학연구』 2집, 1997.
신경림, 『민중생활사의 복원과 혁명적낙관주의의 뿌리 : 「격정시대」』, 『창작과비평』
　　　61집, 1988. 9.
이명숙, 「남북한 합작이 유배시킨 격정의 망명문학 : 연변동포작가 김학철」, 『다리』
　　　25집, 1989. 11.
정현기, 「김사량론 : 험하고 긴 문학적 행로」, 『현대문학』 429집, 1990. 9.
조성일, 「사실주의 문학의 한 터닦음 : 연변작가 김학철론」, 『문학사상』 215집, 1990. 9.
최시한, 「암흑기의 가정소설 「낙조」연구」, 『배달말』 22집, 1997.
추성민, 「김사량문학의 저항은 무엇인가?」, 『부산여대 논문집』 44하, 1997.
　　　, 「김사량연구-중기의 작품을 중심으로」, 『부산여대 논문집』 42집, 1996.
鐸木昌之, 「연안의 한인 공산주의자들 : 화북조선독립독맹을 중심으로(2)」, 『공산권연
　　　구』 75집, 1985. 5.
　　　, 「연안의 한인 공산주의자들 : 화북조선독립독맹을 중심으로(3)」, 『공산권연
　　　구』 76집, 1985. 6.

| 제 2 부 |

『해란강아 말하라』의 창작방법 연구

『해란강아 말하라』의 창작방법 연구

1. 조선족 최초의 장편소설의 의미

『해란강아 말하라』는 중국 조선족 문학의 산맥—김학철[1]의 최초의 장편소설이며, 또한 중국 조선족 문학사[2]에서 최초로 되는 장편소설이다.

그 최초의 의미는 두 가지를 전제한다.

그 하나는 루카치적 소설개념[3]에 의해 볼 때 중국 조선족 소설사의

---

1) 중국 조선족 문단에서 그의 위치에 대하여 김호웅은 '중국 조선족 문단의 산맥, 거목'이라고 자리매김 하였다. "20세기를 마무리하고 21세기를 시작하는 2001년, 중국 조선족 문학의 두 거목 김학철(金學鐵)과 정판룡(鄭判龍)은 20여 일을 사이에 두고 차례로 쓰러졌다. 이로써 우리 문화의 한 시대가 문을 닫았다."—김호웅, 「중국 조선족 문학의 산맥—김학철」, 『민족문학사연구』, 2002년 제21호, p.218.
  * 김호웅은 중국 연변대학교 조선언어문학학부의 교수이며 문학평론가이다.
2) 이 글에서 '중국 조선족 문학사'는 1945년 광복이후의 중국 조선족의 문학사를 지칭한다. 1945년은 중국에서 '조선족'이라는 명칭이 정식으로 사용되기 시작한 1955년이라는 시점과는 거의 10년에 가까운 시간적 거리를 갖고 있지만 문학의 주체인 작가층의 교체라는 측면에서 1945년을 중국 조선족문학사의 기점으로 한다. —리광일, 「해방후 조선족 소설문학 연구」, 연변대학 박사학위논문, 2002. 조일남, 「중국 조선족 장편소설 발전 개요」, 『문학과예술』, 2001년 제2호, pp142~143 참조.

시작이라는 것인데 거기에는 중국 조선족 소설과 중국의 주체민족인 한족 소설의 차이가 자리한다.

다른 하나는 김학철 개인에게 있어서 중국 조선족 소설가로서의 첫 출발을 의미하는 것인데 이로부터 김학철은 연변에서 그 작가적 입지를 굳히며, 중국 조선족 문단의 제1세대의 작가로 확고하게 자리를 잡는다. 여기에 대해서 훗날 김학철은 자서전 『최후의 분대장』에서 "연변자치주에 일단 정착을 한 뒤 약 4년 동안에 나는 이른바 '연변의 장편소설 제1호'라는 『해란강아 말하라』를 비롯해 네댓 권의 책을 펴냈는데…… 그 덕에 나는 연변 문단에 정확히는 중국 조선족 문단에 '떠오르는 별'이 될 수가 있었다"4)고 쓰고 있다.

조성일은 『해란강아 말하라』를 두고 "항일무장투쟁을 서사적 화폭 속에 담은 중국 조선족 당대문학의 개척자적 지위를 차지하는 작품"5)으로서 높이 평가하였다. 교재용으로 편찬된 『중국조선족문학』에서는 "건국 후 조선족문단에 처음으로 태어난 장편소설 『해란강아 말하라』는 조선족의 력사적현장에 조명을 준 대작으로서 조선족문학발전중 하나의 뚜렷한 리정표로 되기에 손색이 없"6)다고 소설의 역량과 조선족 문학사에서의 위치를 자리매김하였다.

그러나 이러한 중요성, '리정비'적 의의에도 불구하고 『해란강아 말하라』는 거의 연구가 되지 않은 상태이며 특히 작품 자체의 내면탐구는 미개발 지대에 놓여있는 상황이다. 그것은 주로 다음과 같은 두 가

---

3) 루카치에 의하면 소설은 '총체성이 사라진 시대의 서사시'이며, 중·단편소설(Novelle)은 서정시적인 성격을 띠고 있는바 엄격한 그의 분류에 의하면 중·단편소설은 소설의 범주에 속하지 않는다.─게오르그 루카치/반성완, 『소설의 이론』, 심설당, 1989. p.62.

4) 김학철, 『최후의 분대장』, 문학과지성사, 1995. p.356.

5) 조성일, 「중국조선족당대문학개관」.
　* 조성일은 연변조선족자치주 사회과학원 부원장 직을 역임했으며 문학평론가이다.

6) 조성일외, 『중국조선족문학』(하), 연변대학출판사, 2000. p.119.

지 원인 때문인 것으로 볼 수 있다.

그 하나는 김학철의 대표작으로 중국 조선족 문학사와 한국 문학사에 확실하게 자리매김 된 『격정시대』의 문학적 역량과 역사적·민족사적 거대함 때문이다. "조선의용군 투쟁사의 복원", "역사와 민족사의 복원과 재구성"이라는 것, "민족문학사의 암흑기·공백기를 메우고 우리 민족문학의 건강한 흐름을 이어주었다"는 것과 "항일빨치산문학의 기원"이라는 것, 그리고 "민중생활사의 복원"이라는 등 역사적·민족사적·민족문학사적 시각에서 그것은 그 거대함과 문학적 역량을 획득한다. 그 거대함과 무게, 역사에의 우리 민족 특유의 부채의식에 눌려 『해란강아 말하라』는 그 문학사적 의의에도 불구하고 정작 연구자들로부터 외면당해왔다. 그러나 『격정시대』가 김학철의 절대적 체험으로서의 의용군 체험의 회상과 형상화이고, 그의 작가적 역량의 정점을 이룬 것이라면, 『해란강아 말하라』는 김학철이, 중국 연변이라는 역사적인 공간에 중국 조선족의 제1세대의 작가로 정착하게 한 첫 출발이라는데 그 의의가 있을 터이다. 또한 김학철의 소설 창작이 『20세기의 신화』를 거쳐 『격정시대』에까지 이를 수 있게 한, 김학철 그 특유의 창작방법, 작가적 개성과 진실성, 문학의식을 증명하는 최초의 실험이었던 셈이다. 여기에서 그의 특유의 열린, 탈정형화, 개방된 서사구조에로의 지향과 닫힌, 정형화된 서사구조에로의 예속을 위한 작위적인 노력이 격렬하게 부딪친다.

다른 하나는 단일한 시각과 잣대에 의한 것이다. 그것은 전통 리얼리즘적 시각과 잣대에 의한 것으로서 인물성격발전의 불분명 등으로부터 작품의 미숙성으로 이어지는 평가이다. 또한 『격정시대』와의 비교로부터 그것을 "김학철의 작품세계와는 좀 외떨어진 작품"이라고 평가하기에 이른다. 또는 작가의 자기 부정적 발언에 동조하면서 그것을 정치와 문학의 일원론적인 작품으로 단순하게 평가함으로써 작품에 구현된 작가의 독특한 창작방법 내지는 내면풍경, 작품이 이루고 있는 예술성을 발견하지 못한다.

이러한 단일한 시각의 조정과 다양한 잣대의 확보에 대하여 강형철은 "그 문제란 해외동포의 작품을 우리 문학의 입장에서 살필 것인가 아니면 해외동포의 해당국가의 관점에서 살필 것인가 하는 것이다. 또한 그동안 방치되었던 문제, 즉 사회주의 혹은 공산주의의 전통수립에 기여한 작품을 어떻게 평가할 것인가 등일 것"7)이라고 문제 제기의 차원에서 이야기 하고 있다. 그러면서 그는 글의 말미에서 이 문제에 대하여 "아무튼 이 소설은 현재 우리가 완벽하게 소화해내기엔 어려움이 있다. 하지만 이 소설 자체로 일제의 가렴주구를 피해 동만주로 이주해야 했던 교포들의 피어린 삶의 현장을 볼 수 있게 한다는 점, 또한 민중의 삶이 어떻게 고양되고 종국에는 어떻게 살아야 옳은 삶인가를 독자에게 신랄하게 추궁한다는 점에서 우리 문학의 귀중한 자산이다"8)고 다양한 시각의 가능성을 시사하고 있다.

강형철은 여기에서 다양한 시각의 확보를 두고 소재의 차원 정도에서 이야기하지만 실제로 이때 시각의 다양함과 새로움은 단순한 소재의 새로움의 차원을 넘어서는 그 무엇이어야 한다. 즉 중국 조선족 문학, 나아가 해외한민족 문학 등 우리 민족문학사의 연장으로 되고 있는 민족문학의 한 구성부분을 정당하게 평가하고 우리 민족문학사 속으로 올바르게 자리매김할 수 있는 다양하고 참신한 시각이 필요하다.

이 글에서는 그러므로 여태 연구자들에 의해 외면당했던 『해란강아 말하라』에 구현된 김학철의 창작방법을 구명해볼 것이며, 정치와 문학이 결합되어야 할 때 나타나는 김학철 특유의 작가적 선택에 대하여 살펴볼 것이다. 제도의 강유력한 지도 혹은 국가이념과 결합 내지는

---

7) 강형철, 「해란강아 말하라」, 『월간경향』, 1988. 9, p.386.
8) 강형철, 위의 글, p.388.

융합을 전제로 하는 중국 조선족 소설 특유의 사회주의적·국가적이면서도 또한 지칠 줄 모르는 민족문학에로의 끈질긴 모색과 탐구의 궤적을 추적해볼 것이다. 나아가 이것을 해외한민족 문학의 창작방법의 일환으로 자리매김 하는 것이 이 논문의 아직은 해결하지 못한, 그러나 앞으로 해결하고자 하는 진정한 과제이다.

2. 김학철과 1950년대 초반의 연변

1) 선택된 역사적인 공간

　1950년대 초반의 연변은 정치적·민족사적·문학사적으로 역사적인 공간이었다. 여기에는 역사적인 시간, 즉 근대사적인 시간의 개념이 녹아있다.

　정치적인 면에서 우리 민족 앞에 절대적인 이미지로 다가선 것이 바로 '8.15' 광복이었다. '8.15' 광복－그것은 연변, 즉 간도를 포함한 만주라는 근대사적인 공간에 살고 있던 우리 민족에게는 심각한 선택의 갈림길에 다름 아니었다. "귀국·귀향인가 아니면 '제2의 고향'이나 다름없는 연변에 그대로 남을 것인가"－그것은 '8.15' 광복이라는 역사적 시점에서 만주의 우리 민족 앞에 놓여진 최대의 과제임에 틀림없었다.

　이 선택의 갈림길 앞에서 '8.15' 광복 직후, 별다른 고민 없이 당연지사로 귀향을 서두른 사람들과 중국 공산당의 이념에 동조할 수 없었던 사람들이 귀국하였고, 대부분은 중국공산당의 정책에 의해 중국인과 동등하게 토지를 분배받고 새 정권 건설에 참가하며 중화인민공화국의 건립과 함께 중국국적을 취득한다. 일본 조선인사회, 구쏘련 고

려인사회, 미국 한인사회와 달리 중국 조선족 사회의 형성은 토지와 많이 연계되어 있다.9)

역사적인 선택의 갈등을 거쳐 연변에 정착을 결심한 우리 민족 앞에 다가선 또 하나의 역사적 과제는 중국 역사에서의 자기 확인이었다. 조선족은 중국 경내에서 형성된 민족이 아니라 조선반도에서 자기 민족 문화를 가지고 중국에 이주한지 불과 반세기 정도 밖에 되지 않은 이주민족이다. 달리 표현하면 '이방인'에 다름 아니다. 만족과 같이 중국 경내에서 형성되어 중국에서 살고 있는 민족이 아니라 자기 민족의 나라, 민족의 주체가 모두 국경밖에 엄연히 존재하는 민족이다. 청조, 중화민국으로부터 '치발역복', '귀화입국'의 강요 또는 권유를 받기고 했고 일본으로부터 일제의 대륙정책에 '이용'당하기도 했던 불안한 민족이다. 그러므로 중국 경내의 한 소수민족으로 살게 되었다는 사실이 분명해졌을 때 중국 역사 속에서의 '자기 확인', 위치 정립은 그 무엇보다도 우선하는 문제가 아닐 수 없었다.10) 이는 한족 문학과 조선족 문학의 소재상의 차이에로 곧바로 이어진다.

선택의 결과는 막바로 새로운 민족사의 시작으로 표명된다. 1950년대 초반은 연변에 남은 우리 민족이 조선인·한국인으로서가 아니라 중국의 한 소수민족의 일원으로 중국사에 편입되는 시작이었다. 1950년대 초반이라는 역사적인 시점에서 연변이라는 역사적인 공간을 선택한 그들에게는 민족보다는 사회주의 조국―중국이라는 개념과 범주가 우위를 차지했고 그것은 절대적인 것이었다. 그만큼 연변에 정착한 우리 민족에게는 조국으로서의 사회주의 중국의 인정과 개념 정립·절대적인 지위의 확립이 절실한 문제였다. 어쩌면 그것은 선택의 갈등을

---

9) 조일남, 「중국 조선족 장편소설 발전개요」(1), 『문학과예술』, 2001년 제2호, p.142 참조.
10) 조일남, 위의 글, pp.143~144 참조.

겪고 남은 이들에겐 당연한 귀결이었는지도 모른다. 그만큼 그들에겐 현실과 미래의 삶의 터전―제2의 고향의 건설과 확립이 절실한 문제로 다가섰다. 어쩌면 그들에게는 그것이 제2의 고향이 아니라 제1의 고향―절대적인 삶의 공간으로서의 현실적인 고향이었는지도 모른다. 고향에로의 회귀는 '8.15'의 선택에서 이미 포기한 부분이었다. 그들에겐 현재적 삶의 공간과 앞으로의 삶의 터전이 무엇보다 우선하는 현실적인 문제였고 중요한 문제였다.

새로운 민족사의 시작은 또한 새로운 민족 문학사의 출발이기도 했다. 그러나 재중조선인 문단의 변동은 재중조선인의 귀국상황과는 선명한 대조를 이룬다. 귀향의 열기와 함께 작가 층의 교체가 이루어졌다. 광복 전 재중 조선인문단의 성과로 되는 『만주시인집』(1943), 『재만조선인시인집』(1942), 재만조선인소설집인 『싹트는 대지』(1942년)에 작품을 실은 시인, 작가 25명 거의 대부분이 광복 후 조선 남반부 또는 북반부로 귀국하였다. 사실 중국에서 조선반도 문학권으로 민족문학을 하였던 그들로 말하면 그것은 너무나도 자연스러운 귀결이 된다. 또 일제의 만주국이 허용하는 지면을 통하여 작품 활동을 하였던 그들로 말하면 새로 세워진 공산당정권은 그들과 무관한 존재였던 것이다. 일제가 패망하기 전에 만주지역에서 활동하던 기성 문인들 중의 김창걸과 리욱을 제외하고는 모두 중국공산당의 영향 하에 있던 작가들로 초기 중국 조선족 문단이 이루어진다.11) 과거 문학에 대한 논쟁도 별로 없이 지어 거의 무시한 채, 만주조선인문단으로부터 중국 조선족 문단으로의 이행이 막바로 이루어진다. 그리하여 조선반도 문학이 아닌, 중국 문학과도 구별되는 중국 조선족의 문학이 시작된다.

이때 중국 조선족 문학과 중국 주체민족으로서 한족 문학의 가장

---

11) 리광일, 「해방후 조선족 소설문학 연구」, 연변대학 박사학위논문, 2002. 조일남, 「중국 조선족 장편소설 발전 개요」, 『문학과예술』, 2001년 제2호, pp.142~143 참조

표층에 떠오른 차이는 소재의 차이었다. 중국에서 해방이란 '8.15'를 통한 민족해방만이 아니다. 그것은 반제반봉건사회에서의 탈출을 의미하는바 그 속에는 생산력의 해방이 중요한 의미로 포괄된다. 중국은 당시 전근대적인 낙후한 농업국이었으므로 생산력의 해방은 곧 토지의 재분배, 즉 토지 개혁과 직결되는 것이었다. 해방전쟁 중에 중국공산당이 토지개혁을 병행한 점을 놓고 봐도 당시의 중국에서 토지의 중요성을 알 수 있다. 실제로 토지문제는 시종여일하게 민주주의혁명을 수행하는 과정에 결의된 중국공산당의 각종 정책의 중심부에 자리하고 있었다. 당연히 한족 문학의 주된 소재는 토지였다. 이와는 반대로 당시의 조선족 문학에는 토지의 문제가 중요한 관심사로 부각되지 않고 있다. 간도의 비옥한 땅을 바라고 그 무시무시한 월강도 목숨 걸고 한 우리 민족에게 땅이 소중하지 않았을 수는 없다. 어쩌면 땅에 대한 기대가 중국의 다른 민족에 비해 더 절실했는지도 모른다. 신중한 검토를 거쳐야 하겠지만 귀향을 포기하고 연변에 정착한 중요한 이유 중의 하나가 어쩌면 중국 공산당의 토지 개혁 정책이 아니었을까. 그런데도 조선족 문학이 토지 문제를 외면했다는 것은 그 토지보다 더 절박한 문제가 있었음을 말해주는 단적인 증거일터다. 그 토지보다 절박한 문제란 다름 아닌 중국 역사에로의 안전하고 원만한 편입의 일환으로 진행된 '자기 확인'이었을 터.

2) 이상과 현실이 합치되는 운명적인 공간

김학철은 교체된 작가 층의 새로운 일원으로 1952년, 연변이라는 역사적인 공간에 합류한다. "이미 그전에 연변조선족의 해방투쟁사는 종결되었고 그는 조선의용군 출신이라는 또 다른 개인사를 지닌 채 그 역사의 끄트머리에 접합되었던 것이"12)다.

그렇다면 1950년대 초반의 연변이라는 역사적인 공간이 김학철에게 가지는 의미는 무엇인가. 그것은 곧 이상과 현실이 합치되는 운명적인 (행복한) 공간, 선택이 생략된 운명적인 공간이었다. 남과 북 어디서도 수용될 수 없었던, 몸 붙일 수 없었던(그것은 곧 그의 전우들인 의용군전사들 모두의 역사적·민족사적 운명이기도 했다) 김학철에게 연변은 곧 새로운 고향, 삶의 터전에 다름 아니었다. 선택이 생략된 운명적인 공간, 즉 현실적인 삶을 도모해야 하는 유일무이한 공간이었다. '8.15'의 선택의 갈등을 겪고 정착을 선택한 사람들과는 다른 차원의, 비교도 되지 않을 만큼의 절실하고 절대적인 선택이었고 유일한 현실적 삶의 공간이자 고향의 이미지였다. 조선의용군 출신으로 연변 조선족 해방투쟁사가 종결된 1952년이라는 시점에 연변에 정착한 그에게 있어 연변은 미지의 세계였지만 그것은 또한 이상과 현실이 합치되는 행복한 공간이었다. 남한과 북한에서 이상과 현실의 괴리로 억눌렸던 정열이 일시에 폭발하였다. 이러한 폭발은 곧바로 왕성한 창작으로 이어지는데 이때의 창작은 우리 민족이 중국 조선족으로 중국 역사에 원만하게 편입하기 위한 염원을 대변하였다. 그것은 또 중국 공산당 측의 요구이기도 했는데 새 중국 창건 후 통일된 다민족 국가를 건설해야 하는 역사적 과제를 안고 있는 중국공산당으로 보면 너무나 자연스러운 것이었다. 연변 조선족의 염원과 중국공산당의 요구의 합일점의 확보─이것이야말로 1950년대 초반의 연변이라는 역사적인 공간에서 연변의 투쟁사와는 동떨어진 조선의용군 출신의 작가 김학철이 획득한 정치적 감각이었다.

---

12) 김명인, 「어느 혁명적 낙관주의자의 초상」, 『창작과비평』, 2002년 봄호, p.244.

3. 『해란강아 말하라』를 지탱하는 두 기둥

『해란강아 말하라』를 바라보는 시각은 대체로 다음과 같은 두 가지로 엇갈린다. 그 하나는 '전형적인 사회주의 리얼리즘 서사'로 보는 것인데 김명인은 이런 정형적인 서사구조를 두고 '김학철을 가둔 김학철 소설'13)이라고 표현하고 있다. 다른 하나는 '다큐멘터리식'14) 문학방식이라는 것인데 이는 전통적인 사회주의 리얼리즘 소설의 잣대로 보았을 때 어긋나는 양식적 특징, 일탈의 특징에 대한 발견을 의미하는 것이다. 이 두 엇갈리는 시각은 기본적으로 정형화와 탈 정형화의 논쟁이라고 볼 수 있는데 그것은 이 소설을 지탱하는 두 기둥으로 말미암은 것이다.

1) 닫힌 세계에로의 예속을 위한 작위적 노력

김학철의 『해란강아 말하라』는 거시적인 시각에서 볼 때 즉 작품의 표면을 싸고 있는 외적인 틀이라는 각도에서 볼 때 '전형적인 사회주의 리얼리즘 소설'임에는 틀림없다. 이 소설은 전통적인 리얼리즘 소설이 지니고 있는 정형적인 짜임과 엄격하게 통제된 서사구조를 가지고 있다. 김명인은 "한마디로 말해 이 작품은 식민지시대 이래의 우리 장편소설적 전통에 잘 어울리는 규범적 작품이지만, 김학철의 작품세계에서는 좀 외떨어진 작품이라고 할"15)수 있다고 지적하였다.

---

13) 김명인, 위의 글, p.241.
14) 조일남, 위의 글, p.144.
15) 김명인, 위의 글, p.242.

이 작품은 대체로 무리없이 하나의 서사적 완결성을 지닌 채 연변조선족의 반제반봉건투쟁의 전통을 형상화하고 있다. 등장하는 여러 인물들의 형상도 각각의 계급적 전형성을 비교적 선명하게 구현하고 있다. 말 그대로 교과서적이고 규범적인 작품이다.16)

소설의 구조나 짜임을 논하기에 앞서 말해둘 것은 소설을 가장 리얼리즘적이게 할 수 있는 것은 작중인물이 자아의 이상적 세계를 향한 완성과 성장을 위하여 대결하지 않으면 안 되는 객관적 세계에 대한 진실하고도 예술적인 형상화이다. 김윤식은 이것을 문학론 범주 상에서의 '모사적 범주'에 속한다고 하면서 리얼리즘은 '모사론 범주'17)라고 서술하고 있다. 이러한 객관적 세계에 대한 진실한 모사는 소설의 구조를 리얼리즘적이게 할 수 있는 내적 힘이다. 그런 면에서 『해란강아 말하라』는 리얼리즘 소설의 모사적 진실성을 획득하고 있으며 그 내적인 진실성의 힘에 의해 정형화된 리얼리즘 소설의 구조를 형성하고 있다.

소설은 동만주 간도지방을 흐르고 있는 해란강 유역에서 반봉건투쟁과 반제투쟁(항일투쟁)이 교차하던 1931년 가을부터 1932년 겨울까지의 조선인 이주자들의 인민투쟁사라고 할 수 있다. 『조선족략사』에는 이 시기의 시대배경이 다음과 같이 서술되어 있다.

동만전역이 그러하듯이 32년 늦은 봄에서 겨울에 걸치여 해란강일대의 농민들도 역시 암담한 검정구름의 그늘아래서 세월을 보내였다. 일제는 '9.18' 사변후 저들의 식민지화음모와 파쑈적통치로 하여 야기된 여러 민족 인민들의 반일정서와 반항투쟁을 탄압하기 위해 혈안이 되여 날뛰였다. 인민들의 애국의식과 반항투쟁은 반동의 선불맞은 고조기를 휘몰아온것이었다. 일제는 저들의 식민지통치를 하루속히 실현하기 위해 중

---

16) 김명인, 위의 글, p.243.
17) 김윤식, 『한국 현대 현실주의 소설 연구』, 문학과지성사, 1990. p.372.

국공산당의 손길이 인민들속에 확고한 신심과 신념을 키워주기 전에 그 싹을 베여버리려 시도하였다. 1932년 한해에만도 일제는 연변에서 4천여명의 군중을 학살하였다. 1932년 봄부터 1933년 사이에 일제는 연길현 해란구에 대해 선후로 94차의 <토벌>을 발동하고 1천 7백여명의 혁명자와 백성들을 살해하여 피로 물든 <해란강대참안>을 빚어내였다.18)

『해란강아 말하라』의 서사골격은 『조선족략사』의 내용과 거의 일치한바, 1927년 중국공산당 만주성 임시위원회, 1929년 동만구위원회가 성립되고, 이어 1930년 「전만농민투쟁강령」이 만들어지면서 동만주 일대에 '붉은 5월투쟁'이 벌어져 일제와 악질지주들에게 심대한 타격을 입히는 등 강력한 반제반봉건투쟁이 전개되던 일련의 실제 역사의 과정이 소설 속에 형상화 되고 있다.19) 김학철도 소설의 머리말에서 소설이 역사적 진실에 뿌리를 두고 있음을 다음과 같이 지적하고 있다.

> 내가 한 일이란 오직 허다한 자유를 사랑하는 사람들에 의하여, 심지어는 그것을 위하여 자기의 귀중한 생명까지를 내바친 선열들에 의하여 이미 엮어진 역사 사실을, 그도 극히 적은 일부분을 추려내여 정리하여 알기 쉽게 하였음에 불과합니다.20)

이러한 역사에 대한 무사적 진실의 힘에 의하여 소설은 주로 다음과 같이 그 정형적이고 엄격하게 통제된 서사구조를 구축하고 있다.

소설의 세계는 주로 연변 연길현(지금은 용정시로 개칭) 해란구 버드나뭇골을 중심으로 한 해란강 양안의 조선인 마을들과 국자가, 마반산, 화련—네 개의 공간에서 이루어진다. 버드나뭇골을 중심으로 한 해란강 양안의 조선인 마을들은 지주와 머슴을 비롯한 소작인들의 대결의

---

18) 『조선족략사』, pp.100~101.
19) 연변조선족 자치주개황 집필소조, 『중국의 우리민족』, 한울, 1988. pp.65~66.
20) 김학철, 『해란강아 말하라』, 풀빛, 1988. 「머리말」에서.

공간이다. 대결은 주로 버드나뭇골에서 이루어진다. 국자가는 일본 영사관이 자리한 곳으로서 이 소설에서 그곳은 일본제국주의 세력의 상징에 다름 아니다. 마반산은 중국의 공안분주소가 자리한 곳으로서 그곳은 중국의 구 군벌 세력을 상징한다. 화련은 버드나뭇골을 비롯한 해란강 양안 마을들의 농협 책임자들이 투쟁 상황을 회보하고 새로운 임무를 전달받는 공간이다. 그곳은 중공 동만 특별위원회 위원이며 중국인 공산당원 장극민이 있는 공간이다. 한영수들의 모든 활동과 투쟁은 화련의 구체적인 영도와 지시를 받으며 그들에게 화련은 정치적인 고향의 이미지이다. 즉 그곳은 중국 공산당의 영도에 필적하는 이미지를 지니고 있다. 이 네 물리적이면서도 역사적인 공간은 버드나뭇골과 국자가 일본 영사관이 대결하고 있는 중간에 마반산 공안분주소가 자리하고 있으며 이 공안분주소는 상황에 따라서 투쟁적이 될 수도 있고 일제와 결탁 내지는 타협을 할 수 있는 양면성을 지니고 있다. 그 바깥에 화련이 존재하고 있는데 화련은 주로 버드나뭇골과 단선적으로 연계를 맺으며 버드나뭇골을 통하여 국자가 일본 제국주의 세력과 간접적으로 부딪친다.

이 네 개의 공간의 중심은 당연히 버드나뭇골이다. 이 네 개의 공간이 부딪치는 곳은 버드나뭇골이며 버드나뭇골에 반제·반봉건 투쟁이 집약된다. 버드나뭇골은 투쟁과 대결의 공간이며 작가는 반제반봉건 투쟁을 버드나뭇골에 축약시켜 형상화하고 있다. 따라서 버드나뭇골에는 자연히 이 소설의 중심 갈등이 자리한다. 버드나뭇골에서는 박승화와 최원갑이를 한 축으로 하는 지주·부농계급과 한영수·임장검이를 한 축으로 하는 농민·소작농계급이 팽팽히 대결한다. 그 사이에 놓인 것이 이른바 '단결할 수 있는 력량'인 김행석이와 머슴 김서방이다. 김행석이와 김서방은 양축으로부터 모두 단결할 수 있는 대상으로 인정받는다. 국자가의 일본 제국주의 세력은 박승화라는 축을 통하여, 화련의 중국 공산당은 한영수·임장검이라는 축을 통하여 버드나뭇골에서 부딪치며 대결한다.

소설에는 또 한영수·임장검이와 한축이었으나 나중에 전향·변질하지 않으면 안 되었던 소자산계급 지식인 김달삼이도 중요한 한 축을 이루고 있다. 김달삼은 소자산계급 지식인의 특징을 한 몸에 체현한 전형적인 인물이다. 그는 처음에는 아버지와 한영수를 비롯한 농민·소작농들 사이에서 갈등하며 소자산계급 지식인의 우유부단함과 나약성을 그대로 드러낸다. 그는 때로는 자기의 이러한 출신을 저주하며 한영수나 장검이의 거칠 것 없는 출신을 부러워하지만 이것은 그의 공명심의 표출이다. 그것은 일시적인 충동으로 소 판 돈을 훔쳐다가 한영수에게 주려다가 결국은 아버지에 대한 동정과 연민에 굴복하고만 사건이나 추수투쟁 중에서 정치에의 지나친 열정으로 단결대상인 아버지—김행석이를 투쟁하는데 선두에 선 사건을 통하여 나타난다. 이런 일련의 사건들에서 김달삼이가 우선 생각한 것은 혁명의 이익이나 승리가 아니라 자기의 출신과 처사에 대한 동지들의 시선이다. 이는 소자산계급 지식인 특유의 출신 콤플렉스에서 오는 것이다. 이 출신 콤플렉스를 이기영의 『고향』의 김희준 같은 인물은 구체적이고 현실적인 투쟁 중에서 극복하고 성장해가지만 김달삼은 그와는 반대로 타락·변질한다. 결국 그는 자의적인 것은 아니었지만 박승화와 혁명계급 사이에서 갈등하다가 박승화의 위협에 굴복하고 만다. 소설의 아래와 같은 부분은 그의 나약함과 혁명에의 투기성을 잘 보여주고 있다.

> 허나 마음속으로 한가지 단단히 결정한 것은 있었다. 그것은 다시 더 변경할 여지 없는, 확고부동한, 거의 신념적인 것이었다.—즉, 천하 없어도 지금은 죽지 못한다.
> 나 하나 죽는대도 이 장밋빛 세상은 큰 변동없이 여전히 재미있고, 유쾌하고 즐거울 것 아닌가!······21)

이와 같이 소설의 인물들은 전통적인 사회주의 리얼리즘 소설의 형상화 원리에, 마르크스주의 혁명이론과 계급이론, 문예이론에 부합되는 원칙에 의해 형상화되어 있다.

또한 소설의 전체적인 구성을 놓고 볼 때, 이 소설의 전반부는 반봉건투쟁으로 주로 박승화를 대표로 하는 지주계급과 한영수·임장검을 대표로 하는 농민계급의 대결이 추수투쟁, 춘황투쟁 등을 통하여 이루어진다. 여기에서 박승화의 성격에 주목할 필요가 있는데 박승화는 중국인 지주의 마름으로서가 아니라 중국인 지주와 같은 계열에 놓이는 그들보다 더 음험하고 지독한 성격으로 형상화되어 있다. 일본제국주의와의 결탁이라는 면에서 보면 박승화는 중국인 지주들에 비해서 더 가증스러운 존재이다. 소설의 후반부는 농민들의 반제투쟁인데 국자가로 표상되는 일본 제국주의와 버드나뭇골 농민들 간의 대결이다. 여기서 대결은 주로 일본 제국주의의 '토벌'에 의해 버드나뭇골에서 이루어진다. 이와 같이 소설은 비교적 엄격하게 통제되고 틀에 짜인 정형적인 서사구조를 지향하고 있는바 이것은 역사적 진실에 대한 김학철의 고도의 책임의식과 사회주의 리얼리즘, 즉 사회주의 사실주의 창작방법에 대한 일관된 고집과 노력[22]의 결과라고 볼 수 있다.

---

21) 김학철, 『해란강아 말하라』하, 풀빛, 1988. p.214~215.
22) 김학철은 「문학도끼리」에서 사회주의 사실주의 창작방법에 대한 자기의 일관된 믿음을 다음과 같이 서술하고 있다. "사회주의적 사실주의란 현실을 그 혁명적 발전속에서 력사적구체성을 가지고 진실하게 묘사하는 원칙을 특징으로 하는, 현대문학예술의 가장 진보적인 창작방법입니다. 동업자 여러분, 저는 시종일관 이 창작방법을 숭상해왔고 또 그에 충실하려고 노력해왔습니다."―김학철, 『천지』, 1988년 제6호.

2) 열린 세계를 향한 탈출의 욕망

비록 작가가 전통 사회주의 리얼리즘 소설의 전형적 구조를 의식하면서 끊임없이 그 정형화된 틀 속에 자신을 가두려고 노력했으나 우리는 소설의 큰 줄기 사이사이로 원줄기를 일탈하려는 강력한 흐름을 감지하게 된다. 이것이 바로 『해란강아 말하라』를 지탱하는 다른 하나의 기둥이다.

소설에는 특정 주인공이 없다. 한영수, 임장검이, 허연하, 그리고 박승화, 최원갑, 화춘이 박서방…… 모두가 그 나름의 서사적 무게를 지니고 작품의 구성에 참가한다. 이 작품은 "그곳의 인민들의 삶의 기록이자 투쟁의 기록이기 때문에 특별한 주인공은 없"다. "모두가 주인공이며 모두가 주인공이 아니기도 하"23)다. 이 특정 주인공의 부재에 대하여 김학철은 『해란강아 말하라』의 「머리말」에서 "그러기에 이 소설을 읽고는 거기서 움직이는 인물들 가운데서 자기 자신을 발견하실 이도 있을 것이고, 자기의 이미 세상 떠나신 아버지와 어머니를, 그리고 형제와 자매를 만나실 이도 있을 것"24)이라고 쓰고 있다.

근대소설의 내적 형식이 "문제적 개인이 자신을 찾아가는 여행"25)이라고 할 때 이 "문제적 개인"의 부재는 곧바로 소설적 구성의 문제에로 직결된다. 그리하여 김학철의 『해란강아 말하라』는 외적 틀로는 크게 사회주의 리얼리즘 소설의 범주에 속하면서도 내적으로는 근대 리얼리즘소설의 범주에서는 어느 정도 일탈된 서사적인 특징들을 체현하고 있다.

『해란강아 말하라』는 플롯의 발전을 "문제적 개인이 자신을 찾아가

---

23) 강형철, 위의 글, pp.386~387.
24) 김학철, 『해란강아 말하라』, 풀빛, 1988. 「머리말」.
25) 루카치/반성완 역, 『소설의 이론』, 심설당, 1989. p.103.

는 여행"의 경로 대신 재치 있는 얘기꾼의 구수한 얘기에 맡기고 있다. 이 소설에서, 근대소설에서의 플롯 형성의 내적인 끈으로 되는 주인공의 성격발전을 대신한 것은 얘기꾼의 얘기이다. 따라서 이 소설에서 얘기꾼은 절대적인 특권을 갖고 있으며 여타의 소설들의 '작중화자'와는 비교될 수도 없는 막강한 역할을 수행한다. 그는 여타의 소설들의 '작중화자'와 같이 '숨김'과 '드러남'을 반복하면서 주인공의 내면에 접근하는 것이 아니라 전적으로 외부에 노출되어 있다. 이러한 얘기꾼의 존재는 외적인 정형화의 틀에서 벗어나려는 서사구조의 강렬한 욕망을 표출하고 있으며 이는 소설의 구조를 이야기, 즉 전통적인 민담의 서사구조에 가까워지게 한다. 이런 점에서 김학철은 '얘기꾼으로서의 소설가'라고 할 수 있다. 이는 발터 벤야민의 문예용어인데 벤야민은 「얘기꾼과 소설가」26)라는 글에서 '이야기'의 전통이 어떻게 오늘날의 시대에 와서 변화를 겪고 있으며 또 이야기와 소설이 상호 어떤 관계를 맺고 있는가를 밝히고 있다. "'니콜라이 레쓰코브의 작품에 관한 고찰'이라는 부제가 붙은 이 작가론에서 벤야민은 과감하게 레쓰코브와 같은 사람을 소설가로 칭한다는 것은 그를 우리들과 보다 가깝게 만드는 것이라기보다는 오히려 그에 대한 우리의 거리감을 더욱 크게 하는 것"27)이라고 하면서 레쓰코브의 얘기꾼으로서의 역량을 긍정하고 그에 대한 새로운 평가를 시도한다.

『해란강아 말하라』의 화자는 외부에 노출된 채, 전지(全知)적 시점을 가지고 과거와 현재, 미래를 자유롭게 넘나들면서 소설의 중간 중

---

26) 물론 발터 벤야민이 '얘기꾼으로서의 소설가'로 높이 평가한 레쓰코브의 작품은 서사구조뿐만 아니라 작품의 소재 자체도 옛날이야기에서 온다. 소재라는 측면에서 벤야민의 '얘기꾼'은 김학철에는 해당이 되지 않지만 서사구조라는 측면에서는 벤야민의 이론에 기댈 수 있을 것으로 본다.

27) 발터 벤야민/반성완 편역, 「얘기꾼과 소설가」, 『발터 벤야민의 문예이론』, 민음사, 1997. p.165.

간에 미래의 일 즉 이야기의 결과를 미리 이야기해준다. 이는 '불확실한 미래'로 나아가는 근대소설에서는 있을 수 없는 서사 특징이다.

연하는 이 날 밤에 누군지도 모르는 그 사람에게서 들은 말을 잊지 않았다.

마음속에 깊이 새겨 가지고 그것을 열다섯 해 후, 자기와 자기의 동지가 버드나뭇골의 진정한 주인으로 되어서 등장하는 날까지, 그리고 자기의 감옥에서 낳은 아들이 자라서 조선 전선에 지원군으로 출정하는 날까지도 잊지 않았다······ 28)

작가는 작품의 도처에서 이렇게 사건의 결과를, 작중인물의 미래의 변화를 미리 서술하고 있으며 여러 인물의 시점으로 자유로이 옮겨가는바 그러므로 김학철은 위대한 '얘기꾼으로서의 소설가'이다. 그는 '위대한 얘기꾼으로서의 모든 소설가'들과 마찬가지로 "마치 사닥다리를 아래위로 오르내리는 것처럼 그들의 경험을 자유자재로 얘기할 수 있"29)다. 발터 벤야민은 화자의 이러한 절대적 특권과 다층위적 시점에 대하여 "아래로는 지구의 내부에까지 이르고 있고, 또 위로는 구름 속으로 사라지는 하나의 사닥다리"에 비유하면서 그것은 "집단적 경험"30)에 의한 것이라고 하고 있다. 김학철에게서 '집단적 경험'은 해란강 양안 인민들의 반제·반봉건투쟁에서의 집단적 경험에 다름 아니다. 이렇게 김학철은 자기의 개인적인 체험의 결여를 "얘기꾼"이라는 매개를 통하여 집단적 경험으로 전환시킴으로써 역사현장에서의 부재로 인한 작가 특유의 성실성에서 오는 불안을 해소하고 역사적 진실성에 바탕하려 한다. 이는 김학철이 평생을 두고 집착해왔던 그의 생애

---

28) 김학철, 『해란강아 말하라』, 풀빛, 1988. p.131.
29) 발터 벤야민, 위의 책, p.186.
30) 발터 벤야민, 위의 책, p.186.

전체를 관통하는 작가적 진실성에 의해 결정된 김학철만이 가질 수 있는 독특한 소설적 형식이다.

이러한 얘기꾼으로의 전환은 『해란강아 말하라』로 하여금 심리적 분석이 배제된 정결하며 간결하게 짜여진 집중적 문체의 특징을 가지게 한다. 실제로 소설 속에는 인물들의 내면이 거의 드러나지 않고 있으며 얘기꾼이 작중인물과는 시종여일하게 일정거리를 확보하는 무감동한 목소리로 작중인물의 내면을 이야기한다. 이때 얘기꾼의 목소리는 외부로부터 작중인물의 내면을 들여다보는 관조적 어조를 띠고 있다. 벤야민은 여기에 대해 "하나의 얘기를 지속적으로 기억하도록 하는 가장 효과적인 방법은 심리적 분석이 배제된 정결하며 간결하게 짜여진 집중적 문체이다. 얘기하는 사람에 의해 미묘한 여러 심리적 진행과정에 대한 묘사가 자연스럽게 포기되면 되어질수록, 그러한 심리적 진행과정이 듣는 사람의 기억에 오래 남게 될 승산은 더욱 커진다"31)고 설명하고 있다. 특정 주인공 대신 집단적 경험에 의존하는 이 소설에서 개인적 경험의 가장 깊은 은밀한 부분인 내면이 제거되는 것은 어쩌면 당연한 것일 터이다.

'얘기꾼'의 도입으로 하여 『해란강아 말하라』에는 군데군데 고전소설의 문투가 드러난다. "거기서 얻어진 결론이란 대체 무엇일건가?"(작품 상 p.215), "운명의 신은 정말로 연하를 밀어버리고 돌보지 않으려는가?"(작품 하 p.163)······ 이 외에도 소설은 많은 부분에서 이런 고전소설의 문투가 나타나는데 이광수의 『무정』에서도 이러한 어투가 나타났던 것을 생각해보면 이런 고전 어투의 도입은 우연한 것은 아니다. 벤야민에 의하면 "사실상 이야기에는 <그리고 나서 어떻게 되었는가?> 하는 물음이 그 정당성을 잃게 되는 적은 한번도 없"32)다.

---

31) 발터 벤야민, 위의 책, p.174.
32) 벤야민, 위의 책, p.184.

작품에서는 또 사건들이 장면화가 되면서 동일한 무게를 갖고 에피소드 식으로 연결되는 데 이 역시 이야기의 특징에 의한 것이다. 그러므로 작품에는 '핵사건'과 '주변사건'[33]의 구별이 드러나지 않으며 플롯은 전통적인 '사건해결'의 논리를 따라 가면서도 그 전통에서 탈피하려는 탈전통적 플롯의 역동성을 보여준다. 거시적인 구조에서 작품은 전통적인 플롯의 구성원리에 따라 '사건해결'에 주목하지만 내적으로는 사건의 장면화에 더 역점을 두며 '해결하는 플롯'보다는 '드러내는 플롯'[34]을 지향한다. 『해란강아 말하라』에서 이러한 사건의 장면화와 에피소드 식으로 연결되는 '드러내는 플롯'에 대한 잠정적인 지향은 80년대의 『항전별곡』이나 『격정시대』에 이르면 완전히 전통적인 플롯에서 탈피한 무정형적인 플롯의 전면적인 형성을 보여주는 데 이것은 절대적인 체험 형상화의 직접성[35]의 원리에 의한 것이다. 김학철의 "개인적 경험이 투사될 여지가 없었"[36]던 것은 작품의 플롯을 전통과 탈전통 사이에 위치지운 근본적인 원인인바 이것은 곧 그의 작가적 진실성의 표출이다.

---

33) 채트먼은 서사적 사건을 크게 핵사건(kernels)과 주변사건(satellites)으로 나눈다. 핵사건은 사건들에 의해 취해진 방향으로 문제들을 발생시키는 서사적 계기들이며, 서사적 논리를 파괴하지 않고서는 제거될 수 없다. 이에 비해 주변사건은 그리 중요하지 않은 사건이며, 그것이 제거 될 경우 그 서사물이 미학적으로 빈약해질지라도 플롯의 논리를 혼란시키지는 않는다.―S·채트먼/한용환 옮김, 『이야기와 談論』, 고려원, 1990. p.69~72 참조.

34) S·채트먼/한용환 옮김, 위의 책, p.61~62.

35) 이해영, 「1940年代 延安 體驗 形象化 硏究―『항전별곡』, 『연안행』, 『노마만리』를 중심으로」, 한신대학교 석사논문, 2000, p.70.

36) 김명인, 위의 글, p.243.

4. 정치적 감각과 작가적 진실이 부딪친 자리

『해란강아 말하라』는 정형화된 외적 틀과 그 정형화에서 탈출하려는 움직임이 부딪치는 역동적인 구조를 갖고 있다. 이러한 역동적인 구조는 작가의 정치적 감각과 작가적 진실의 충돌을 의미하는바, 이러한 작가의 정치적 감각과 작가적 진실이 부딪친 자리에 김학철의『해란강아 말하라』가 놓여있다. 이것은 작품의 형상화의 원리이자 창작방법의 문제이다.

작가의 정치적 감각에 대해서는 앞에서 비교적 자세히 다루었는바 그것은 바로 작가적 이상과 현실이 합치되는 공간으로의 이상적인 편입에 의한 것으로서 「머리말」로 표상되는 작품의 창작동기에 잘 드러나 있다.

중국 공산당은 오늘에 와서 비로소 연변 인민의 생활을 관심하고, 그를 이끌어 번영한 내일을 맞이하게 하는 것이 아니라, 벌써 오랜 예전부터, 쪽박을 차고 고향을 쫓겨난 우리의 선대들이 두만강을 건너서 이 땅에 흘러들어오던 그때부터 자기의 뜨거운 관심을 의지가지 없는 그들에게 기울였던 것입니다.

그러기에 이 소설에도 기록된 간도 인민의 투쟁의 역사는 즉 중국 공산당의 투쟁의 역사인 것입니다.

그러기에 이 소설 가운데서 활약하는 인물들은, 우리가 익히 알고 우리가 사랑하는 영웅들은 그 모두가 다 중국 공산당에 의하여 배양된 우리의 겨레인 것입니다.[37]

이러한 정치적 감각은 반우파투쟁과, 문화대혁명 등 정치적 풍파를

---

37) 김학철, 『해란강아 말하라』 상, 「머리말」에서.

겪으면서 회의와 부정으로 이르게 되는데 그것은 자서전『최후의 분대
장』에 잘 나타나있다.

> 한데 어이없게도 그 '반당·반사회주의의 독초'라고 두들겨맞은 나의
> 작품들은 다 당선전부의 검열과 삭제·개작을 거쳐서 발표를 한 것들이
> 었다.
>   그 한 예를 든다면―
>   '칠순이 넘으신 할아버지가 손자를 앞세우고 공원을 찾는 모습은 보기
> 에도 흐뭇하다'
>   나의 소설의 이 구절을 읽어본 선전부장이 대번에 눈살을 찌푸렸다.
>   "이거 안 좋아요. 칠순이 넘었다고 놀러 다니기나 하면 어떡해요. 일
> 은 안 하고."
>   "칠순이 넘으신 할아버지가 날마다 논밭에 나가 일을 하는 모습은 보
> 기에도 흐뭇하다. 이렇게 고쳐야 해요."
>   나의 그 '반당·반사회주의의 독초'들은 다 이런 식으로 봉명(奉命)개
> 작을 해가지고 발표를 한 것들이었다.38)

이러한 회의와 부정으로 인한 정치적 감각의 상실은 곧 작가적 진
실의 전면적인 확대를 가져오는데 이때의 작가적 진실이란 곧 해방공
간으로까지 소급되는 소박성·진실성이다. 이것은 해방공간에서 문학
가동맹 기관지『분학』에 발표한 「담배국」을 비롯하여 10편의 작품과
그에 대한 기성문단의 평론이 이를 잘 보여준다. "김학철씨의 경우에서
보는 바 새로운 소재의 제공이 아무러한 질적 기여를 가져오지 못한
것"39)이라고 한 김남천의 지적은 유의할 필요가 있다. 해방공간에서
이러한 지적을 받은 기성작가로는 또한 유일하게 구주탄광으로 징용되
었다가 귀국한 안회남인데 그의 작품군 「쌀」·「말」·「섬」·「소」·「도

---

38) 김학철, 『최후의 분대장』, 위의 책, p.358.
39) 김남천, 「창조적 사업의 진전을 위하여」, 『문학』, 창간호, p.142.

조이야기」에 대하여 김남천은 "광부생활의 극명한 리얼리티와 작가의 정신적 체험의 심오한 면"이 빠졌기 때문에 박진성의 상실과 리얼리티의 거세를 가져왔다[40]고 비판했다. 김윤식은 해방공간에서 김학철과 안회남의 낙천성은 쌍형[41]이라고 하면서 안회남에 대한 김남천의 비판이 그대로 김학철의 경우에도 해당됨을 암시하였다. 여기서 "새로운 소재의 제공이 아무러한 질적 기여를 가져오지 못했다"는 김남천의 지적은 "붓을 가지고 현실을 재구성하는 어려운 사업"[42]의 결여를 의미한다.

김윤식은 김남천의 이러한 지적은 "곧 안회남·김학철의 해방공간에서의 작가적 성장여부에 대한 방향성을 제시하였"는바 그것은 곧 "문학을 현실의 재구성이라는, 이른바 엄숙성·과학성의 차원으로 인식하는 쪽으로 나아가야 하는 길"이라고 하면서 그 증거로 안회남이 「폭풍의 역사」에로 나아간 것을 들고 있다. 그러나 김학철은 이러한 변신을 할 수 없었다. 김윤식은 여기에 대하여 "어째서 그는 그 소박성·낙천성에서 스스로 성장 변신할 수 없었는가 라는 물음은 어째서 그만이 항일 빨치산문학이라는 새로운 계보로 80년대 우리 문학사에 크게 떠오를 수 있었는가 라는 물음과 분리될 수 없"[43]는 것이라고 하면서 그의 이후의 문학사적 궤적을 일축한다. 이는 『항전별곡』·『격정시대』를 통해 보여준 김학철의 문학적 역량과 두 작품이 우리 문학사의 양식적 측면에서 새로운 지평을 열어놓은 것에 대한 평가일 것이다.

이런 의미에서 『해란강아 말하라』는 '중국 공산당이 영도하는 1950년대 초반의 연변'이라는 정치적 감각과 소박성·낙천성으로 표상되는 특유의 작가적 진실―두 기둥을 모두 아우르면서 "현실에 대한 재구성"

---

40) 김남천, 위의 글, p.141.
41) 김윤식, 「항일 빨치산문학의 기원 : 김학철론」, 『실천문학』, 1988년 겨울호, p.402.
42) 김남천, 위의 글, p.142.
43) 김윤식, 위의 글, p.405.

이라는 작가적 성장과 변신을 시도한 김학철의 첫 실험이자 마지막 실험이었다고 할 수 있다. 이 실험의 성공여부를 이 자리에서 거론하는 것은 현실적으로 별 의미가 없을 것이다. 정치적 감각의 상실과 더불어 김학철은 『격정시대』에서 그의 평생을 두고 고집해온 다른 한 기둥인 작가적 진실에 기초한 특유의 양식적 특징과 개방된 서사구조를 유감없이 펼쳐 보인다.

5. 양심과 성실의 선택

글을 마치면서 김학철 선생이 작고 시 남기신 말씀을 적어본다. "편안하게 살려거든 불의(不義)를 외면하라, 그러나 사람답게 살려거든 그것에 저항하라!" 어쩌면 이것이 그의 생애에 그 준엄한 시련과 풍파를 가져다준, 그러나 의용군의 최후의 분대장으로서 그가 선택하지 않으면 안 되었던 양심과 성실성이었을 것이다. 단지 '양심과 성실'이라고 표현하기에는 기의에 비해 기표가 너무 작은 듯한 느낌이다. 김학철—그야말로 평생을 세계와 대결하면서 공산주의라는 마음의 고향을 향해 지칠 줄 모르고 나아간 '세계사적 개인'인 것이다.

▌제 2 부 참고문헌

1. 자　료

김학철, 『해란강아 말하라』, 풀빛, 1988.
김학철, 『격정시대』, 풀빛, 1988.
이정식·한홍구 엮음, 『항전별곡』, 거름, 1986.
김학철, 『최후의 분대장』, 문학과지성사, 1995.

2. 단행본·논문

루카치/반성완 역, 『소설의 이론』, 심설당, 1989.
미하일 바흐찐/전승희 외 옮김, 『장편소설과 민중언어』, 창작과비평사, 1998.
S.채트먼/한용환 옮김, 『이야기와 談論』, 고려원, 1990.
발터 벤야민/반성완 편역, 『발터 벤야민의 문예이론』, 민음사, 1997.
김윤식, 『한국 현대 현실주의 소설 연구』, 문학과지성사, 1990.
연변문학예술연구소 편, 『김학철론』, 흑룡강조선민족출판사, 1990.
김관웅, 「의지의 화신－김학철 옹」, 『도라지』, 2001. 6.
김경선, 「김학철 소설연구」, 『조선민족문학연구』, 흑룡강조선민족출판사, 1999. 10.
김호웅, 「조선의용군 항일투쟁의 예술적기념비」, 『아리랑』 36기, 1989. 7.
김해양, 「마지막 스무하루의 낮과 밤」, 『장백산』, 2001. 6.
이해영, 「1940년대 연안체험 형상화의 양식적 특징1」1·2, 『문학과예술』, 2001년
　　　3·4기.
박충록, 「김학철옹의 잡문의 개성적특색」, 『장백산』 3기, 1999.
＿＿＿, 『김학철 문학연구』, 이화여대 출판부, 1995.
윤윤진, 「주체의식의 확립과 김학철의 후기창작」, 『천지』, 1997. 2.

장정일, 「락천적이고 진취적인 생의 멜로디」, 『문학과예술』, 1987. 1.
조성일, 「사실주의 문학의 한 터닦음 : 연변작가 김학철론」, 『문학사상』 215, 1990. 9
조일남, 「중국조선족장편소설 발전개요」 1·2·3, 『문학과예술』, 2001. 2·3·4.
강형철, 「해란강아 말하라」, 『월간경향』, 1988. 9.
김명인, 「어느 혁명적 낙관주의자의 초상」, 『창작과비평』, 2002년 봄호.
김윤식, 「항일 빨지산문학의 기원 : 김학철론」『실천문학』 12집, 1988. 12.
신경림, 「민중생활사의 복원과 혁명적 낙관주의의 뿌리 : 『격정시대』」, 『창작과비평』
      61집, 1988. 9.
이명숙, 「남북한 합작이 유배시킨 격정의 망명문학 : 연변동포작가 김학철」, 『다리』
      25집, 1989. 11.
이욱연, 「옌뻰, 동아시아의 빛과 그늘」, 『창작과비평』, 2002년 가을호.
이상순, 「김학철 소설연구 : 『격정시대』를 중심으로」, 성신여대 석사학위논문, 1997.
최미옥, 「김학철 산문연구」, 연변대학교 석사논문, 2000. 6.
이해영, 「1940년대 연안 체험 형상화 연구-'항전별곡', '연안행', '노마만리'를 중심으
      로」, 한국 한신대학교 석사논문, 2000. 12.

| 제 3 부 |

1950~1960년대
중국 조선족 장편소설의 두 양상

1950~1960년대 중국 조선족 장편소설의 두 양상

1. 조선족과 초기 문학

1950~1960년대는 광복 직후, 중국 공산당의 영도와 '중공', 즉 중화인민공화국이라는 국가 체제를 승인함으로써 비로소 성립 가능했던 중국 조선족 문단이 중국의 사회주의 건설이라는 국가의 발전방향에 스스로를 맞추어가며 서서히 중국 조선족 문학이라는 하나의 문학적 범주를 형성하고 있던 시기였다. 그러므로 1950~1960년대의 시점에서 중국 조선족의 첫, 두 편의 장편소설이 창작되었음은 결코 가볍게 넘겨 버릴 성질의 것이 아니다. 그것은 광복과 근 10년의 차이를 둔 시점에서 드디어 중국 조선족 문학이 초기의 문학적 성과를 집대성하고 중간 점검해야 할 시기에 이르렀음이다. 이런 맥락에서 1950~1960년대 중국 조선족 장편소설의 두 양상을 살펴보는 일은 그러므로 단절이나 다름없는 만주 조선인 문학과 뚜렷이 구별되는 사회주의 사실주의 문학의 범주로서 중국 조선족 문학의 성격을 구명하고 조선족 문학

사의 전체를 조망하는데 꼭 필요한 단계라고 할 수 있겠다.

2. 사회주의 사실주의 문학의 직접성과 간접성

1945년 '8.15' 광복과 함께 역사적인 선택을 거쳐 중국에 남은 우리 민족에게 있어서 '광복'이란 두 가지 측면에서의 해방을 가리킨다. 그 하나는 일제로부터의 민족 해방을 가리키고 다른 하나는 반제반봉건적 생산관계 속에서의 탈출, 즉 생산력의 해방을 가리킨다. 이때 생산력의 해방이란 곧 '만주 조선인'으로 불리던 우리 민족이 '중국 조선족'으로 새롭게 태어남과 직결되는 것이기도 하다. 광복으로부터 1950년대까지는 중국에 남은 우리 민족이 조선인으로서가 아니라 중국의 한 소수민족의 일원으로 중국사에 편입되는 과정이었다. 갈 자는 가고 남을 자는 남았다. 그것은 자의에 의한 선택이었고[1] 그것을 거쳐 중국에 남은 모든 이들에게 중국 역사 속으로의 편입의 과정은 곧 이상과 현실이 합치되는 공간에 다름 아니었다. 작가들 역시 예외가 아니었는데 새로운 민족사의 시작은 또한 새로운 문학사의 출발이기도 했다.

1) 김학철의 직접성 : 정치적 현실주의

김학철은 교체된 작가층의 새로운 일원으로 1952년, 연변이라는 역사적인 공간에 합류한다. 그렇다면 1950년대 초반의 연변이라는 역사

---

1) 여기에 대해서는 다른 견해도 있는데 이 부분은 졸저『중국 조선족 사회사와 장편소설』(역락, 2006년), pp.51~58을 참조하면 보다 상세히 서술되어 있다.

적인 공간이 김학철에게 가지는 의미는 무엇인가. 그것은 곧 이상과 현실이 합치되는 행복한 공간, 선택이 생략된 운명적인 공간이었다. 남과 북 어디서도 수용될 수 없었던, 몸 붙일 수 없었던(그것은 곧 그의 전우들인 의용군전사들 모두의 역사적·민족사적 운명이기도 했다) 정치적 망명가 김학철에게 연변은 곧 정치적 망명지 이상의 새로운 고향, 삶의 터전에 다름 아니었다. '8.15'의 선택의 갈등을 겪고 정착을 선택한 사람들과는 다른 차원의, 비교도 되지 않을 만큼의 절실하고 절대적인 선택이었고 유일한 현실적 삶의 공간이자 뿌리박고 살아가야 할 고향의 이미지였다.

남한과 북한에서 이상과 현실의 괴리로 억눌렸던 정열이 일시에 폭발하였다. 이러한 폭발은 곧바로 왕성한 창작으로 이어지는데 이때의 창작은 우리 민족이 중국 조선족으로 중국 역사에 원만하게 편입하기 위한 염원을 대변하였다. 그것은 또 중국 공산당 측의 요구이기도 했는데 새 중국 창건 후 통일된 다민족 국가를 건설해야 하는 역사적 과제를 안고 있는 중국 공산당으로 보면 너무나 자연스러운 것이었다. 연변 조선족의 염원과 중국 공산당의 요구의 합일점의 확보―이것이야말로 1950년대 초반의 연변이라는 역사적인 공간에서 연변의 투쟁사와는 동떨어진 조선의용군 출신의 작가 김학철이 획득한 정치적 감각이었다.

『해란강아 말하라』란 무엇인가. 그것은 중국이 막 반식민지 상태에서 벗어나 새로운 사회를 건설해 나가는 와중인 1950년대 초반, 중국혁명의 한 떳떳한 주체임을 자부하는 간도지방 우리 민족의 자랑스런 반제·반봉건투쟁의 역사를 증언하는, 보다 공적인 작업2)의 특징을 지니고 있다. 우리 민족이 지니고 있는, "중국혁명의 한 떳떳한 주체로서

---

2) 풀빛 편집부, 「이 책을 읽는 이들에게」, 『해란강아 말하라』(상), 풀빛, 1988.

의 자부감"이란 무엇인가. 이것이야말로 조선족의 중국 국민으로서의 확실한 자격증에 대한 획득이 아닐 수 없는데, 거기에는 '8.15' 광복 후, 조선족의 중국 선택은 단순히 관념적 수준에서의 이념 선택이 아니라 역사적 필연성에 의한 것이라는 확신이 강하게 자리 잡고 있다.

'만주 조선인'이 '중국 조선족'으로 다시 태어나기, '조선인'이 중국 속의 한 소수민족으로, 즉 중국 역사 속으로 편입하기란 그야말로 민감한 부분이 아닐 수 없었는데, 그것은 그들이 국경을 사이 두고 자기의 모국과 민족의 주체를 갖고 있음과 결코 무관하지 않다. 이 민감한 부분이, 대부분의 조선족 백성들에게는 생리적 수준의 것에 불과했지만 조선족의 지식인들에게는 엄청난 자의식으로 작용하였을 것임에는 틀림없다. 이는 통일된 다민족 국가를 건설해야 하는 역사적 과제를 안고 있는 중국 공산당에게도 중대한 정치적 과제가 아닐 수 없었는데, '만주 조선인'을 '조선 민족'으로, 다시 '조선족'으로 호칭을 바꾸는 과정에서만도 그것에 대한 고도의 중시가 단적으로 보여 진다. 그러므로 연안 시절부터 중국 공산당의 영도와 직접적인 영향 하에 있던 조선의용군 계열의 주덕해, 최채 등이 새로 건설되는 연변 조선민족 자치구의 지도자로 부임함은 당연한 귀결일 것이다. 그들은 연변에서 중국 공산당의 정책을 집행하는 대변인으로서 중국 공산당과 동일한 정치적 감각을 확보해야 했다. 하지만 그들은 기타의 중국 공산당 간부들과 막바로 같아질 수는 없었는데 그 사이에는 '민족간부'라는 이름이 갖고 있는 어떤 이미지와 현실감각이 자리하고 있기 때문이다.

일본의 나가사끼 감옥에서 해방을 맞아 남한으로 귀국하였다가 북한을 거쳐 북경에도 머물렀던 김학철은 연변과는 전혀 무관한 존재였지만 전우들의 권고로 또한 주덕해, 최채 등 전우들의 반연으로 연변에 정착을 결심한다. 김해양 선생이 정리한 김학철의 연보에는 1952년, 즉 그의 나이 36세 때 "주덕해, 최채의 초청으로 연변에 정착"[3]이라고 기록되어있다. 당연히 김학철은 연변의 지도층에 있던 그의 전우들과 동일한 정치감각, 현실감각을 확보할 수 있었다.

실제로 『해란강아 말하라』는 그와 그의 전우들이 1950년대 초반 연변에서 확보하고 있던 정치감각·현실감각의 문학적 실현 형태이다. 그에 의하면 "『해란강아 말하라』는 선전부에서 임무를 맡겨서 쓴"[4]것이고 "정치의무감에서 쓴"것이다. 특히 이 소설의 창작에서 그의 전우이자 당시 연변의 지도자였던 최채의 도움을 김학철이 『해란강아 말하라』의 머리말에 "그리고 특히 이 소설의 초고를 가지고 수십 차의 토론을 피로한 줄도 모르고 같이 하여 주었고, 많은 의견을 제공하여 주었고, 적절한 비평을 가하여 준 최채 동지의 방조를 나는 잊을 수 없읍니다"[5]라고 적고 있어 퍽 인상적이다.

이러한 정치적 감각이야말로 『해란강아 말하라』가 있게 한 원동력인데, 김학철은 이것을 직접성의 형식으로 파악하고 있다. 즉 그는 이상과 현실 사이에 놓인 무수한 매개항을 몰각한 상태에서 막바로 정치적 근원인 중국 공산당의 영도에로 나아간 것이다. 소설의 주인공 한영수, 임장검, 한영옥 등은 우리 민족이 중국으로의 이주와 정착과정에서 겪는 민족적 비애, 좌절감, 위축감 등에 전혀 무감각하며 민족의식보다는 계급적 각성에 훨씬 투철한 인물들이다. 중국 공산당의 영도를 받아들임에 있어서도 직접성의 성격을 강하게 드러낸다. 이는 김학철이 정치적 망명자로서 이주민 체험의 전무함과 결코 무관하지 않다. 한영수네들이 고향에 대해 갖고 있는 생각과 중국 공산당의 영도를 받게 된 과정은 소설에서 다음과 같은 적은 분량으로 서술되고 있다.

---

3) 김해양, 「김학철 연보」, 『조선의용군 최후의 분대장 김학철』, 연변인민출판사, 2002, p.549.
4) 연변문학예술연구소 편, 「김학철선생님과의 문학대화」, 『김학철론』, 흑룡강조선민족출판사, 1990, p.318.
5) 김학철, 『해란강아 말하라』(상)의 머리말, 풀빛, 1988.

영수 오랍누이는 나중 돌아가신 어머니를 여읜 지도 벌써 4, 5년이지만, 어려서부터 받아온 그들 부모네의 영향으로 줄곧 해마다, "명년에 나간다! 명년엔 나간다!"를 외느라고 언제나 궁둥이가 반쯤 떠 있어서, 빤빤한 터전에 나무 한그루 심으려 하지 않다가 작년에야 비로소 울타리 밑에 백양나무 다섯 주와 배나무 다섯 주를 떠다 심고, 거기에 자기들도 뿌럭지를 박고 안착할 결심을 내리었다.

하나 그것은 결코 살림이 전보다 나아져서 그런 것이 아니라(아니, 그것은 도리어 해마다 점점 더 못하여 갔다), 영수의 자라나는 지혜가 정치적 안계를 넓히면서 자기네 부모의 어리석음을 비판할 수 있는 정도에까지 도달한 때문이었다.

그가 묘목을 떠오기 전 여섯 달에, 지하로 자기의 거대한 세포조직을 늘궈 나가던 중국 공산당의 뜨거운 손길이, 이 동네에서 처음으로 그에게—빈한한 젊은 농민인 그에게—뻗어와 닿은 것이다.[6]

여기서 "영수의 자라나는 지혜가 정치적 안계를 넓힘"은 구체적으로 어떤 것인지 나타나 있지 않지만 미루어 짐작해보면 그것은 바로 계급적 각성일 것이다. 이러한 계급적 각성에 의해 그들은 민족적 성격에서 탈피하여 그대로 중국인민의 일원으로 되며 그들에게는 민족적 특징이 전혀 구현되지 않는다. 소설에서는 중국으로 이주한 우리 민족 농민들만이 겪게 되는 특유의 갈등과 자의식이 전부 생략된 상태에서 바로 중국 공산당이 영도하는 중국인민의 거대한 반제반봉건 투쟁사가 펼쳐지며 이를 두고 작가는 "이 소설에도 기록된 간도 인민의 투쟁의 역사는 즉 중국 공산당의 투쟁의 역사"[7]라고 파악하고 있다. 이것이야말로 정치적 현실주의, 즉 직접성이 아닐 수 없는데 이는 작가의 문학 외적 발언이 그대로 작품에 직접적으로 연결되는 기능적 범주에 속한다. 그것은 교육적 기능을 무매개 상태로 발휘하게 되며 루카치는 이

---

6) 김학철, 『해란강아 말하라』(상), 풀빛, 1988, p.22.
7) 김학철, 『해란강아 말하라』(상), 위의 책, 머리말.

런 식의 범주를 과학적 반영론이라 규정하였다.

2) 리근전의 간접성 : 역사적 현실주의

리근전이 가난과 빈궁으로 하여 소학교를 졸업한 채 품팔이와 부역을 하다가 혁명에 뛰어든 것은 1945년 8월, 광복과 함께였다. 이로부터 그가 장편소설 『범바위』를 집필하기 시작한 1958년까지는 무려 13년의 시간이 놓이게 된다. 이 13년이라는 시간은 우리 민족의 한 품팔이꾼 소년이 중국 공산당의 간부로 성장하기 위해 필요한 시간이었고, 또한 『범바위』를 집필하기 위한 작가의 정치적 감각과 현실 감각이 형성되는 시간이었다. 13년 동안 리근전은 선후로 동북민주련군 의용련, 무장공작대원을 거쳐 토지개혁공작대에 참가하였으며 1948년 9월 14일 중국 공산당에 가입하게 된다. 1953년부터 1957년까지 『길림신문』사에 전근되어 1957년까지 선후로 농촌조 조장, 연변주재소 소장, 『연변일보』(한문판) 제1부주필 등 직무를 맡아보면서 문학작품을 번역하고 신문기사, 오체르크, 단편소설 등을 창작하며 습작기를 거친다.

이상에서 보다시피 리근전은 중국 공산당의 간부로서 오랫동안 당무사업에 종사해왔으며 조선족 집거 지구인 연변이 아닌 길림 지구에서 생활해왔다. 중국 공산당 간부로서의 오랜 당무사업은 리근전으로 하여금 중국 공산당의 입장에서 사고하고 행동하는 정치적 감각을 갖게 하였다. 또한 조선어보다 한어가 더 능하고 문자 생활은 부대에 참가하면서 한문으로부터 시작하여 한문으로의 창작까지 나아갔고, 조선족 집거구가 아닌 길림지구에서 한족들과 함께 근무해온 그에게 중국 역사로의 편입은 이념이나 관념의 수준이 아니라 생리적 수준, 체험적 수준의 것이었다. '만주 조선인'이 중국 공산당의 영도 하에 중국 속의 소수민족으로 거듭 태어나기, 즉 중국 인민으로 되기는 다름 아닌 그 자신의 이야기이도 했다.

이러한 정치적 감각, 현실감각을 파악함에 있어서 리근전은 직접성의 간접화 방식을 취하고 있는데 이는 "력사제재의 장편소설은 지나간 해당시대의 재현인 만큼 그 시대현실을 똑똑히 밝혀야 한다고 본다. 본질적인 특징들을 여실히 반영하여야만 시대성이 뚜렷해지고 나아가서 독자들에게 일정한 력사지식을 줄 수 있는 것"[8]이라는 그의 창작 경험에서 뚜렷하게 나타나는 명제이다. 『범바위』에서 직접성의 간접화는 그가 정치와 문학 사이의 매개 항으로서 '광복의 시점에서 조선인의 선택의 갈등과 그 극복'이라는 역사적 현실성을 확보하였음에서 비로소 가능한 것이다. 광복의 시점에서 조선인의 그 '선택의 갈등'이란 무엇인가. 그것은 곧 오랜 기다림 끝에 광복이 되었을 때, 막바로 귀국·귀향을 할 것인가, 아니면 제2의 고향에 그대로 남을 것인가, 그리고 중국에 그대로 남았을 경우 공산당을 따를 것인가 국민당을 따를 것인가 일텐데, 이는 중국 조선족에게는 가장 본질적인 역사성이었으며 '만주 조선인'이 '중국 조선족'으로 거듭 태어나기 위해서는 반드시 겪어야 하는 '통과제의' 같은 것이었음을 이주민 출신의 중국 공산당 간부 리근전이 민감하게 알아차린 결과일 것이다. 이 역사적 현실이 『범바위』의 머리글에서 다음과 같이 펼쳐진다.

> 김치백이는 숱한 풍설들을 얻어들었다. 일본놈들이 투항했으니 다시는 억압받지 않고 태평세월을 보낼 수 있으리라고 기뻐하는 이들이 있는가 하면 국민당이 와서 접수한다면서 세상이 또 어떻게 뒤바뀔지 누가 아느냐고 불안해하는 이들도 있었는데 그것이 전혀 부질없는 근심은 아닌듯

---

8) 리근전, 「시대감과 주제사상—장편소설 『범바위』를 수개하면서」, 『문학과예술』, 1982. 4, p.36.

싶었다. 잘사는 부자들과 토호들은 접수하러 오는 국민당관원들을 맞을 준비를 하느라고 부산을 떨고있었으니 말이다. 일찍이 공산당과 항일련군의 영향을 받은적 있는 사람들은 공산당이 와서 로고대중들을 해방시켜줄것이라고 소문을 돌리기도 했다. 그들은 민주대동맹을 조직하면서 공산당이 하루빨리 길림에 올 것을 고대하고 있었다. 그리고 조선민족이 해방되었고 나라가 독립하여 고국을 되찾았으니 옛고향으로 돌아가야 한다고 말하는 사람들도 있었다⋯⋯ 김치백이는 횡설수설 저마끔 지껄여대는 말에서 대관절 어느 말이 옳고 어느 말이 그른지 도무지 갈피를 잡을 수가 없었다. 그는 일본놈들이 망했으니 어쨌든 세월이 나아지리라고 생각했는데 이처럼 혼란한 판국을 친히 보고는 아주 실망하였으며 앞으로 어떻게 하였으면 좋을지 도무지 궁리가 나지 않았다.9)

이는 봉황산 공사장에서 갑자기 광복을 맞이한 서위자촌의 조선인 농민 김치백이 길림 시가지에서 목격한 '광복의 풍경'이다. 정권 부재기, 즉 정치 공백기의 혼란상이 그대로 나타난다. 광복의 풍경에서 이념은 주로 중국 공산당의 이념, 국민당의 이념, 귀국 등 세 가지로 나뉘어 갈등과 혼선을 빚고 있다. 김치백이 정치 공백기 길림 시가지에서 목격했던 세 가지 이념의 갈등과 혼선은 곧 김치백이 살고 있는 길림지구의 조선인 마을인 서위자촌에 나타난다. 작가는 이러한 혼란한 세월을 미리 암시하면서 1장의 제목을 '시름겨운 세월'로 달고 있다.

서위자촌이란 어떤 마을인가. 그것은 중국인 부재 지주 한몽둥이의 조선인 소작농들이 모여 사는 마을이다. 마을에는 소작농들과 대립되

---

9) 리근전, 『범바위』, 흑룡강조선민족출판사, 1986, pp.2~3.(이 소설의 초판본은 1962년에 출간되었는데 이 책이 텍스트로 하고 있는 1986년판 수정본과 이 초판본 사이에는 많은 차이가 존재한다고 작가 자신이 쓰고 있다. 이는 결국 1962년 당시의 리근전과 1986년 당시의 리근전의 차이, 즉 1962년과 1986년이라는 같지 않은 시점에서의 작가 리근전의 의식의 차이일 텐데 이에 관해서는 졸저 『중국 조선족 사회사와 장편소설』 <역락, 2006>, pp.88~95에서 상세히 살펴보고 있다. 여기서는 편폭의 제한으로 초판본과 수정본의 차이에 대한 검토는 약하기로 한다.)

는 인물로 한몽둥이의 마름이며 조선인 장로인 박화선이 교회에서 예배를 보며 소작농들을 관리하고 있다. 광복과 함께 어느 날 컹컹 개 짖는 소리를 앞세우고 일제의 앞잡이었던 우가 분주소 소장 김달삼과 길창 주식회사 사장 이규동이 박화선이를 찾아온다. 그들은 정일권의 분부를 받들고 대한민국 동북민단 산하 보안대대의 조직을 위하여 박화선을 찾아온다. 이 소위 "조선 사람을 위해 큰 일을 하는" 애국자인 정일권 역시 "일본헌병대의 소좌"였다.

여기까지 오면 모든 게 명백해진다. 작가는 친일파 김달삼을 통하여 광복 전의 역사로 소급해 올라가며 광복의 시점에서 선택의 갈등이란 다름 아닌 이념의 갈등과 선택임을 보여준다. 여기에 대하여 리근전은 「시대감과 주제사상─장편소설『범바위』를 수개하면서」에서 이 소설의 주제는 "우리 조선족인민이 중국공산당의 령도밑에서 민족내부에 숨어있는 반동분자들의 분렬활동을 분쇄하고 민족단결을 강화하여 각 민족의 공동의 적─국민당반동파를 타도하고 자신의 철저한 해방을 맞이하는 것"10)이라고 쓰고 있거니와 이는 중국 공산당 당간부 리근전의 날카로운 정치적 감각과 작가적 역량을 남김없이 보여준다. 이러한 정치적 감각은 해방전쟁과 항미원조라는11) 더욱 큰 역사적 현실성을 획득함으로써 장대한『범바위』의 세계를 이룬다. 리근전의 역사적 현실주의의 뿌리는 조선인 이주민의 중국 선택이라는 문제위에 놓여있으며 이는 중국 조선족의 가장 본질적인 것으로 역사적 현실성을 획득한다.

광복의 시점에서의 선택의 갈등과 이념의 갈등, 해방전쟁 등에 이르는 역사적 현실의 묘사란 바로 '이상과 현실의 합일'이란 명제의 간접성이며 이것은 그것의 직접성과는 현격한 차이를 보여준다. 김학철과 리근전 두 조선족 제1세대 작가의 문학적 궤적은 이처럼 직접성과 간

---

10) 리근전, 「시대감과 주제사상─장편소설『범바위』를 수개하면서」, 위의 글, p.34.
11) 리근전, 위의 글, p.34.

접성의 차이를 빚어놓았다. 리근전의 간접성은 김학철의 직접성의 한
계를 극복함으로써만 가능한 것이었으며 이는 또한 관념에 대한 체험
의 절박함이기도 하다.

3. 관념으로의 소설 쓰기와 체험으로의 소설 쓰기

작품의 성과는 작품의 육체를 이루는 요소들을 작가가 얼마나 절실
히 파악하고 있느냐에 관련된다. 창작이란 어떤 경우에도 작가의 의식
과 함께 체험적 요소를 떠날 수 없는 것이다. 만일 의식만 앞서고 체
험이 모자라거나 없으면 작품은 관념적 수준으로 떨어지게 되며 예술
성을 획득할 수 없다.

1) 조선의용군전사와 연변 항일투쟁사 : 취재 수준의 이해

김학철의 창작의 절대대부분이 그의 체험의 힘에 근거하고 있음은
이미 많은 연구자들에 의해 논의되었다. 상해 임시정부를 향한 탈출,
의열단 참가, 조선의용대 대원, 조선의용군전사로서 태항산 항일근거
지에서의 투쟁, 호가장전투에서의 부상과 포로, 일본 나가사끼 감옥에
서의 수감생활, 그리고 '8.15'를 맞아 석방 등 체험은 김학철에게는 다
른 그 어떤 관념과 의식의 침투를 허락하지 않는 절대성을 띤 체험이
었다. 김학철에게 있어서 이것은 의식의 기억이 아니라 육체의 기억에
의한 것으로서 그것은 육체의 한부분인 왼쪽다리와 맞바꾼 것이다. 그
체험은 잘려나간 왼쪽 다리를 만짐으로써 언제든지 떠올릴 수 있는 육

체의 한부분과도 같은 범주의 것이었다. 서울에서 상해로, 상해에서 오지의 태항산으로, 다시 일본의 감옥, 그리고 서울, 평양, 연변……그의 체험은 그대로 동아시아 근대사와의 격렬한 부딪침이었으며 그것은 개인적 수준의 것을 넘어 민족사적, 현대사적인 공적인 범주의 것으로 승화되었다. 체험 자체의 치열함으로 하여 그의 의식은 체험을 쫓아가는 형국으로 되었다. 체험이 의식에 의한 것으로서가 아니라 의식이 체험을 쫓아가기, 이는 그의 체험의 절대성이다.

조선의용군전사로부터 작가 되기 역시 의식이나 사상적 수준의 것이 아니라 체험적 수준, 생리적 수준의 것이다. 잘려나간 왼쪽 다리의 해골을 눈앞에 두고 그 육체의 훼손으로 어쩔 수 없이 바뀌어져야 할 삶의 방향에 대한 고민, 그 고민의 끝으로서의 작가 되기는 자의의 선택이 아니라 운명적인 선택이었으며 생리적인 범주의 것이었다. 체험에 의한 것이야말로 김학철 고유의 문학적 범주이며 그의 문학은 체험을 그 원천으로 할 때에야만 거대한 문학적 힘을 발휘할 수 있었다.

그러나 『해란강아 말하라』는 그의 이러한 체험적 문학의 세계에서 동떨어진 작품이다. 그것은 태항산과 연변 사이의 거리만큼이나 그의 체험의 세계에서 멀어져있다. 김학철이 연변에 정착한 것은 1952년, "이미 그전에 연변조선족의 해방투쟁사는 종결되었고 그는 조선의용군 출신이라는 또 다른 개인사를 지닌 채 그 역사의 끄트머리에 접합되었던 것이"[12]다. 그러므로 이 작품에는 김학철의 개인적 경험이 투사될 여지가 전혀 없었다. 그만큼 태항산에서의 항일투쟁과 만주에서의 항일투쟁은 공동의 적을 향한 투쟁임에도 불구하고 그 성격과 진행 방법상 완연히 다른 모습이었다. 태항산 근거지는 항일전쟁시기 중국 공산당의 수뇌부가 자리하고 있던 연안 해방구에 속해있었으며 중국 공산

---

12) 김명인, 「어느 혁명적 낙관주의자의 초상」, 『창작과비평』, 2002년 봄호, p.244.

당 수뇌부의 직접적인 영도를 받았고 그 대적투쟁의 성격은 표면에 드러난, 전면적인 것이었다. 그러나 만주는 적 점령구로서 중국 공산당의 수뇌부와는 멀리 떨어져 있었으며 중국 공산당은 간부를 파견하여 만주의 항일 빨치산 투쟁을 지도하였다. 당연히 만주 항일투쟁은 은폐되고 분산된 투쟁이었고 유격전이었다. 만주에서의 지하당 조직의 건립과 지하투쟁, 추수, 춘황 투쟁, 감조감식 투쟁은 태항산 해방구에서는 볼 수 없는 것으로서 조선의용군전사 김학철에게는 대단히 생소하고 낯선 풍경이었다. 『해란강아 말하라』를 집필하기 위한 작가의 취재와 방문 노력에도 불구하고 그것은 한갓 취재의 수준에서 이해될 수밖에 없었으며 관념적 수준에 머무를 수밖에 없었다. 해방된 공간에서 지나간 항일투쟁사에 대한 취재와 그것의 문학적 형상화는 작가의 체험이 전무함으로 하여 소설로서의 예술성을 확보할 수 없었고 이야기의 기록 수준에 머무를 수밖에 없었다. 그것은 작가의 체험 보다는 관념과 의식이 훨씬 앞선 형국이라고 할 수 있다.

『해란강아 말하라』의 또 하나의 결정적인 결락은 김학철의 '중국 탈출'의 성격 문제이다. 알다시피 김학철은 비교적 유족한 외가의 도움으로 서울 보성고보 재학 중 광주 학생 운동, 이재유 탈옥사건 등을 접하여 정치 의식에 눈을 떠가며, 상해 홍구 공원에서의 윤봉길 의사의 거사 소식을 접하고 상해 임시정부를 찾아가기로 결심한다. 집식구들을 속이기 위해 유도복 한 벌을 트렁크에 달랑 넣고 학생복 차림으로 기차를 타고 압록강을 넘은 김학철의 탈출은 그러므로 생계를 위해 고향을 등지고 쪽박 차고 눈물로 두만강을 넘었던 이주민들의 '배수진을 친 이주'와는 본질적으로 다른 것이며 이주민들의 삶은 그에게는 취재 수준의 이해로 될 수밖에 없다. 땅을 찾아 두만강을 넘었고 중국 공산당의 토지개혁 정책을 포함한 여러 가지 정책과 민족적 정책으로 인해 중국을 선택한 조선족의 삶의 의미로서의 역사적 현실성을 그는 확보할 수 없었다. 이상과 현실이 합치되는 공간에서는 체험이 결여된 의식만이 무한히 앞서고 있었다.

2) 이주민과 '8·15'의 선택의 갈림길 : 실제 경험

리근전은 『범바위』에 대하여 "이 소설에 취급된 사건과 소재들은 내 본신이 친히 보고 느끼고 경험한 것"[13]이라고 쓰고 있거니와 이는 리근전의 경력과 무관하지 않다. 리근전은 본명이 리근혁이며 1929년 3월 8일 조선 자강도 자선군 삼풍면 운봉동의 한 빈곤한 농민가정에서 태어났고, 1937년 아홉 살 되던 해 아버지를 따라 조선반도로부터 길림성 서란현 북대촌에 이주하였다. 1945년 8월 일본제국주의가 쫓겨나자 만강의 열정으로 해방을 옹호하였고 혁명에 뛰어들었으며 의용련, 무장공작대, 토지개혁공작대에 참가하였고 1948년 9월 14일 영광스럽게 중국공산당에 가입하였다. 유년기의 이주 체험과 의용련, 무장공작대, 토지개혁공작대에서의 실제 경험은 『범바위』가 있게 한 문학적 원천이다.

『범바위』란 무엇인가. 그것은 바로 서위자촌의 조선인 농민 김치백과 그의 아들 호랑이를 위수로 한 시위자촌의 조선인 백성들이 광복을 맞아 겪는 이념의 혼선과, 귀국과 정착으로 표현되는 이념 선택의 갈등, 그 와중에 중국 공산당의 영도를 받아들이고 그 갈등을 극복해나가는 역사적인 공간에 대한 문학적 형상화이다. 소설에서 '호랑이'로 불리는 김근택은 누구인가. 광복을 맞아 어느 길로 나아갈 것인가로 불안하고 뒤숭숭한 마을을 비밀히 탈출하여 팔로군의 무장공작대에 참가하고 팔로군의 전략적 후퇴 시 무장공작대 대원들과 함께 적후에 남

---

13) 리근전, 위의 글, p.34.

아 서위자촌을 중심으로 국민당 반동파와 박화선, 김달삼 등 민족의 반역자들과 맞서 싸우는 김근택의 성장과정은 작가 리근전의 성장과정과 흡사하다. 리근전의 본명이 리근혁이었음과 광복 후, 그가 의용련, 무장공작대, 토지개혁공작대 등에 참가하였음을 염두에 둔다면 『범바위』의 김근택이야말로 리근전의 자전적 모습임에 틀림이 없다. 광복 후, 의용련, 무장공작대, 토지개혁공작대 등에 참가하였음으로 하여 리근전은 광복의 시점에서 중국 조선족의 선택의 갈등과 그 극복이라는 가장 본질적이고 역사적인 현실을 민감하게 포착할 수 있었으며, 그 대립되는 이념들의 실상과 허실을 꿰뚫고 그것을 민족의 운명에 연결시킬 수 있었다.

리근전은 그 자신의 문학 창작방법에 대하여 "우선 생활에 대한 축적이 많아야겠고 생활에 대한 리해가 깊어야겠다, 다음 생활에 깊이 심입할 뿐 아니라 그 면도 넓어야겠다는 등등 느낌을 자주 갖게 됩니다. 생활에 대한 견식을 넓히기 위해 저는 많은 곳으로 다닙니다"[14]고 쓰고 있거니와 이는 이 작가에게 있어서 창작방법의 핵심이 체험 즉 경험의 형식에 놓여있음을 보여준다. 『범바위』에서 그 경험이란 바로 광복의 시점에서 이주민이 겪는 심각한 선택의 갈등과 그 극복과정이다.

여기까지 오면 『범바위』의 문학적 공간이 조선인 이주민의 대표적인 집거지역인 간도 즉 연변 지역이 아니라 길림 지구의 서위자촌임에 다시 한번 주목할 필요가 있다. 이는 길림 지구에 대한 작가의 익숙함으로 말미암은 것인바 작가의 다음과 같은 고백에서 잘 나타난다. "그 가운데서도 길림지구에 대한 료해가 더 깊습니다. 보통 1년에 몇 번씩 그곳에 가니까요. 물론 내가 연변에 온지는 무척 오래되지만 길림지구에서 자랐고 해방전쟁때 그곳사람들과 생사를 같이해서 그런지 몇십년

---

14) 리근전·김경훈, 대담 「력사를 통한 민족의 넋을」, 『문학과예술』, 1985. 3, p.71.

을 두고 그냥 다녀요…… 이런 작품들에서 지방특색과 풍속세태를 노렸던 것입니다. 이렇게 한곳에 자리잡고 계통적으로 심입하는 것이 우리 민족생활의 력사적 변천과 인민들의 성격발전변화 그리고 그들의 심리변화를 포착하는데 아주 유리하다고 생각됩니다"15)는 고백에서 우리는 길림지구란 리근전에게 어떠한 공간인지를 알 수 있다. 길림지구란 리근전이 '자라난 곳', 즉 삶의 유년기를 보낸 곳이며 해방전쟁 때 생사를 같이한 곳이다. 그러므로 그 곳은 리근전에게 가장 절실한 체험의 공간이며 그것에 대한 문학적 공간화란 다름 아닌 체험의 형상화, 실제 경험으로서의 창작이다. 길림 지구의 문학적 공간화를 통하여 리근전은 "지방적 특색"과 "풍속세태"를 동시에 노림으로써 민족문학의 한 형식을 공고히 하였던 것이다.

4. 소설의 단일성 : 표준어와 중국어 글쓰기

1) 서울 보성고보 출신의 표준어 고집과 함경도 방언에의 무감각

김학철이 언어구사에 치밀함은 이미 정평이 나있는 사실이다. 이때 치밀함은 곧 정확성을 기한다는 것인데 이때 그가 근거로 하고 있는 우리말의 정확성의 잣대랄까 표준이 서울말로 되고 있음은 각별히 유의해야 할 부분이다. 김학철은 수필 「아름다운 우리말」에서 연변식 비표준어 '선생질', '의사질', '동무'…… 등에 대하여 꼬집던 끝에 아래와 같이 고백하고 있어 퍽 인상적이다.

---

15) 리근전·김경훈, 대담, 「력사를 통한 민족의 넋을」, 『문학과예술』, 1985. 3, p.71.

우리 안사람에 대해서도 나는 차차 불만이 커가는중이다…… 시집을 갓 왔을 당시에는 고운 서울말씨로 댕갈댕갈 지껄여서 내 귀에 음악적인 희열을 갖다주던 것이 이제 와선 아주 글러먹었으니까 말이다. 그전에는 내가 저녁때 늦게 돌아오면 의례 고운 서울말씨로

≪진지는요?≫

물으며 부지런히 일어나 행주치마를 두르군 하였었다. 그러던 것이 이 근년에 와서는 그 아름다운 말씨—≪진지≫를 도태하고 시금털털한 말투로

≪식사?…≫

하고…… 이게 그래 현저한 퇴보가 아니고 무어란 말인가!16)

위의 인용문에서 서울말씨가 '고운', '아름다운' 말씨로 되어있고 '고운' 서울말씨란 '내 귀에 음악적 희열을 갖다주던 것'으로 되고 있음에 유의해야 할 필요가 있다. 실제로 김학철은 우리말의 표준을 서울말에 두고 있는데 그는 어느 편집자가 자신의 소설을 편집할 때 "있에요"를 "있어요"로 고쳐놓은 사실을 예로 들면서 "서울방송을 한번 귀담아 들어보라"고 한다. 거기서 "했에요", "있에요"를 쓰는가 안 쓰는가 보라는 것17)이다. 그 외에도 작가는 '아씨', '드난살이' 등 고유의 서울말을 고집한다. 김학철은 함경도 방언으로 대표되는 연변식 말에 대하여 강한 거부감을 갖고 있는데 그 정도가 "세상이 딱 귀찮은 생각까지 들"거나 그렇게 말하는 남자를 보면 "귀싸대기를 한대 갈겨주고싶"18)기까지 하다. 이런 거부감은 서울말에 대한 자의식과 동일선상에 놓인다.

김학철에게 있어서 서울말이란 무엇인가. 그것은 그의 문학창작의 첫 단계, 습작기의 언어이다. 김학철은 1929년 13세 때 서울 외가집 (관훈동 69번지) 도움으로 서울보성고등학교에 입학하였으며 1934년 18

---

16) 김학철, 「아름다운 우리말」, 『태항산록』, 연변인민출판사, 1998, pp.350~351.
17) 김학철, 위의 글, pp.351~352.
18) 김학철, 위의 글, p.350.

세 때 졸업한다. 서울보성고등학교란 무엇인가. 그것은 서울의 전통을 갖춘 명문고등학교로 김학철에게는 자랑과 긍지 그 자체이다. 이 서울보성고등학교에서 김학철은 한때 문학에 미쳤었고 소설 습작도 진행한다. 김학철의 사상의 본격적인 형성기와 문자 생활의 성숙기, 첫 습작기의 언어 환경은 서울, 즉 서울말이다. 그러므로 그에게 있어서 서울말이란 곧 서울 시절, 청소년기, 서울보성고등학교 시절의 의미를 가진다. 중국으로 탈출한 후, 그는 상해, 남경, 태항산 등 중국 관내에서 투쟁에 참가했으므로 그곳에 모인 그의 전우들과만 우리말을 썼고 중국어를 습득하여 중국어가 생활언어의 한 부분으로 되었다. 그러므로 그의 서울말은 그대로 보존될 수 있었다. 해방 직후, 그는 일본 감옥에서 석방되어 서울로 귀국하며 서울에서 조선독립동맹의 간부 자격으로 정치 활동에 참여한다. 또한 작가 되기의 첫 실천으로 10여 편의 단편소설을 창작하여 『신문학』 등 잡지에 발표하며 문학가동맹의 이태준, 김남천, 이원조 등 중견작가, 비평가들을 만나게 된다. 그의 본격적인 습작기 역시 서울, 서울말을 그 환경으로 하고 있었음을 알 수 있다. 그의 부인 역시 인천 태생으로 그는 가정에서 여전히 서울말을 쓸 수 있었다. 이리하여 그는 서울말에 대단한 자의식을 가지게 되었는바 서울말이란 그에게 있어서 곧 청소년기의 기억이며 서울에 대한 막연한 그리움과 향수의 한 표현형태이다. 서울말에 대한 대단한 애착과 고집, '서울말=표준어'라는 그 자의식의 근저에는 그의 정체성이 자리하고 있다.

김학철은 문학작품에서의 서울말과 방언의 관계를 다음과 같이 쓰고 있다.

홍명희선생의 ≪림꺽정≫에서는 전라도기생 계향이도 서울말을 하고 평안도기생 초향이도 서울말을 하고 그리고 서울기생 소홍이도 역시 서울말을 한다(이것은 물론이다). 리기영선생이 그 작품들에서 서울말과 지방의 사투리말을 놀랄만큼 능숙하게 구분하여 구사하는데 비하면 이것은 의론의 여지가 없는 부족점이다. 그렇기는 하지만 ≪림꺽정≫의 인물들이 쓰는 말은 참으로 아름다운 우리 민족의 말—자랑스러운 말이다.19)

위의 인용문에서 김학철은 이기영의 창작에서의 방언의 활용을 높이 평가하고 그에 비해『림꺽정』의 일절 서울말 표현에 대해 "부족점"이라고 평가하고 있거니와 이는 김학철이 문학작품에서 방언이 갖고 있는 표현의 힘을 충분히 알고 있음을 보여준다. 그러면서도 "그렇기는 하지만 ≪림꺽정≫의 인물들이 쓰는 말은 참으로 아름다운 우리 민족의 말—자랑스러운 말"이라고 극구 긍정하는데서 그의 서울말에 대한 강한 자의식을 볼 수 있다.

실제로 그는 창작에서 함경도 방언, 연변말을 일절 사용하지 않으며 서울말, 표준어로 일관되고 있다. 그의 체험적 장편소설『격정시대』가 문학적 형상화에 성공함은 부분적으로 서울말의 부드러움과 풍부함에 힘입었거니와 이는 작가의 서울말에 대한 뛰어난 감각과 자의식으로 말미암은 것임은 이미 알고 있다. 그러나 연변인민의 반제반봉건 투쟁의 형상화인『해란강아 말하라』가 서울말, 표준어로 일관되어있음은 작가의 결정적인 실착이 아닐 수 없는데 우리는 여기서 연변에 정착하여 살아가는 농민들인 한영수, 머슴 임장검, 허연하, 박서방, 박서방댁 등이 모두 표준말을 쓰고 있음을 볼 수 있다. 공부도 하지 못했고 서울과도 멀리 떨어진 간도 벽지에 사는 가난한 농사군의 입에서 나오는 표준말이란 그만큼 현실성이 결여된 것이다. 안수길의『북간도』에서 구사되는 저 억세고 투박하고 강한 함경도 방언을 떠올려보라. 그것이야말로 거친 간도의 이주민들에게 어울리는 개척자의 야성적이고

---

19) 김학철, 위의 글, p.351.

힘찬 언어가 아니던가. 그리하여 풍부한 속담과 관용어구 등의 구사로 인한 김학철의 노력에도 불구하고 『해란강아 말하라』는 언어의 형상성을 확보할 수 없었다. 함경도 방언에 대한 무감각함과, 연변의 문학적 공간화에서 함경도 방언의 거부는 체험의 결여로 인한 김학철의 관념적 오류이며 그것은 소설의 단일성을 초래한다.

2) '표현 원본주의'로서의 글쓰기와 작가의 내면 풍경

작가 리근전이 우리말보다 한어에 더 익숙하고 그의 작품의 대부분이 한어로 창작되었음은 이미 알고 있는 사실이다. 그의 두 편의 장편소설 『범바위』와 『고난의 년대』 역시 한어로 창작된 후, 역자에 의해 번역된 것이다. 강정일은 리근전에 대한 추모문 「손에서 붓을 놓지 않은 작가」에서 다음과 같이 증언하고 있다.

> 세인이 거의 알다싶이 리근전선생은 조선말보담 한어에 능한분이였다. 그러므로 『범바위』 이전의 그의 작품 거의가 한어로 씌여진것이였으며 또 그것으로 문단에 오른것도 사실이다. 『범바위』도 한어로 집필된것이였다. 그것을 어느 역자에게 부탁해서 우리말로 번역한 것이 분명했다…… 리근전선생은 『범바위』 원작이 한어문이였음은 승인했으나 누가 번역했는가 하는 나의 물음에는 시종 대답하지 않았다. 그러므로 지금까지도 나는 그 역자를 누군지 모르고 있다.
>
> ……
>
> 80년대초엽에 드디어 『고난의 년대』상집의 초고가 탈고되자 리근전선생은 나더러 역자를 담당해달라고 청을 들었다…… 사양, 사양하다가 나중에 하는수없이 출판사, 지도부의 동의를 얻고 마침내 역자담당을 응낙하고말았다.[20]

---

20) 강정일, 「손에서 붓을 놓지 않은 작가」, 『장백산』, 1997. 6, pp.14~15.

이 증언은 민족문학의 범주 설정 문제와 연결되며 리근전의 한문 창작이 민족문학으로 존립될 수 있느냐는 대단히 엄숙한 문제를 제기하고 있다. 실제로 중국 조선족 문학을 제외하고 기타 구쏘련 고려인 문학, 재일동포문학 등 해외 민족문학은 대부분이 거주국의 언어로 창작되고 있음도 사실이다. 문학이 언어예술인만큼 민족 언어의 사용을 민족문학 존립의 제1조건으로 삼자는 견해도 많지만 거주국의 언어로 창작된 구쏘련 고려인 문학, 재일동포문학 등이 여태까지 민족문학으로 인정되어왔음도 엄연한 사실이다. 여기에 대해서는 많은 논란이 있으나 김호웅의 견해[21]가 비교적 포괄적이다.

상술한 해외 우리 민족문학의 4대 충족조건가운데 혈통의 동일성을 제외하고는 그 어느 하나가 결여되여도 여전히 해외동포문학으로 간주할 수가 있다고 봅니다. 특히 일본, 미국에 살고있는 제2, 3세대들은 거주국의 언어인 일본어와 영어를 문학창조의 수단으로 리용하고 있습니다. 일본의 경우 재일동포작가 제1세대들까지도 대부분 제2, 3세대 문인들에게 있어서 일본어란 그들이 세상에 태여나서부터 몸에 배인 언어입니다. 따라서 일본어는 외국어지만 벌써 선택한 언어가 아니라 이미 자신의 심정을 표현하는데 있어서 불가피한 언어, 유일하게 자유로운 언어로 되였습니다. 그렇다면 재일동포 제2, 3세대는 일본어세계에 말려들어갈 수밖에 없는 민족의 뿌리 뽑힌 사람들입니까? 결코 그렇지 않다고 생각합니다. 언어란 인간의 민족적 특징을 나타내는 중요한 특징의 하나인 것만은 사실이지만 전부의 특징을 대변하거나 대체할 수 없습니다.

자기 민족의 혈통에 민족적인 가치관을 가지고 민족의 정체성을 찾으려는 노력만 보인다면 여전히 해당 민족에 속하며 해당 민족문학에 속한다고 하겠습니다. 사실 우리는 리혜성이나 리량기의 경우와 같이 일본어로 창작하는 재일동포의 문학에서 오히려 강한 민족의식과 우리 민족의

---

21) 김호웅, 「해외 우리 민족문학의 력사, 현황과 전망」, 국제고려학회 문학부회·연변대학 조선어문학학부 편, 『조선민족문학연구』, 흑룡강조선민족출판사, 1999, pp.12~27.

동질성을 확인하게 됩니다.22)

　김호웅의 이 견해는 일제말기, 일본어 글쓰기에 대한 논쟁을 두고 구카프 서기장 임화가 제기한 표현 원본주의와 동일선상에 놓여있다. 임화는 「말을 의식한다」(『京城日報』, 1939. 8. 16~20)에서 그의 표현 원본주의를 내세우고 있다. 표현 원본주의 내용은 대체로 다음과 같다. 작가란 어떤 경우에도 최선의 언어를 사용한다는 것, 따라서 '좋은 말'이란 자기가 표현하기에 알맞고 타인이 읽기에 알맞은 것이어야 한다. 그렇지 않은 부자연한 말은 좋지 않은 말이다. 창작을 일본어로 할 것이냐 모어인 조선어로 할 것이냐에 대한 논쟁이란 이로 보면 작가에게 있을 수 없다. 어느 쪽이든 자연스럽기만 하면 '좋은 말' 급에 속하기 때문이다. 임화에 의하면 작가의 마음이란 표현에의 의지인데 이는 완벽함과 미를 의욕한다. 이것만이 전부이기에 어떤 정치적 경향성도 앞설 수 없다. 작가의 이런 의지를 충족시킬 수 있는 말은 물을 것도 없이 자연스러운 말이다.23) 물론 임화의 이 표현 원본주의는 일제 말기, 일본어 글쓰기에의 강요라는 외적인 상황에 대응한 발언이지만 '최선의 언어', '자연스러운 말'이란 명제는 오늘날 민족문학의 범주 설정에서 참고로 할 만한 부분이다.

　이제 남은 것은 리근전에게 있어서 제1언어, 즉 '최선의 언어', '자연스러운 말'이란 과연 한어인가를 알아내는 일이다. 여기에 대해서는 리근전의 동시대나 후배 문단인들의 증언도 있지만 그 자신이 다음과 같이 말해 놓고 있어 알아내기가 어렵지 않다.

---

22) 김호웅, 위의 글, p.22.
23) 김윤식, 『일제 말기 한국 작가의 일본어 글쓰기론』, 서울대학교출판부, 2003, pp.78~81 참조.

사회에서 저를 작가라고 하는데 걸어온 길을 돌이켜보면 우연한것임을 생각하게 됩니다. 어린시절, 그러니까 위만때 우리 가정은 몹시 빈한하여 아이들이 학교 다닐 형편이 못됐지요. 그중 제가 학교에 다녔는데 복식반을 꾸리는 농촌소학교에서 전부 일본말로 6년을 배웠습니다. 조선글을 1년밖에 못배우고 한족마을에서 살다나니 한어말은 잘했으나 글을 몰랐지요. 그러다가 해방맞아 혁명에 참가하여 문자를 좀 장악하게 되자…… 24)

위의 인용문에서 보다시피 리근전은 1년 밖에 조선글을 배우지 않았고 한어로 말하기가 더 편하다고 고백하는데 이것은 무엇을 의미하는가. 다시 인용문의 말미에서 "그러다가 해방맞아 혁명에 참가하여 문자를 좀 장악하게 되자"고 고백하는데 이때 장악한 문자가 한어인지 조선어인지 밝히지 않고 있다. 리근전은 "혁명에 참가하여 문자를 좀 장악하자" 문학적 충동을 느껴 통신 등 글쓰기를 시작하는데 그러므로 이때 장악한 문자가 리근전에게는 문학창작의 제1언어, 즉 최선의 언어일 것임은 물론이다. 리근전은 해방 맞아 의용련, 무장공작대, 토지개혁공작대에 참가하며 후에는 길림시에서 당무사업에 종사한다. 이러한 일련의 경력은 리근전이 부대에서 문자를 장악했음을 보여준다. 부대에서 장악한 문자란 무엇인가. 두말할 것도 없이 한어이다. 그러므로 리근전의 문학 창작의 제1언어, 최선의 언어는 한어임을 알 수 있다. 당연히 리근전의 문학은 민족문학이며 민족문학의 범주에서 논할 수 있다.

마지막으로 짚고 넘어갈 것은 한문 창작에 대한 작가 자신의 내면 풍경이다. 내면 풍경이란 작가론·작품론보다 일층 은밀한 또는 섬세한 영역이며 그 섬세함이란 창작에서의 의식과 무의식의 분리점에까지 추구해 들어갈 때 발생하는 것이다. 내면 풍경을 문제 삼는다는 것은

---

24) 리근전·김경훈, 대담, 「력사를 통한 민족의 넋을」, 위의 글, p.70.

문학만이 가진 또는 예술만이 가진 현실에의 환원 불가능한 마음의 내밀한 요소의 작용과 그 작용이 창작의 중요한 요소를 이루고 있다는 전제를 승인할 때 비로소 가능해지는 것이라 할 수 있다. 말을 바꾸면 작가론에서도 빠뜨리는 요소, 작품론에서도 다스리기 어려운 미묘한 삶의 감각적 인식에 관한 것을 포착하고 이를 확대경으로 드러내어, 어떤 의미 단위를 환원해 보이는 것을 두고 이름 지울 수 있는 것이 바로 내면 풍경의 탐구이다. 내면 풍경의 실상은 창작의 원초적 충동에 걸려 있다.[25]

리근전은 생전에 그 어떤 글에서도 『범바위』와 『고난의 년대』가 한문으로 창작된 것이고 조문판은 번역된 것임에 대해 밝히지 않았다. 외려 「시대감과 주제사상－장편소설 『범바위』를 수개하면서」에서는 "장편소설 『범바위』는 1962년에 연변인민출판사에서 출판되였다. 한문판은 금년에 사천민족출판사에서 출판했다. 워낙 한문판은 인민문학출판사에서 출판하게 된 것이다. 헌데 문화대혁명 때 그도 액운을 면하지 못하고 끌려나와 비판을 받다가 끝내 해빛을 보지 못한 채 없어지고 말았다. 그래서 이번에 다시 쓰면서 수개하였다."라고 씀으로써 마치 원 창작이 조선어이고 후에 한어로 번역된 듯한 착각까지 주고 있다. 왜 그는 한문 창작임을 굳이 밝히고 싶지 않았던 것일까. 이 드러나지 않은 부분은 작가의 내면 풍경에 관계되는 부분이다.[26] 이 내면 풍경이 드러나야만 리근전의 글쓰기의 의미가 제대로 밝혀질 수 있다. 이 부분은 과제로 남겨둔다.

---

25) 김윤식, 『한국 현대 현실주의 소설 연구』, 위의 책, p.239.
26) 여기에 대해서는 졸고 『중국 조선족 사회사와 장편소설』(역락, 2006), pp.233~234 에서 상세히 살펴보았다.

5. 조선족 초기 문학의 미학적 가능성

1950~1960년대 중국 조선족 장편소설의 두 양상으로서 김학철의 『해란강아 말하라』와 리근전의 『범바위』는 중국 조선족의 첫·두 편의 장편소설임에도 불구하고 그 문학사적 가치와 역량을 충분히 긍정 받지 못했다. 이는 많이는 소설을 바라보는 우리들의 시각이 다원화와 열린 시기의 이념과 이데올로기의 상대적인 다양성과 가벼움에 너무나 많이 길들여진 탓이라고 하다면 혹 너무 자의적인 판단일까. 그러나 중국이 바야흐로 사회주의 사상을 정비하고 그 전대미문의 정치적 동란인 반우파 투쟁에로 들어가는 그 시대에 과연 얼마만큼의 이념과 이데올로기의 자유와 선택의 공간이 주어졌을까. 어쩌면 그 시대엔 그 정도의 글쓰기가 최대한의 자율성과 용기를 확보한 것인지도 모른다. 한번 동시대인의 시점에서 소설을 읽어본다면 보다 넓은 해석의 공간이 가능해질 것이라고 기대해본다.

█ 제 3 부 참고문헌

1. 자 료

김학철, 『해란강아 말하라』(상·하), 풀빛, 1988.
리근전, 『범바위』, 흑룡강조선민족출판사, 1986.

2. 단행본·논문

김윤식, 『한국 현대 현실주의 소설 연구』, 문학과지성사, 1990.
______, 『일제 말기 한국 작가의 일본어 글쓰기론』, 서울대학교출판부, 2003.
______, 『한국 근대 소설사 연구』, 을유문화사, 1986.
우한용, 『문학교육과 문화론』, 서울대학교출판부, 1999.
김승찬 외, 『중국 조선족 문학의 전통과 변혁』, 부산대학교출판부, 1997.
김해양, 『조선의용군 최후의 분대장 김학철』, 연변인민출판사, 2002.
루카치/반성완 역, 『소설의 이론』, 심설당, 1989.
미하일 바흐찐/전승희 외 옮김 『장편소설과 민중언어』, 창작과비평사, 1998.
뤼시앙 골드만/박영신 외 옮김, 『문학 사회학 방법론』, 현상과인식, 1984.
조성일·권철, 『중국조선족문학사』, 연변인민출판사, 1990.
서일권 외, 『(중국조선족) 문학논저·작품목록집』, 숭실대학교 출판부, 1992.
연변문학예술연구소 편, 『김학철론』, 흑룡강조선민족출판사, 1990.
국제고려학회 문학부회·연변대학 조선어문학학부 편, 『조선민족문학연구』, 흑룡강조
        선민족출판사, 1999.
리근전, 『흘러간 세월』, 흑룡강조선민족출판사, 1997.
김호웅, 「김학철론」, 『조선족문학연구』, 흑룡강조선민족출판사, 1989. 6.
______, 「조선의용군 항일투쟁의 예술적기념비」, 『아리랑』 36기, 1989. 7.

강형철, 「해란강아 말하라」, 『월간경향』, 1988. 9.
김명인, 「어느 혁명적 낙관주의자의 초상」, 『창작과비평』, 2002년 봄호.
김윤식, 「항일 빨지산문학의 기원 : 김학철론」, 『실천문학』 12집, 1988. 12.
김몽, 「력사의 진실한 화폭―리근전소설의 력사적가치」, 『천지』, 1998년 6기.
강정일, 「손에서 붓을 놓지 않은 작가」, 『장백산』, 1997년 6기.
김학천, 「가시는이의 발자취를 더듬어」, 『장백산』, 1997년 6기.
서일권, 「리근전과 그의 문학」, 『아리랑』, 8기.
리근전·김경훈 대담, 「력사를 통한 민족의 넋을」, 『문학과예술』, 1985. 3.
리근전, 「시대감과 주제사상―장편소설『범바위』를 수개하면서」, 『문학과예술』, 1982. 4.
리근전, 「『고난의 년대』를 쓰게 된 동기와 경과」, 『문학과예술』, 1983. 1.
김학철, 「아름다운 우리말」, 『태항산록』, 연변인민출판사, 1998.

▌김학철 연보

* 정리 : 김해양

년 도	경 력	작 품 활 동
1916년	11월 4일 함경남도 원산에서 누룩제조업자의 아들로 태어남, 당시 이름은 홍성걸(洪性杰.)(식민지 조선 함경남도 덕원군 현면 룡동리, 현재 원산시 룡동)	
1917년 (1주세)	11월 로씨야사회주의10월혁명.	
1919년 (3세)	3월 조선 3.1운동. 5월 중국 5.4운동. 11월 김원봉(金元鳳) 길림성에서 의렬단(義烈團) 조직.	
1922년 (6세)	아버님 홍두표(洪斗杓)의 타계로 홀어머니 김상련(28세) 슬하에서 삼남매 자람 (동생 性善, 性子).	
1924년 (8세)	4월 원산제2공립보통학교 입학.	
1929년 (13세)	1월 원산총파업. 3월 원산제2공립보통학교 졸업. 서울 외가집(관훈동 69번지) 도움으로 서울 보성고등학교 입학. 11월 3일 광주학생운동.	
1931년 (15세)	9월 중국 9.18사변. 일본 중국 동북3성 점령.	
1932년 (16세)	4월 윤봉길 상해홍구공원 테로사건에 큰 충격 받음.	
1934년 (18세)	서울 보성고등학교 졸업. 리상화의 《빼앗긴 들에도 봄은 오는가》와 입센의 《민중의 적》 영향으로 빼앗긴 땅을 총으로 찾으려 결심.	문학지 《조선문단》에 소설 한편 써냈다가 퇴짜 맞음. 다시는 소설을 안 쓰기로 함.

1935년 (19세)	상해림시정부를 찾아 중국 상해로 망명. 상해에서 심운(沈云·沈星云)에 포섭되여 의렬단에 가입. 석정(石正·尹世胄)의 령 도아래 반일지하테로활동 종사. 상해에서 리경산(李景山·李蘇民)과 친해짐. 7월 조선민족혁명당 성립.	
1936년 (20세)	조선민족혁명당 입당, 김원봉의 부하가 됨. 당시 조선민족혁명당 중앙본부 소재지는 남경 화로강(花露崗). 행동대 대장은 로철 룡(盧鐵龍·崔成章), 대원으로는 서각, 라 중민, 왕극강, 안창손, 김학철 등. 행동대 는 상해에서 반일테로활동 전개. 조선혁명당 김원종씨의 편지를 가지고 김 구(金九)선생을 만남. 화로강의 동료로서 반일애국자 최성장, 반 해량(리춘암), 로철용, 문정일, 정률성, 로 민, 김파, 서휘, 홍순관, 한청, 조서경, 리 화림, 안창손, 라중민 등. 로신선생을 몹시 숭배하여 리수산과 함께 려반로(呂班路) 로신선생저택 문앞까지 갔 다가 용기부족으로 돌아옴.	
1937년 (21세)	7월 7일 로구교사건 중일전쟁 발발. 7월 중국 호북 강릉(江陵) 중앙륙군군관학 교(황포군관학교 교장 장개석) 입학. 당시의 교관으로는 김두봉(金斗奉·白淵), 한빈(韓斌·王志延), 석정, 왕웅(王雄·金 弘壹), 리익성(李益星), 주세민(周世敏). 김두봉, 한빈, 석정의 진보적사상 영향으 로 맑스주의자가 됨. 동창생으로는 문정일, 리대성, 한청, 조서 경, 홍순관, 리홍빈, 황재연, 요천택, 리상 조 등.	

1938년 (22세)	7월 중앙륙군학교 졸업하고 소위 참모로 국민당군대에 배속. 10월 무한에서 조선의용대(조선의용군의 전신 총대장 김원봉) 창립, 창립대원으로 제1지대 소속. 조선의용대 창립대회에는 무한 팔로군판사처 책임자 주은래와 국민혁명군사위원회 정치부 제3청 청장 곽말약 참석. 화북항일전장에서 분대장으로서 활약, 전우로는 김학무, 문명철, 문정일 등.	
1939년 (23세)	상반년 호남성 북부일대에서 항일무장선전 활동 전개. 하반년 호북성 제2지대로 옮겨 중국국민당 제5전구와 서안일대에서 교전.	
1940 (24세)	8월 29일 중국공산당에 가입.	
1941년 (25세)	년초 조선의용대 제1지대원으로서 락양(洛陽)일대에서 참전. 여름 화북 팔로군(八路軍)지역으로 들어가 조선의용군 화북지대 제2대 분대장으로 참전. 12월 12일 하북성 원씨현(元氏縣) 호가장(胡家庄)전투 일본군과 교전중 부상, 포로가 됨.	태항산시기 항전일선에서 가사, 극본 등 창작. 김학철 작사 류신 작곡 ≪조선의용군 추도가≫, 김학철 극본, 최채 연출 ≪등대≫ 등.
1942년 (26세)	1월부터 4월까지 석가장 일본총령사관에서 심문받음. 당시≪일본국민≫으로 10년 수감판결, 죄명은 치안유지법위반(治安維持法違反). 5월 북경에서 렬차로 부산까지, 부산에서 다시 배를 갈아타고 일본으로 련행. 일본—나가사끼형무소(長崎刑務所)에 수감. 단지 전향서를 쓰지 않는다는 리유로 총상당한 다리를 치료받지 못함.	

	옥중에서 같이 수감된 송지영(宋志英·KBS 전임 리사장)과 알게 됨.	
1943년 (27세)	일본감옥 수감.	
1944년 (28세)	일본감옥 수감.	
1945년 (29세)	수감 3년 6개월 만에 좌각절단. 8월 15일 일본 투항. 10월 9일 맥아더사령부(GHQ)의 정치범 석방명령으로 송지영 등과 함께 출옥. 송지영과 함께 서울로 감. 송지영의 소개로 소설가 리무영을 알게 됨. 리무영은 김학철의 문학 ≪계몽스승≫. 11월 1일 조선독립동맹 서울시위원회 위원으로 좌익정치활동을 하면서 소설창작활동. 문학가동맹에서 조벽암, 리태준, 김남천, 리원조, 안희남 등 제씨를 알게 됨.	12월 1일 처녀작 단편소설 ≪지네≫를 서울 ≪건설주보≫에 발표
1946년 (30세)	서울서 창작활동. 11월 좌익탄압으로 부득이 월북.	≪균렬≫(≪심문학≫창간호에), ≪남강도구≫(≪조선주보≫에), ≪아아 호가장≫(≪신천지≫에), ≪야맹증≫(≪만학비평≫에), ≪밤에 잡은 부로≫(≪신천지≫에), ≪닭배국≫(≪무학≫창간호에), ≪상흔≫(≪상아탑≫에), 그리고 ≪달걀(닭알)≫, ≪구멍 뚫린 맹원증≫ 등 10여 편 단편소설을 서울에서 발표
1947년 (31세)	로동신문사 기자, 인민군신문 주필로서 창작활동. 경기도 인천시 부평사람 김혜원(金惠媛, 본명 김순복)녀사와 결혼.	단편소설 ≪정치범 919≫ ≪선거 만세≫, ≪적구≫, ≪똘똘이≫, ≪꼼문의 아들≫ 등을 신문, 잡지에 발표.

		중편소설 ≪범람(泛濫)≫ 조선문학예술총동맹기관지 ≪문학예술≫에 발표.
1948년(32세)	2월 외아들 김해양(金海洋) 출생, 인천 부평(仁川 富平). 외금강휴양소 소장. 김일성 어린 김정일을 데리고 수차 찾아옴.	고골리의 ≪검찰관≫ 번역출판, 씨나리오로 개편. 황철 문예봉 등 연출준비 완료, 전쟁으로 중단. 정률성과 합작하여 ≪동해어부≫, ≪유격대전가≫ 등 창작.
1950년 (34세)	6.25 조선전쟁 폭발. 10월 압록강을 건너 중국으로 옴, 국경에서 문정일의 도움을 받음.	
1951년 (35세)	1월부터 중국 북경 중앙문학연구소 (소장은 정령)에서 연구원으로 창작활동.	
1952년 (36세)	10월 주덕해, 최채의 초청으로 연변에 정착. 연변문학예술계련합회주비위원회 주임으로 활동.	중편소설 ≪범람≫(중문) 인민문학출판사 출판. 단편소설집 ≪군공메달(軍功章)≫(중문) 인민문학출판사 출판. 로신단편소설집≪풍파(風波)≫ 번역, 연변교육출판사 출판.
1953년 (37세)	6월 우의 주임직 사퇴하고 전직작가로 창작활동.	단편소설집 ≪새집 드는날≫ 연변교육출판사 출판. 정령 장편소설 ≪태양은 상건하를 비춘다≫ 번역. 로신중편소설집 ≪아Q정전≫ 번역, 연변교육출판사 출판.
1954년 (38세)		장편소설 ≪해란강아 말하라≫ (상, 중, 하) 연변교육출판사 출판.
1955년 (39세)		로신중편소설집 ≪축복(祝福)≫ 번역, 연변교육출판사 출판.

1957년 (41세)	반동분자로 숙청당해 24년 동안 강제로동에 종사.	단편소설집 《고민》 북경민족출판사 출판. 중편소설 《번영》 연변교육출판사 출판.
1961년 (45세)	북경 쏘련대사관 진입시도사건.	
1962년 (46세)		주립파장편소설 《산촌의 변혁》(상) 번역, 연변인민출판사 출판.
1964년 (48세)		주립파장편소설 《산촌의 변혁》(하) 번역, 연변인민출판사 출판.
1966년 (50세)	중국 문화대혁명 시작. 7월 홍위병의 가택수색으로 개인숭배, 대약진을 비판한 장편소설 《20세기의 신화》 원고 발각, 몰수.	
1967년 (51세)	12월부터 《20세기의 신화》를 쓴 죄로 징역살이 10년. 연길류치소(미결), 장춘(長春)감옥, 추리구(秋梨溝)감옥 감금, 복역.	
1977년 (61세)	12월 만기출옥, 향후 3년간 반혁명 전과자로 실업.	
1980년 (64세)	12월 복권. 25년만에 65세의 나이로 창자 활동 재개.	
1983년 (67세)		전기문학 《항전별곡》 흑룡강조선민족출판사 출판.
1985년 (69세)	11월 중국작가협회 연변분회 부주석으로 당선.	《김학철단편소설집》 료녕인민출판사에서 출판.
1986년 (70세)	중국작가협회 가입.	장편소설 《격정시대》(상,하) 료녕민족출판사 출판. 전기문학 《항전별곡》 한국 거름사 재판.

1987년 (71세)		≪김학철작품집≫ 연변인민출판사 출판.
1988년 (72세)		장편소설 ≪격정시대≫(상,중,하), ≪해란강아 말하라≫(상,하), 한국 풀빛사 재판
1989년 (73세)	1월 29일 중국공산당 당적 회복 9.22~12.18 월북 후 첫 서울나들이 12월 부부동반 일본방문.	보고문학 ≪고봉기유언≫ 한국 마천사 출판. 단편소설집 ≪무명소졸≫ 한국 풀빛사 출판. 산문집 ≪태항산록≫ 한국 대륙연구소 출판.
1991년 (75세)	6월 21일~7월 3일 서안 옛 전우 서휘, 강진세 등 방문.	
1993년 (77세)	5월~7월 부부동반 일본방문.	
1994년 (78세)	3월 KBS해외동포상(특별상) 수상. 2월~4월 부부동반 한국방문. (대련-홍콩-서울-상해-심양-연길)	산문집 ≪누구와 함께 지난날의 꿈을 이야기하랴≫ 한국 실천문학사 출판.
1995년 (79세)		자서전 ≪최후의 분대장≫ 한국 문학과지성사 출판.
1996년 (80세)	12월 창작과비평사 초청으로 한국방문출판기념회 참석.	산문집 ≪나의 길≫ 북경 민족출판사 출판. 장편소설 ≪20세기의 신화≫ 한국 창작과비평사 출판.
1998년 (82세)	4월 장춘 ≪장백산≫ 잡지사 방문 6월 우리민족서로돕기운동본부 초청으로 서울방문. 10월 서울 보성고교 초청으로 한국방문 ≪자랑스러운 보성인≫수상.	단편소설집 ≪무명소졸≫ 료녕민족출판사 재판 ≪김학철문집≫제1권(태항산록), ≪김학철문집≫제2권(격정시대) 연변인민출판사 출판.

1999년 (83세)	10월 우리민족서로돕기운동본부 초청으로 서울방문.	≪김학철문집≫제3권(격정시대), ≪김학철문집≫제4권 (나의 길) 연변인민출판사 출판.
2000년 (84세)	5월 NHK서울지사 초청으로 서울방문.	
2001년 (85세)	한국 密陽市 초청으로 한국방문. 석정탄신 100주년기념국제학술회 참석 서울 적십자병원 입원. 2001년 9월 25일 오후 3시 39분 연길시에서 타계. 유체는 화장하여 두만강에 뿌려짐. 일부는 우편함에 담아 동해바다로 보냄. 우편함에는 ≪원산 앞바다 行 김학철(홍성걸)의 고향 가족 친우 보내드림≫라고 쓰여짐.	산문집 ≪우렁이속같은 세상≫ 한국 창작과비평사 출판.
	1989년~2001년 한국 8차 방문. 1989.09/1994.02/1996.12/1998.06/ 1998.10/1999.10/2000.05/2001.06	
	1989년~2001년 일본 2차 방문. 1989.12/1993.05	

저·자·소·개

이 해 영(李海英, haiyingli@hanmail.net)

• 중국 연변조선족자치주 도문 출생(1975년)

• 중국 연변제1고급중학교를 나와 중국 연변대학교 조문학부를 졸업하였다.

• 대학 졸업과 함께 1998년 8월부터 2005년 2월까지 한국에 유학하였으며 한국 한신대학교 대학원 국어국문과(문학석사)와 서울대학교 박사과정 국어교육과(교육학박사)를 졸업하였다.

• 2005년 3월부터 중국해양대학교 외국어대학 한국어과에 전임으로 취직하여 한국문학사와 한국문화, 기초한국어 등 교과목을 가르치고 있다.

[주요 논문 및 저서]

「중국 조선족 소설 교육 내용 연구」
「1940년대 延安 體驗 形象化 硏究」
「『해란강아 말하라』의 창작방법 연구」
「1950~1960년대 중국 조선족 장편소설의 두 양상」
「『눈물젖은 두만강』의 탈이념성」
「중국 조선족 소설의 지역성과 계층성」
「연변에서의 1920년대 시단」
『중국 조선족 사회사와 장편소설』(역락, 2006)

청년 김학철과 그의 시대

인　　쇄　2006년 10월 20일
발　　행　2006년 10월 30일

지 은 이　이해영
펴 낸 이　이대현
편　　집　이소희
펴 낸 곳　도서출판 **역락**
주　　소　서울 성동구 성수2가 3동 301-80
　　　　　(주)지시코 별관 3층(우133-835)
전　　화　3409-2058(대표) 3409-2060(편집부) FAX 3409-2059
이 메 일　yk3888@kornet.net / youkrack@hanmail.net
홈페이지　www.youkrack.com
등　　록　1999년 4월 19일 제303-2002-000014호
정　　가　12,000원
I S B N　89-5556-507-0-93810

* 잘못된 책은 교환해 드립니다.